롤리타에서 싯다르타까지, 세상의 모든 사람들...

명작의 풍경

*

롤리타에서 싯다르타까지 - 세상의 모든 사람들

명작의 풍경

ⓒ 이은정 · 한수영, 2010

초판 1쇄 발행 / 2010. 5. 25.
초판 3쇄 발행 / 2012. 7. 10.

지은이 / 이은정 · 한수영
펴낸이 / 조남철
펴낸곳 / 한국방송통신대학교출판부
　　　　주소 서울특별시 종로구 이화장길 54 (110-500)
　　　　대표전화 1644-1232
　　　　팩스 (02) 741-4570
　　　　http://press.knou.ac.kr
　　　　출판등록 1982. 6. 7. 제1-491호

출판위원장 / 김무홍
기획 / 김정규
표지 · 편집디자인 / 프리스타일
인쇄 · 제본 / (주)일흥피앤피

ISBN 978-89-20-00224-3 03800
값 12,000원

· 잘못 만들어진 책은 바꾸어 드립니다.

롤리타에서 싯다르타까지, 세상의 모든 사람들...

명작의 풍경

이은정·한수영 지음

지식의날개

소설을 읽다보면 으레 작품 속 인물과 사랑
에 빠진다. 그가 설령 선인에 맞서는 악한이라도, 편집중적 미치광이
거나 영원한 보헤미안이라도, 동성애자라도 이성애자라도, 아름다우
면 아름다워서 야비하면 야비해서, 그가 모든 것을 잃으면 그 추락의
깊이를 함께 내려갔었기 때문에, 또 그가 무엇을 얻으면 그 고투를
함께했었기 때문에, 소설 속의 그들을 사랑하지 않을 수 없다.

그들을 가장 애틋하게 바라보게 되는 순간은, 고난이 훤히 보이는
데도 그 길로 성큼 들어서 고통의 극점을 향해 나아가는 그들의 뒷모
습을 바라볼 때이다. 여느 사람들이 가진 한계를 훌쩍 뛰어넘으며 앞
으로 내닫는 그 모습 때문에, 책을 다 읽고나서도 그들의 뒷모습을
오래 기억하게 된다. 이 책은 그 뒷모습들을 오래 기억하기 위해 쓴
글이기도 하다.

그러고 보니 이 책에서 공들여 읽은 소설 속의 인물들은 대개 비
극을 향해 치달은 사람들이다. 글자를 알고 책을 읽을 줄 알게 되면
서 맨 처음 만난 비극적 인물은 인어공주였다. 물거품이 되어 바다의
포말 속으로 사라진 그녀 때문에 어린 마음에도 괴로움을 못 이겨 밤

마다 눈물을 흘려 한동안 베개가 축축했었다. 그 이후 이른바 문학공부를 하면서 인어공주가 다리를 얻기 위해 목소리 즉 여성의 언어를 잃어버린 점, 침묵집단muted group으로서의 여성과 현대여성소설에서 만나는 인어공주의 후예들, 동화의 비극적 결말과 디즈니 애니메이션의 간극 그리고 최근 러시아 영화 〈나는, 인어공주〉(2007)의 재해석에 이르기까지, 다시 바라보는 인어공주의 뒷모습은 끊임없이 성장하고 변화해왔다. 소설 속 인물을 처음 만났을 때의 순정함부터 훗날 성장하고 변화하는 해석의 궤적까지 이 책에 모두 담고 싶었다.

소설을 읽기 시작할 때 우리는 글 저쪽에서 다가오는 소설 속 인물의 앞모습을 바라보게 되지만, 소설을 읽을 때 우리는 그들과 나란히 옆에 있게 된다. 같이 사랑하고 같이 고통받고 같이 즐거워하고 심지어 같이 죽는다. 소설을 다 읽고난 후에는 안타까워도 그들과 헤어져 그저 그들의 뒷모습을 바라보는 수밖에 없다. 소설을 읽고나서 그 인물을 떼어놓기 힘들면 힘들수록 좋은 소설이라고 감히 말해본다.

고전과 명작을 왜 읽어야 하는가에 대해서는 이미 좋은 이야기들이 많이 있어 왔기에 반복하지 않는다. 다만 좋은 작품일수록 그 안의 인물들을 읽으면서 인간에 대한 보편적인 공감을 경험하게 되고 그것을 넘어 예상치 못한 인간에 대한 신뢰까지 품게 된다고 믿는다. 그들이 생각하는 생각, 그들이 사랑하는 사랑, 그들이 괴로워하는 괴로움, 그들이 기뻐하는 기쁨, 그들이 슬퍼하는 슬픔, 그들이 살아가는 삶…… 그 고통과 희열을 이 책을 읽는 이들과 나누고 싶다.

비올viola da gamba이라는 멋진 악기의 음색이 깊고 생생한 영화 〈세상의 모든 아침〉을 잊지 못하고, 유하의 시집 『세상의 모든 저녁』을 좋아하며, 매일 저녁 여섯시면 라디오를 당겨 안게 하는 FM 음악 방송 〈세상의 모든 음악〉을 아낀다. '세상의 모든'이라는 말은 한없이 오만한 것 같지만 실은 더없이 겸손하다. 어떻게 감히 이것이 세상에 존재하는 모든 것이라고 말할 수 있을까 싶다가도, 이것이 바로 내가 가진 세계의 모든 것이라고 말하고 있다고 생각한다면 숙연한 마음이 든다. 그 마음으로 책 제목 『명작의 풍경』 아래 〈롤리타에서 싯다르타까지─세상의 모든 사람들〉이라는 부제를 붙여본다.

이 책은 20세기를 대표하는 세계의 고전명작으로 꼽는 열네 권의 책을 인물 중심으로 찬찬히 읽어본 글이다. 열네 편의 글은 각기 다섯 부분으로 이루어져 있다. 첫 부분은 작품에 대한 전반적인 이해,

둘째 부분은 원작의 느낌을 살린 줄거리, 셋째 부분은 인물 중심의 작품 분석, 넷째 부분은 작가의 세계에 대한 글이다. 마지막 부분은 소설의 인물과 어딘가 닮은꼴인 인물이 등장하는 영화에 대한 짧은 글이다. 전혀 다른 소설과 영화가 만나는 지점을 찾아보는 일도 재미있을 것이다.

『롤리타』,『질투』,『거미여인의 키스』,『19호실로 가다』,『모래사나이』,『느림』,『버스정류장』의 글은 이은정이 썼고,『금각사』,『설국』,『이반 데니소비치, 수용소의 하루』,『욕망이라는 이름의 전차』,『황금물고기』,『방드르디, 태평양의 끝』,『싯다르타』의 글은 한수영이 썼다. 이 책은 2008년부터 2009년에 걸쳐『독서평설』에 연재한 내용을 바탕으로 새로 쓴 것이다. 아름다운 주인공들이 즐비한 '명작의 풍경' 그리고 '세상의 모든 사람들' 이라는 광휘의 스펙트럼 가운데 지금의 나는 어디쯤 서 있나 짚어보고 생각해보는 일도, 시간은 좀 걸리겠지만, 꼭 권하고 싶다.

2010년 5월
이은정 · 한수영

Contents

매혹魅惑된fascinated 사람들

유배 流配 된 exiled 사람들

월경 越境 하는 traverse 사람들

매혹(魅惑) 된(fascinated)

사람들

험   버   트

그. 의. 해. 쓱. 한. 빈. 손

블라디미르 나보코프의
「롤리타」(1955)

잔물결 너머, 어두운 해일 같은

롤, 리, 타, 롤리타, 이렇게 매혹적인 이름이 또 있을까?

작가 나보코프는 소설 첫머리를 이렇게 시작한다.

"롤리타, 내 삶의 빛이요, 내 생명의 불꽃. 나의 죄, 나의 영혼. 롤—리—타, 세 번 입천장에서 이를 톡톡 치며 세 단계의 여행을 하는 혀끝. 롤. 리. 타."

전 세계 소설 가운데 가장 아름답다는 찬사와 가장 비윤리적이며 부도덕하다는 비난을 동시에 받고 있는 소설 『롤리타』. '롤리타 신드롬'은 으레 어린 소녀를 향해 성적性的 동경을 품는 비정상적인 욕망을 뜻한다. 혹은 롤리타라는 이름을 접두어처럼 붙여 소녀를 성적인 이미지로 환기해 상업화시키는 불순한 이름처럼 쓰이기도 한다. 하지만 소녀를 향한 성적인 욕망이나 환상, 혹은 남성을 끝내 파멸에 이르게 하는 팜므파탈의 이미지가 롤리타의 핵심은 아니다. 이런 편견들은 소설 『롤리타』를 헤적이는 잔물결일 뿐, 이 소설은 그 물결 너머 바다가 품고 있는 어두운 해일 같은 의미를 담고 있다.

　『롤리타』를 읽기란 쉽지 않다. 분량도 방대하거니와 문장도 내내 가파르고 섬세해서 미국의 현대소설 가운데 가장 난해한 작품으로 손꼽힐 정도다. 어린 여자아이를 향해 이토록 가혹하게 집착하는 중년남자의 마음을 헤아리기도 쉽지는 않다. 파격적인 주제에 비해 막상 외설스러운 묘사가 거의 없다는 점도 오히려 이 소설을 어렵게 한다. 어떤 파격적인 설정이나 사건보다 롤리타에게 집착하는 험버트의 마음과 심리를 오래 들여다봐야 하는 이유이기도 하다.

　『롤리타』가 지금은 어엿이 명작의 반열에 올라 있지만 처음 발표 당시에는 충격적인 내용 때문에 어느 출판사도 출간에 응하지 않았다. 불문율로 굳어온 기존의 도덕관념과 윤리의식을 거칠게 깨뜨려 버린 이 소설의 도발에 대해 혐오감과 거부감을 갖지 않을 수 없었을 것이다. 그럼에도 열두어 살 소녀를 향한 중년남성의 욕망이라는 요란하고 선정적인 선입견을 들추고 험버트의 내면을 좀 더 들여다본다면, 그래서 롤리타를 향한 험버트의 욕망이 늘 롤리타의 실체를 잡지 못해 허공을 쥐는 '헤쓱한 빈손' 같았던 안타까움을 들여다볼 수 있다면, 그것은 어두운 해일의 일렁거림을 엿본 것이라고 할 수 있다.

　험버트의 열정과 욕망은 언뜻 이해하기 어렵고 불순해 보이며 추악하고 또 우습기도 하다. 하지만 어느 순간, 함께 쓸쓸해지고 함께 고통스러워진다. 중년의 험버트가 떨치지 못했던 비도덕적인 사랑 혹은 욕정이라는 선정성은 흐려지고, 그 언젠가 순결했던 시간과 다시는 되찾을 수 없는 것을 잡기 위해 사투死鬪를 벌이는 험버트의 안간힘이 절실하게 전해져오기 때문이다. 나비처럼 부서질 순수한 욕망의 그 잔인한 덧없음과 함께.

그럼에도 가치판단은 끝내 남는다. 더욱이 누구도 험버트를 쉽게 변호하려 하지 않을 것이다. 작가 블라디미르 나보코프는 험버트의 입을 빌려 의미심장한 말을 남긴다. "인간들에게 도덕적 감각이란 우리가 덧없는 미적 감각에 지불해야 하는 의무이다." 도덕적 감각과 미적 감각이라는 말이 남기는 파장을 안고 이 소설 속으로 들어가 본다.

험버트와 롤리타 이야기

험버트는 살인죄를 저지르고 감옥에서 수기 형식의 이 소설을 쓰고 있다. 첫머리에서 소설 속 내레이션은 "험버트는 끔찍하고 비열한, 도덕적 타락자의 분명한 예"라고 말하면서도, 이 소설이 "마술적으로 롤리타를 향한 동정과 애정을 불러내고 있는", 더욱이 예술적으로 '속죄의 글'을 넘어서는 글이기에 이를 소설로 펴낸다고 덧붙이고 있다.

험버트는 어릴 적 어머니를 잃지만 아버지 밑에서 밝고 건강한 아이로 자란다. 열세 살에 동갑내기 소녀 애너벨을 만나 사랑에 빠지는데, 몇 달 후 그녀가 갑자기 병으로 죽고 만다. 애너벨과 함께한 풀덤불 속의 키스, 별무리, 전율의 느낌, 불꽃 같은 열정, 달콤한 이슬, 이 아련한 통증의 기억들은 험버트를 평생 옭아매게 된다.

이후 험버트는 시詩를 전공하는 문학가가 된다. 그리고 애너벨과 헤어진 후 24년의 세월이 흐르는 동안 매력적인 중년남자로 나이 들어간다. 하지만 애너벨로부터 시작된 미혹의 욕망 때문에 험버트는 이미 인생의 파국으로 휩쓸려 들어가고 있었다.

훗날 그는 고백한다. "내가 어릴 적 어린 소녀 애너벨을 사랑하지 않았더라면 롤리타는 없었을 것"이라고, 그리고 "어떤 미술적이고 운명적인 손길인지, 롤리타는 분명히 애너벨로부터 시작되었다"고. 님펫을 동경하고 님펫에게 집착하는 험버트의 불안한 욕망은 이렇게 시작된다. 그가 이름 붙인 "님펫nymphet"은 악마적인 매혹, 꺼질 듯한 우아함, 속임수에 가득 차 영혼을 조각하는 마력을 지닌 어린 소녀들을 가리킨다.

험버트는 절망 속에서도 님펫을 향한 자신의 욕망을 애써 지우며 살아간다. 그리고 결혼이라는 제도가 이 위험한 자신의 욕망을 정화시켜주길 기대하며 아름답고 순결한 발레리아와 결혼한다. 하지만 아기같이 보송하고 천진했던 발레리아는 결혼한 뒤 속물적인 모습을 드러내고 결국 이혼을 요구하며 다른 남자와 떠나 험버트를 다시 낙담과 충격에 빠뜨린다. 이 절망과 충격으로 1년 간 요양한 후 험버트는 교수가 되어 미국으로 건너간다. 그리고 평정을 유지하려 애쓰며 님펫을 향한 불길한 욕망을 교묘하게 숨기며 잘 견뎌나간다.

머물 곳을 찾아다니던 중 험버트는 한 숙소에서 여주인 샬롯과 그녀의 딸 로를 만난다. 로의 본명은 돌로레스 헤이즈, 험버트는 그녀를 본 순간 그녀를 "롤리타"라고 스스로 명명한다. 쏟아지는 태양 아래 선글라스 너머로 자신을 바라보는 롤리타를 처음 본 순간, 험버트는 그녀의 모습에서 애너벨의 환생을 보면서 "나는 그 열정적인 발견이 던진 충격과 떨림과 빛을 적절히 표현할 수가 없다"며 마력처럼 사로잡힌다.

험버트는 자신이 열망해온 님펫을 롤리타에게 발견한 두려움과 희열을 애써 억누른다. 부드럽고 꿈결 같은 어린아이이면서 동시에 요부妖婦처럼 천박한 님펫, 롤리타는 바로 그가 찾아 헤맨 완벽한 님펫이었다. 욕망은 악마처럼 그를 유혹하며 좌절하게 하고 절망에 빠뜨렸지만 그는 깊고 뜨겁고 달콤한 격정 속에서도 자신을 억누르며 롤리타를 보호한다. "내가 미친 듯이 소유했던 것은 그녀가 아니라 나 자신이 창조해낸 것이었다. 또 다른 환상적인 롤리타, 아마 실제보다 더 리얼한 롤리타", 그의 말대로 어쩌면 험버트는 자신이 미친 듯 소유하길 열망했던 것이 현실 속의 롤리타가 아니라 자기가 스스로 창조해낸 환상 속의 롤리타임을 이미 알고 있었다. 또 환상 속의 롤리타가 지금 눈앞의 롤리타인 그녀의 실체보다 더 리얼한 롤리타임도.

롤리타에 대한 동경 때문에 그 하숙집에 계속 머물던 험버트는 또 다른 급류 속으로 빠져든다. 험버트는 "나는 영원히 롤리타를 사랑할 것임을 안다. 그러나 역시 그 애가 영원히 롤리타가 될 수 없음도 안다"고 느끼면서, 롤리타의 엄마 샬롯의 청혼을 받아들인다. 험버트는 롤리타의 새아버지가 되어서라도 영원히 롤리타와 함께하기로 위험한 결심을 한 것이다. 샬롯은 롤리타가 자기 딸이지만 공격적이고 사납고 불안정하며 게으르다고 미워했고, 험버트와의 결혼식을 올린 직후 롤리타를 캠프에 보내버린다.

그리고 운명적인 상황이 닥친다. 험버트의 일기를 훔쳐본 샬롯이 그만 자신의 남편이 롤리타를 향해 추악하고 뜨거운 욕망을 품고 있음을 알게 된 것이다. 샬롯은 그 충격적인 사실을 온 동네에 알리러 집밖으로 뛰쳐나가지만, 바로 그 순간 차에 치여 그 자리에서 숨지고 만다. 그리고 험버트의 욕망은 다시 비밀이 되어버린다.

이제 험버트는 롤리타의 유일한 보호자가 된다. 엄마의 죽음을 모른 채 캠프에 가 있던 롤리타를 데리고 험버트는 몰래 길을 떠난다. 험버트는 격정과 두려움 속에서 애써 자신의 욕망을 절제하지만, 그날 밤 그를 유혹한 것은 롤리타였다. 롤리타는 이미 또래들과 여러 번 육체관계를 가진 터였다. 훗날 험버트는 이 순간을 이렇게 기억한다. "롤리타는 이미 순진한 에너벨과 매우 다르다는 것을 알아챘어야만 했다. 또 마력을 지닌 아이의 숨구멍마다 님펫적 악마가 숨쉬고 있다는 것도."

그날 이후 험버트는 죄의식과 두려움에 휩싸이지만 롤리타는 오히려 미소를 지으며 "난 데이지꽃처럼 상큼한 아가씨였어요. 그런데 내게 무슨 짓을 했는지 봐"라고 대들면서 험버트를 "못된 동물" "더러운 늙은이"라고 비난한다. 하지만 그녀는 이제 엄마가 없어 기댈 곳이 험버트밖에 없다는 사실을 깨닫고 결국 그를 따르게 된다.

험버트와 롤리타는 여행을 구실 삼아 미국 곳곳을 떠돌고 둘의 관계는 점점 더 불안해져 간다. 험버트는 순진함과 속임수, 매혹과 천박함, 우울한 불만과 분홍빛 환락을 동시에 품고 있는 롤리타를 막아내지 못한다. 그녀는 그저 천박한 싸구려들에 환호할 뿐 아름다움을 볼 줄 모르며, 자신의 매력을 의식해 온갖 남자들을 유혹하면서 험버트를 무시하고 모욕한다. 이런 생활 속에서 험비트는 자신의 생이 "너덜너덜한 지도, 망가진 여행 책자"가 되고 만 것을 깨닫지만, 롤리타 역시 밤마다 흐느껴 울고 있음을 눈치채게 된다.

험버트는 마침내 롤리타를 고등학교에 들여보내기 위해 안착한다. 하지만 마치 환하게 불 켜진 유리집에라도 살고 있는 듯 자신의 추한 욕망이 모두 드러나 보일까봐 두려워했고, 또 이런 비정상적인 삶이 알려질까봐 전전긍긍했다. 험버트는 여전히 고통스러운 열정과 욕망을 지닌 노예였고, 롤리타는 험버트의 모든 행동에 일일이 돈을 받아낼 만큼 영악해져 갔다. 험버트는 가책과 모순 속에서 그녀의 모습을 다시 바라보게 된다. 그리고 "그녀의 순수와 투명함의 자리에 거친 홍조가 들어서고, 그녀가 천박하고 지저분한 어린 창부의 모습"

이 되어가고 있는 것을 바라보게 된다.

어느 날 롤리타가 갑자기 학교를 그만두고 여행을 떠나자고 험버트를 종용한다. 그녀는 학교 연극반에 관여한 퀼티라는 극작가를 흠모해 그의 연극에 출연하기 위해 따라나서려고 작정하고 있었던 것이다. 그렇게 떠난 여행길에서 험버트는 롤리타가 점점 더 능수능란하게 자신을 속이고 있음을 깨닫는다. 낯선 남자의 빨간 차가 늘 그들을 뒤쫓았고 롤리타가 그 남자에게 교태의 눈길을 보내는 것도 보게 된다. 험버트는 "우리는 둘 다 종말을 향해 가고 있었다"고 직감한다. 험버트가 몸을 가눌 수 없을 만큼 심하게 아팠던 어느 날, 마침내 롤리타는 그 남자를 따라 사라져버린다.

이후 3년 동안, 험버트는 롤리타가 남긴 악몽과 절망과 고통 속에서 견딘다. 그리고 자기 안의 "괴물 같던 탐닉, 습관적인 정욕"의 끔찍함으로 고통을 받던 중, 리타라는 여성을 만나 상냥하고 부드러운 그녀의 성품 속에 서서히 평온을 찾아가게 된다. 롤리타를 다시 찾으려는 희망을 모두 포기한 어느 날, 롤리타로부터 편지를 받는다. 평범한 전기공과 결혼을 했으며 곧 아기를 낳을 것인데 빚이 많으니 돈을 좀 보내달라는 내용이었다.

험버트와 해후한 롤리타는 잔뜩 불러 오른 배와 창백한 뺨을 가진 평범한 임산부의 모습이었다. 자신의 사랑이 조금도 변하지 않았다는 것을 깨달으며, 험버트는 롤리타에게 그간의 사연을 듣게 된다. 그녀가 사랑했던 퀼티가 유명한 연극에 출연시켜 주겠다고 유혹해서 따라 나섰지만 그것은 끔찍한 포르노 영화였고, 결국 그녀는 버려졌다는 것이다.

험버트는 롤리타가 "님펫의 죽은 메아리"일 뿐이며 그가 그토록 사랑하고 그토록 숭배했던 님펫은 사라져버렸다는 것을 받아들인다. 험버트는 힘들게 살고 있는 그녀에게 함께 떠나길 간청하지만 그녀는 거절한다. 그리고 한결 성숙해진 롤리타는 말한다. "아빠, 제발 울지 마세요. 이해해 주세요. 그동안 너무 속여서 미안해요. 하지만 그런 게 삶인가 봐요." 남은 돈을 모두 그녀에게 주고 험버트는 퀼티에게 복수를 하러 떠난다.

그 길 위에서 험버트는 롤리타에 대한 기억들을 떠올린다. 늘 자포자기하듯 무표정했던 롤리타, 엄마가 죽은 후 외로움의 공포에 떨던 롤리타, 단란하고 따뜻한 친구의 집을 보고 울먹이던 롤리타······ 그녀가 절실히 원했던 일상적인 소중한 것들을 떠올리면서 험버트는 후회와 통한의 눈물을 흘린다. 그리고 퀼티를 찾아낸다. 퀼티는 유들거리면서 롤리타가 먼저 유혹했다고 발뺌을 하지만, 험버트는 그를 향해 여러 발의 총을 쏜다. 그리고 그것은 어쩌면, 결국 퀼티와 별반 다르지 않았던 자기 자신을 향해 쏜 총이라고 절규한다.

살인죄로 감옥에 갇힌 험버트는 글을 쓴다. 그리고 소설 맨 처음을 "롤리타"로 시작했던 것처럼 소설 맨 끝도 "롤리타"로 맺는다. "예술이라는 피난처, 이것이 너와 내가 나눌 수 있는 유일한 불멸의 길이란다, 나의 롤리타."

험버트, 그의 해쓱한 빈손

험버트가 그토록 집요하게 찾아 헤맨 것은 무엇일까? 아름다운 십대 소년 적부터 사십대 중년에 이르기까지 험버트의 삶을 온통 사로잡아 결국 살인으로까지 몰고간 그 치명적인 힘은 과연 무엇일까?

그것은 어쩌면 우리가 결코 손에 넣을 수도 없고 잡을 수도 없는, 그래서 애초부터 비극이 예고된 환상에 대한 집착인지도 모른다. 험버트뿐 아니라 신화와 고전 명작 속의 주인공들은 잡을 수 없는 바로 그 무엇을 잡기 위해 스스로를 고통이나 사련에 빠뜨리거나 악을 겪어내며 끝내 파멸에 이르는 비극을 감행했다. 험버트가 그토록 집착한 것은 롤리타, 아니 롤리타라는 환상, 아니 그토록 갈망한 순수한 미성숙, 아니 결코 되찾을 수 없는 순수에 대한 동경……, 바로 그것이었다. 그것은 그가 롤리타를 아무리 현실적으로 혹은 육체적으로 소유하고 또 소유해도 충족될 수 없는 것이었다.

소설 첫머리에서 그 비극적인 매혹은 험버트가 애통하게 떠나보낸 애너벨로 명징하게 상징된다. 가장 순수하고 아름다울 때 세상을 떠나 마치 아름다운 화석처럼 남게 된 소녀 애너벨과 달리, 소년에서 어른으로 성장해야 하는 험버트에게 사랑의 기억은 선병질적 굴레 혹은 트라우마로 남았다. 결국 미성숙한 어른으로 웃자라 버린 험버트에게 이 결핍과 미완은 애너벨 또래의 소녀들에게 고통스러운 성적性的 동경을 품는 욕망으로 드러나게 된다.

롤리타를 향한 그의 태도가 성적 욕망이었던 것만은 아니다. 험버트는 한순간도 롤리타를 함부로 대하지 않을 뿐 아니라 그녀를 사랑하고 숭배했다. 그는 롤리타의 마르고 노란 어깨, 동그란 무릎, 아직 여물지 않은 팔다리, 주근깨 가득한 얼굴 등을 바라보거나 쓰다듬는 것에 만족했다. 아직 성숙한 여성으로 자라지 않은 미숙함의 아름다움, 도덕과 윤리가 미처 개입되지 않은 순수악을 지닌 님펫을 그는 사랑하고 흠모했다.

롤리타와 보내게 된 그 악마적인 첫날에도 험버트의 욕망은 성적 쾌락과는 무관했다. 험버트는 잠든 롤리타를 혼자 맘껏 바라보기 위해 수면제를 먹이는 비열한 짓을 저지르지만 이렇게 말한다. "섹스는 전혀 내 관심사가 아니다. 누구라도 그런 동물적인 행위들을 상상할 수는 있다. 그보다 더 의미 있는 노력이 나를 움직인다. 바로 님펫의 위험스런 마술을 영원히 포착하는 것이다." 험버트에게 '숭배'는 성적인 행위나 욕망 그 이상의 의미였다.

험버트를 사로잡은 것은 열두 살짜리 소녀 롤리타이지만, 사실 그가 사로잡힌 것은 순수와 미성숙의 추상들이다. 본디 순수는 선악의 개념 혹은 잣대를 갖지 않는다. 무구한 가치이기에 열렬히 사랑받지만, 결국 타락하거나 상실될 수밖에 없는 것이 순수의 본질이자 운명이다. 순수는 미적 가치보다 도덕적 가치를 결코 우위로 삼지 않기 때문에 악마적인 것이 되기도 하고, 일상적인 삶의 윤리와 무관하기에 뜻밖에 잔인하기도 하다. 험버트가 동경한 님펫은 현실적인 감각과 정황 속에 성장하지 않은 순수이기 때문에 때로 악마적인 모습으로 드러난다. 악의도 선의도 없는 순수한 천진난만은 이미 자기 안에 악마적인 매혹과 천사의 천연스러움을 함께 갖고 있으므로 우아함을 모르는 천박함, 의도 없는 사악함을 지니게 되는 것이다.

하지만 순수는 지고의 가치이되 대단히 무모한 것이며 또 끝내 지켜낼 수 없는 가치다. 성장하면서 으레 신기루처럼 사라져버리게 마련이므로 이것을 지켜내거나 연장하기 위해서는 혹독한 대가를 치러야 한다. 험버트가 미성숙과 순수에 자신을 묶어 롤리타에 탐닉하고 집착하는 것은 상실된 순수를 향한 지독한 동경에 지나지 않는다. 그래서 롤리타가 순수와 미성숙의 추상이 아닌 실체임을 알게 된 순간, 험버트에게 남은 것은 "님펫의 죽은 메아리"뿐인 것이다. 롤리타가 떠나버린 뒤 실의에 빠진 험버트를 구원하는 여성인 "리타"는 롤리타에서 '롤'이라는 님펫스러운 한 글자를 뺀 성숙한 여성을 의미한다. 리타와 함께한 이 시간들이야말로 험버트가 비로소 어른이 되어가는 시간들이었을 것이다.

롤리타를 향한 험버트의 욕망은 그가 지향하는 순수를 향해 치닫는 열정이었다. 아름다움의 본질에 도덕성이란 낄 수 없고 그가 추구하는 미적 감각이란 나이가 들 수도 없으며 도덕적 잣대의 대상이 될 수도 없다. 험버트는 님펫들을 향해 절규한다. "제발 그들이 내 옆에서 영원히 놀게 해다오, 절대 더 자라지 말고!" 하지만 영원한 님펫이 없듯 자라지 않는 님펫도 없다. 변치 않는 불멸의 순수한 아름다움, 그 불가능한 대상을 향한 그의 무지한 열정에는 이미 파국이 잠재되어 있었다. 언젠가는 사라져버릴 순수처럼 영원히 잡을 수 없는 불멸의 아름다움이란 그저 부유浮遊하는 것일 뿐이기 때문이다.

『롤리타』는 상실된 순수를 향한 열정적인 욕망의 송가이자, 이루어지지 않을 절망적인 사랑의 종말에 관한 서사이다. 그래서 험버트의 불안하고 열렬한 욕망은 한번도 진정으로 성취될 수 없었다. 롤리타는 결코 한순간도 붙잡을 수 없었던 순수 혹은 미적 감각의 실체이자 환상, 영원히 돌아갈 수 없는 지독스러운 동경이었던 것이다.

물론 험버트의 "그 해쓱한 빈손"이 아니라 롤리타의 "창백한 두 뺨"에서 이야기를 다시 시작할 수도 있다. 이란의 여성학자 아자르 나피시가 쓴『테헤란에서 롤리타를 읽다』는 전연 다른 시각으로 롤리타를 읽는다. 이란 자국의 역사와 비유하여 험버트와 롤리타의 관계를 피해자와 감금자로 보고 험버트가 롤리타의 인생을 몰수해 결국 그녀를 파멸시켰다고 해석하는 것이다. 저자는 이 소설이 어린 소녀에 대한 강간을 심미적 경험으로 바꾼 소설일 뿐이라고 일갈한다. 이 분석은 이란이라는 국가에 구속된 채 살아가야 하는 여성들의 삶을 읽어내려는 의도가 짙긴 하지만 이 소설에 대한 기존의 해석들과 상통하는 부분이 없지 않다. 이는 나보코프가 무심한 듯 짧게 묘사한 롤리타의 모습들에서도 발견된다. 무기력할 수밖에 없었던 롤리타, 험버트에 대한 비틀린 행동과 병적인 의존, 롤리타 혼자 흐느껴 울던 많은 밤들, 그럼에도 불구하고 후반부에 드러나는 롤리타의 성숙한 모습, 즉 가난해도 성실하게 살려고 노력하는 결혼생활과 험버트에게 예의를 다하며 용기 있게 독립하려는 모습 등이다.

그러므로 험버트와 롤리타 중 누가 더 부도덕하며 사악한가, 이 소설은 성에 집착하는가 아니면 사랑을 얘기하는가, 롤리타는 과연 어린 미국을 상징하고 험버트는 늙은 유럽을 상징하는가 등을 논하는 것은 무의미할지도 모른다. 작가 나보코프 역시 어떤 교훈적인 의도를 담을 생각은 없어 보인다. 다만 험버트의 말을 빌려 이 매혹적이되 혼란 가득한 소설이 지향하는 의미를 짚어볼 수 있다.

"님펫의 미성숙이 나를 왜 매혹하는가. 그것은 순수하고 젊고 금지된 요정의 아름다움이 주는 분명함 때문이라기보다 많은 것이 가능하지만 아직 아무것도 주어지지 않은 그 틈새를 무한한 완벽함이 메워주기 때문이다."

어쩌면 롤리타보다 끝내 더 미성숙했던 험버트는 자신의 뒤늦은 성장, 격정뿐이었던 욕망에 대해 혹독한 대가를 치른다. 작가의 말처럼 "인간들에게 도덕적 감각이란 우리가 덧없는 미적 감각에 지불해야 하는 의무"이기에 그는 도덕적 감각을 지독하게 치르고 덧없는 미적 감각을 광적으로 동경할 수 있었다. 험버트의 "해쓱한 빈손"은 허공의 아름다움을 움켜쥐려 애썼던 고투의 악력握力이었던 셈이다.

미학적 극치를 향해 가는 '나보코프블루스'

블라디미르 나보코프Vladimir Nabokov(1899~1977)는 소설 『롤리타』 (1955)로 일약 세계적인 작가로 떠올랐다. 현재 그는 가장 활발하게 연구되고 있는 미국 작가 중 한 사람이다. 포스트모더니즘의 대표작 가로 평가받기도 하고 모호한 문장만 늘어놓는 작가라고 비판받기도 하지만, 그는 한결같이 문학이 미학적 극치를 향해 가는 예술의 본질 이라고 주장한다. 문학은 삶의 교훈이나 도덕성을 위해 존재하는 것 이 아니므로 일정한 의도를 전달하려는 목적을 가져서는 안 되며, 오 로지 미학적인 극치를 얻기 위해 소설은 존재하기 때문에 작품의 평 가 또한 미학적 극치를 느끼게 하는 요인들에서 찾아야 한다고 역설 한다.

나보코프는 미국의 대표 작가이지만 러시아 성 페테르부르크의 부유하고 교양 있는 귀족가문에서 태어났다. 러시아 최고 명문가의 자제로 교육받고 유럽을 오가며 성장했는데, 볼셰비키 혁명 당시 가 족과 함께 독일로 망명한 이후 영국 케임브리지 대학에서 문학을 전 공했다. 1922년 러시아 극우주의자들에게 아버지가 암살당한 후 베 를린과 파리 등지를 떠돌며 '블라디미르 시린' 이라는 필명으로 글을 썼고, 어머니와 동생마저 비참하게 죽임을 당한 이후 러시아어로 쓴 소설을 발표하기 어렵게 되자 미국으로 건너가 문학 연구와 강의를 병행했다. 그리고 1955년 마침내 파리에서 출간된 『롤리타』가 기념비적인 성공을 거두어 미국 문단을 뒤흔들게 된 이후 글쓰기에만 전념했다.

나보코프는 정치와 사회적인 문제에 큰 관심이 없어 보인다. 이것을 러시아의 정치적 상황 속에서 가족을 잃은 시련의 기피적 염증으로 이해하는 이도 있다. 나보코프는 작품을 통해 정치와 사회의 이슈를 담으려는 일련의 작가들은 물론 자기 소설의 성性적인 것에 대해 예민하게 반응하는 이들을 신랄하게 비판했다. 정치와 사회적 맥락을 담지 않은 『롤리타』는 출간 당시 외설 시비에 휘말리고 포르노 소설이라는 비난을 받았지만, 시간과 비판의 시련을 견딘 끝에 지금은 20세기의 손꼽히는 명작으로 평가받고 있다.

최근에는 최고의 예술적 자서전으로 손꼽히는 나보코프의 자서전 『말하라, 기억이여』(1966)가 번역 출간되었다. 잃어버린 어린 시절에 대한 깊은 향수를 드러낸 이 시적인 자서전은 상실한 순수의 화신化身을 향해 격정으로 몸부림치는 『롤리타』와 다른 듯 닮은 글인데, 이 자서전을 보면 험버트가 곧 나보코프의 분신이라는 것을 짐작하게 된다.

나보코프는 소설을 쓰고 문학을 연구하는 동안 나비 채집과 연구에 심취해 있었다. 『나보코프블루스』라는 연구서는 그가 나비 연구에서 이룬 탁월한 업적에 대한 글로, '나보코프블루스'란 나보코프가 발견해서 이름 붙인 나비의 학명이다. 소설 『롤리타』의 아름다움은 나비의 아름다움과 비슷하기도 하다. 부서질 듯 얇고 불안하고 섬세하며 위태로운 날개를 가진 나비의 아름다움은 험버트가 그토록 욕망했던 순수 혹은 롤리타의 환영과 흡사하다. 설령 그 실체를 영원히 잡을 수 없을지라도, 손에 쥐는 순간 나비의 날개처럼 속절없이 부스러지는 것일지라도, 롤리타를 향한 광적인 격정과 절제된 슬픔으로 뒤엉켜 있던 험버트의 욕망은 부스러진 채 남은 나비의 날개처럼 쉬이 잊히지 않을 것이다.

소설가 김사과는 이렇게 말한다. "나보코프의 소설 『롤리타』를 좋아한다. 나는 시선이 나이든 사람을 가장 싫어한다. 하지만 나보코프의 작품을 읽고 나면 항상 아름답다고 느낀다. 소설 한 권에 보수적인 색채와 미학적인 느낌, 에로틱함과 정통 스릴러까지 담을 수 있다는 게 경이롭다. 아무튼 읽어봐야 안다."

물론이다. 읽어봐야 안다. 읽어보지 않으면 알 수 없다. 롤리타를 둘러싼 풍문風聞의 잔물결 너머 어두운 해일 같은 의미를. 그리고 끝내 아무것도 쥐지 못한 험버트의 그 해쓱한 빈손의 의미를.

롤리타, 내 삶의 빛이요, 내 생명의 불꽃, 나의 죄, 나의 영혼. 롤-리-타.

삶이란 얼마나 이상한가! 우리는 운명을 추구할수록 그것에서 점점 멀어진다.

내가 미친 듯 소유했던 것은 그녀가 아니라 나 자신이 창조해낸 것이었다. 또 다른 환상 롤리타, 아마도 실제보다 더 리얼한 롤리타.

짐승 같은 것과 아름다운 것이 한 곳에 있다. 내가 포착하고 싶은 것은 바로 그 경계선이다. 하지만 나는 완전히 실패했다.

미성숙이 왜 나를 매혹하는가. 그것은 순수하고 젊고 금지된 요정의 아름다움이 주는 명쾌함 때문이라기보다 많은 것이 약속되지만 거의 아무것도 주어지지 않음으로 인해 생기는 틈새를 무한한 완전성들이 메워준다는 점에서 무엇보다 안심할 수 있기 때문이다. …… 결코 가질 수 없는 분홍 잿빛의 위대함이여.

내가 언젠가는 죽을 것이라는 것을 아는 만큼 그렇게 분명히 나는 그녀를 내가 본 어느 것보다 사랑했고, 지구상에서 상상할 수 있는 어느 것보다 더 사랑했으며, 다른 어느 곳에서 얻을 수 있는 어떤 희망보다 더 그녀를 사랑했다는 것을 알았다. 그녀는 단 하나의 회미한 바이올렛 향기였고, 과거에 내가 그렇게 울며 찾아 헤매던 님펫의 죽은 메아리였다.

나는 너를 사랑했다. 나는 발이 다섯 개 달린 괴물이었지만 나는 너를 사랑했다. 나는 비열했고, 야비했고, 거칠고, 그 이상 모두였다. 하지만 나는 너를 사랑했다, 너를 사랑했다!

그때 나는 알았다, 가망 없이 가슴 아픈 것은 내 곁에 롤리타가 없어서가 아니라, 저 소리들의 어울림 속에 그녀의 음성이 더 이상 들리지 않기 때문임을.

험버트,
그의 해쓱한
빈 손

연인

원작 | 마그리트 뒤라스
감독 | 장 자크 아노

"열여덟 살에 나는 늙어 있었다."

마그리트 뒤라스의 『연인』에서 주인공이 맨 처음 하는 말이다. 그녀는 학교에 가기 위해 매일 "아름답고 유유하고 야성적인 메콩 강"을 건넌다. 이 강은 아름답고 유유하고 야성적인 그녀 혹은 그들의 사랑을 상징한다.

이 프랑스 소녀와 중국 청년은 메콩 강을 건너는 나룻배 위에서 우연히 만난다. 영화의 인상적인 첫 장면에서 소녀는 가슴과 등이 파인 낡은 원피스를 가죽벨트로 졸라매고 검은 리본이 달린 남성용 중절모를 쓰고 있고, 청년은 유럽 스타일의 밝은 색 실크 양복을 입고 있다. 반짝이는 강물의 빛을 온몸에 받으면서 안개와 열기로 가득한 희미한 공기 속에 난간에 팔꿈치를 괴고 갑판에 서 있던 그녀를 처음 본 순간, 그는 앞으로 그녀 마음대로 그들의 관계가 움직여갈 것을 직감한다. 그들은 그렇게 사랑에 빠진다.

명민한 자의식을 지닌 그녀는 평생 글을 쓰며 살고 싶었지만 가난의 굴레, 아버지의 죽음, 광기를 지닌 엄마, 폭력적인 큰오빠, 병약한 작은오빠 등 불우한 가족사 속에 갇혀 있었고, 청년은 이제 막 파리 유학을 마치고 돌아온 중국의 부유한 집안 귀족 자제였다. 사랑에 빠진 이들은 비난과 심한 반대를 겪지만, 서로 함께 있어도 괴로울 만큼, 둘의 슬픔이 너무 닮아 고통스러울 만큼, 육체적인 사랑이 유희와 죽음을 넘어설 만큼, 서로를 끊임없이 욕망한다.

그녀는 말한다. "욕망을 외부에서 끌어오려고 해서는 안 된다. 욕망은 그것을 충동질한 여자의 몸 안에 있다. 그게 아니라면 욕망은 존재하지 않는 것이다." 그녀는 이 욕망을 글로 쓰며 살고 싶은데 그럴 수 없고, 가족을 증오하면서도 사랑하고, 그 청년 앞에서 무심한 척 애써도 그를 깊이 사랑한다. 사이공의 어둡고 침침한 골목 안쪽, 시장의 시끌벅적한 소음이 그대로 들리는, 아주 가느다란 빛만 들어오는 허름한 한 집에서, 그들은 그 사랑이 이루어지지 않을 것을 이미 알고 있는 절박한 사랑을 나눈다.

결국 그들은 헤어진다. 자신의 나라 프랑스가 점령한 베트남에서 궁핍하게 살던 그녀의 가족이 다시 프랑스로 돌아가게 되었던 것이다. 열여섯과 서른둘이라는 나이 차이, 프랑스와 중국이라는 동서양의 차이, 빈부와 계급의 차이 등 삶의 모든 방식이 전혀 달랐던 그들은 끝내 헤어질 수밖에 없었다. 그는 그녀에게 "널 만나기 전에 난 고통이라는 걸 몰랐어"라고 말하고, 그녀는 헤어지고 나서야 자신의 사랑이 간절한 진심이었던 것을 깨닫는다. 헤어진 이후 그들의 일상은 마치 훼손된 것도 잃은 것도 없는 것처럼 보이지만 이별이 남긴 상흔과 돌이킬 수 없는 균열은 평생 그들을 옭죄었다.

세상의 많은 사랑이 그러하듯, 그녀와 그도 사랑이 지나간 후 해쓱한 빈손으로 남는다. 그러나 비어 있는 손에 남아 있는 사랑과 고통의 잔영, 그것은 나보코프의 말처럼 삶의 틈새를 메워주는 무한한 완벽함 같은 것이다. 아무것도 잡아보려 하지 않은 손들은 영원히 모르는, 잡히지 않는 그것을 향해 허공을 가르고 부여잡으려 애쓴 손에만 남아있는 바로 그것.

미 조 구 치

죽.음.에. 이.르.는.

아 .름 .다 .운 . 병

미시마 유키오의
『금각사』(1956)

금각사 방화사건

1950년 7월 2일 새벽, 일본에서 충격적인 방화사건이 발생했다. 천년 고도, 교토(京都)를 상징하는 사찰 금각사에서 불길이 치솟았다. 화마는 일본인들의 자랑이었던 금빛의 전각(금각)을 순식간에 집어삼켰다.

방화범은 바로 체포되었는데, 금각사의 도제(주지승 밑에서 수행 중인 예비승려) 하야시 쇼켄(당시 나이 21세)이었다. 하야시는 방화 후에 자살을 시도했으나 미수에 그쳐 혼수상태에 빠진 상태에서 발견되었다. 수행승이 왜 모태와 다름없는 그곳에 불을 질렀을까? 그것도 사람들이 그토록 사랑하는 아름다운 금각사에? 이 사건은 전후 혼란기의 일본 사회에 큰 파장을 일으켰다. 방화사건을 둘러싸고 온갖 추측이 난무했으나, 열등감이 많은 하야시가 수행생활에 적응하지 못했고, 주지가 될 수 없다는 좌절 끝에 극단적으로 방화를 저지르게 되었다는 것으로 사건은 종결되었다.

그런데 방화 사건은 의외의 곳에서 되살아났다. 이 사건이 장래가 촉망되는 젊은 작가였던 미시마 유키오三島由紀夫를 강렬하게 사로잡았던 것이다. 콤플렉스 가득한 청년의 어두운 내면, 사회 부적응, 아름다움에 대한 질투 등의 수사 내용은 천재적인 소설가에게 강렬한 영감을 주었다. 미시마는 사건을 조사하고 범인의 여정을 면밀하게 탐색해나갔고, 방화 사건은 1956년 『금각사』라는 한 편의 소설이 되었다.

미시마는 "범죄는 소설의 좋은 소재일 뿐 아니라, 범죄자의 기질은 소설가적 소질 안에도 불가분하게 섞여 있다"고 말한 바 있다. 방화범 '하야시'는 소설에서 '나(미조구치)'로 부활한다. 절집 아이이고 선천적 말더듬이이며 금각사의 도제가 되어 결국 방화를 하게 되는 '나'의 소설 속의 여정은 실제 인물 '하야시'의 여정과 거의 똑같이 겹쳐진다. 하지만 하야시 사건은 소설적 상상력에 의하여, 청춘의 어두운 터널을 뚫고 세상으로 나가려는 불꽃 같은 성장담으로 새롭게 탄생한다. 『금각사』는 현실의 사건을 그대로 소설화한 시사 소설이면서 동시에 청춘의 고뇌와 예술적 지향에 대한 작가의 생생한 고백이다.

미조구치,
죽음에 이르는
아름다운 병

미조구치 이야기

　어려서부터 아버지는 내게 자주 금각에 관한 이야기를 들려주었다. 내 마음속에서 금각은 늘 세상에서 가장 아름다운 것으로 살아 숨쉬었다. 하지만 금각에 대한 환상이 커지는 만큼 나는 금각과 운명적으로 멀어져 갔다. 몸이 허약한 데다가 말더듬이인 나는 세상을 향해 제대로 말문을 열 수가 없었기 때문이다. 나의 내면과 외부의 세상 사이에는 항상 거대한 문이 가로막고 있었고, 문의 자물쇠는 점점 녹슬어갔다. 문은 너무도 견고하게 닫혀 있어 한 줄기 바람도 통하지 않았다. 문 밖의 세계는 늘 새하얀 빛으로 반짝거렸다. 나는 그 세계에서 떨어져 앉아 있을 뿐이었다. 5월의 꽃들, 해군사관학교에 다니는 선배의 긍지에 가득 찬 제복과 멋진 단검, 친구들의 밝은 웃음소리…… 그 모든 것들을 멀리서 바라보는 것이 세상에 대한 나의 독특한 예의였다. 나는 밝은 태양 아래에 있는 그들과 다르다. 하지만 언젠가는 나는 중이 될 것이고 저들은 죽음에 임박하여서 결국 나의 어둠의 세계를 방문하리라. 선배인 사관생도의 아름다운 단검에 흉한 칼자국을 새기며 나의 어둡고 무거운 세계를 확인했다.

　첫사랑 우이꼬는 아름다웠다. 그녀를 사모했으나 한 마디 말도 건넬 수 없었다. 그 와중에 그녀는 탈영병과 비극적으로 연애를 하게 되고, 내 눈앞에서 애인의 총에 맞아 쓰러졌다. 세계를 거부하는 듯한 그녀의 표정, 그녀가 죽는 순간에 보여주었던 기이한 아름다움은 내가 감히 닿을 수 없는 불가사의한 미의 세계가 되어 나의 영혼에 강렬하게 각인되었다.

　나는 아버지의 유언대로 금각사의 도제가 되어 금각과 함께 생활하게 되었다. 태평양 전쟁이 막바지에 이르며 쿄토에 공습이 있을지도 모른다는 소문이 돌았다. 나는 금각이 사라질 수 있다는 사실에 가슴이 떨렸다. 금각이 영원하고 완전무결한 것이 아니라 우리들과 같은 불안한 생을 살고 있다는 생각은 나와 금각을 갑작스럽게 친밀하게 만들었다. 쓰루카와라는 친구도 내게 위안을 주었다. 그는 같은 도제 생활을 하고 있었으나 나와는 다르게 선천적으로 밝은 세상에 속해 있었다. 그는 나의 내면에 있는 혼탁하고 어두운 세계를 투명하고 밝은 쪽으로 번역해주는 재주가 있었다.

　하지만 아무리 기다려도 공습은 없었고 전쟁은 끝났다. 패전의 날에 금각은 초연했다. 피의 전쟁이 언제 있었냐는 듯이 금각은 완전무결한 미를 발하며 견고하게 빛나고 있었다. 불길 같은 여름날에 돌연히 날아든 패전의 소식은 나에게 무엇이었을까? 나는 그날, 금각이 미래에도 영구히 존재하리라는 저주스러운 사실을 통고받았다.

　어머니의 야심도 작용했지만, 이즈음부터 나는 노사(주지승)에게 잘 보여서 언젠가는 금각사를 소유하리라는 생각을 품게 되었다. '금각이 내 것이 된다!' 내게는 새로운 시대가 열리고 있었다. 금각과의 공존은 불가능했다. 금각은 굴곡이 없다. 어둠에 갇혀 더듬거리지도 않는다. 금각이 저 건너의 세상에서 찬란하게 버티고 있는 한, 나는 원래의 어두운 세계에 더욱 침전할 뿐이다. 전쟁이 끝난 세계는 욕정이 가득한 사악한 불빛으로 반짝였고, 내면의 어둠은 그 불빛을 좇고 있었다.

눈이 내린 아침, 금각사를 찾아온 술 취한 미군 병사의 강요로 나는 술집여자의 배를 짓밟는 사고를 치고 말았다. 금각 앞에서 악행을 하면서 나는 불가사의한 쾌감을 느꼈다. 악을 범할 수 있다는 명료한 의식이 내 안에서 눈부신 광채를 내고 있었다.

노사는 나를 대학에 보내주지만 나의 일련의 악행을 눈치채면서 나와 노사의 관계는 점점 불편하게 변해갔다. 대학에서 나는 일상인이 결코 될 수 없는, 나와 비슷한 인종을 발견했다. 안짱다리로 심하게 흔들리는 걸음걸이를 하는 가시와기는 쓰루카와와는 전혀 다른 세계, 어둠의 깊은 심연에서 어둠을 한껏 조롱하는 인간이었다. 가와사키의 말대로 나는 드디어 마음껏 말을 더듬을 수 있는 상대를 만난 것이다. 그는 노파에게 동정을 버리게 되는 기이한 경험을 내게 들려주었다. 가시와기를 따라서 나는 여성의 육체를 본격적으로 욕망하기 시작했다. 여자의 육체는 내가 어렵사리 더듬거리면서 되찾아야 할 인생이었고 어둠의 터널을 지나 전진하기 위한 관문인 셈이었다.

이때 우이꼬의 환상이 나타났다. 가시와기의 하숙집 딸과 그리고 아름다운 꽃꽂이 선생과 육체관계를 맺으려는 순간 우이꼬가 나타나더니, 다시 영원한 위엄으로 가득 찬 금각으로 변해갔다. 금각은 그

녀들을 거부하였고, 인생에 대한 나의 허무한 갈망을 조소하였다. 거대한 금각의 위용 앞에서 그녀들은 먼지처럼 날려가 버렸다. 내가 인생을 갈망할수록 금각은 점점 거대해지면서 범접하기 어려운 권력을 행사했다.

쓰루카와의 돌연한 죽음으로 나와 밝은 세계를 이어주던 한 가닥의 실마저 끊겨버렸다. 고독이 다시 시작되었고, 나는 점점 더 금각을 증오하게 되었다. '생명과는 너무나도 동떨어져 생을 모욕하는 저 금각을 언젠가는 지배하리라.'

도제로서의 생활도 이미 끝을 보고 있었다. 술집 기생과 밀회를 즐기고 있는 노사와 마주친 날로부터 노사와의 관계는 더욱 꼬여만 갔다. 게다가 학교 성적도 엉망이어서 노사에게 심한 질책을 받았다. 더 이상 후계자로 삼을 생각이 없다는 선언에 나는 절을 뛰쳐나와 짧은 여행을 했다. 고향 바다를 지나 거친 물결을 따라 한없이 걸었다. 파도와 거센 북풍만이 살아 있었다. 아무것도 나를 위협하지 않았다. 하나의 상념이 떠오르더니 강력하고 거대하게 커갔다. '금각을 불태워야 한다.'

마음에 불꽃을 품고 절로 돌아온 나는 노사에게 받은 수업료로 유곽을 찾았다. 우이꼬는 더 이상 나타나지 않았다. 나는 무덤덤하게 동정을 버렸다. 준비는 착착 진행되었다. 금각 북쪽문의 못을 뽑아두었고, 수면제와 단도를 샀다. 얼마 남지 않았다. 녹슨 자물쇠가 열리고 내계와 외계는 곧장 통하게 되리라.

금각으로 들어가 준비해 놓은 짚더미를 쌓고 불을 붙였다. 주위
가 환해졌다. 3층으로 올라가 죽으려 했지만, 문이 열리지 않았다. 불
길이 발밑까지 쫓아왔다. 몸을 돌려 계단을 뛰어내렸다. 방향도 모른
채 쏜살같이 달렸다. 정신을 차리니 뒷산의 꼭대기에 쓰러져 있었다.
찰과상으로 온몸이 피투성이가 되어 있었다. 금각 위의 하늘은 수많
은 불꽃이 날려 금가루를 뿌린 듯했다.

나는 담배를 꺼내 피웠다. 그리고 살아야겠다고 생각했다.

인간에 대한 색다른 탐구

주인공 미조구치는 상반되는 두 세계 사이에 끼어 있다. 어둠의
세계는 죽음, 육체적 불구, 조잡한 일상, 욕망, 악행, 배반 등으로 점
철된 세계이고, 밝음의 세계는 순백, 태양과 바람, 미, 영원 등으로 상
징되는 세계이다. 말더듬이인 미조구치는 운명적으로 어둠의 세계에
갇혀 있다. 내면을 언어로 자유롭게 풀어내지 못하여 항상 위축되어
있는 그는, 타인들의 조롱 속에서 점점 더 어두운 내면으로 내몰린
다. 또 절집 태생이라는 신분은 일상인들과 다르게 그의 삶을 죽음의
세계에 늘 가깝도록 한다. 세상과 소통하는 의식의 문이 굳게 잠길수
록 미조구치는 밝고 영원한 세계를 간절하게 동경하는데, '금각'은
그 세계의 상징으로 군림한다. 금각이 무엇이며, 금각과 어떻게 화해

할 것인가가 이 소설을 풀어가는 가장 중요한 열쇠가 된다.

'두 세계 사이에서 고뇌하는 청춘'이란 일반적인 성장소설에서 접할 수 있는 낯익은 구성이다. 사이렌이 유혹하는 바다를 건너서 가정과 왕국을 되찾는 오디세우스의 항해처럼, 고난과 투쟁하며 성장해나가 새로운 땅을 획득하는 것이 성장담의 일반적 특성이다. 주인공이 두 세계 사이에서 갈등하고 있다는 점에서 『금각사』는 성장소설의 보편적인 구성을 취하고 있다. 하지만 주인공이 지향하는 세계나 갈등 해결의 방식은 매우 독특하다. 미조구치가 동경하는 '금각'이란 도대체 뭘까?

먼저 그것은 완벽한 아름다움을 지닌 건물이다. 실제로 금각은 작은 연못 옆에 서 있는데, 그 연못에 금빛 그림자가 일렁일 때, 일본인들은 서방정토가 현실세계에 구현된 듯한 황홀감을 느낀다고 한다. 화려한 금빛은 단정한 건물의 선과 조화를 이루며 일본 특유의 인공미의 세계가 만들어진다. 금각은 그 자체로 영원과 절대성을 상징하는 미의 화신이 된다. 미조구치는 깊은 상처를 지닌 인물이다. 말더듬이에 허약한 육체, 폐병으로 죽어간 아버지, 불륜을 저지른 부정한 어머니, 인간의 천박한 이중성 등으로 인생을 불완전하고 어두운 것이라고 인식한다. 하지만 시간과 공간을 초월하여 수백 년 동안 변함없이 금빛 위용을 떨치고 있는 금각은 인생의 반대편에 존재한다. 금각은 인간의 불완전성과 대비되는 완전무결한 영원한 절대미 그 자체이다.

또 금각은 미조구치의 성적 욕망이 빚어낸 추상적 관념이기도 하다. 그는 여성의 육체가 금각으로 변하는 환상을 보는데, 이것은 금각이 억압된 욕망의 다른 이름이라는 것을 말해준다. 자신을 경멸한 첫사랑 우이꼬나 우연히 훔쳐본 여인의 황홀한 젖가슴은 미조구치가 절대로 닿을 수 없는 세계이다. 거부당한 사랑, 억압된 성욕은 그녀들의 육체를 절대미의 화신인 금각으로 변신하게 한다.

성애(또는 그것의 변신인 금각)에 대한 욕망이 강렬해질수록, 미조구치는 자신의 불구성에 더욱 위축당하며 여자들과 사랑을 나누지 못하게 된다. 일상적인 삶이 그에게 접근할 때마다 미조구치는 금각을 불러내고 금각의 눈으로 인생을 경계한다. 금각은 욕망이 빚어낸 텅 빈 거푸집 같은 것이기에 애초에 충족될 수 없는 것이다. 금각을 꿈꿀수록 그것은 그 이름 자체로 그를 구속하며 인생의 모든 것을 무가치한 것으로 만들어버린다.

금각은 이처럼 절대미의 상징이면서 한편으로는 잠재된 욕망의 화신이기도 하다. 미조구치는 성장의 바다를 건너가고 있지만, 오디세우스처럼 운명이라는 외적세계의 문제들과 결투하는 것이 아니다. 육체적 열등감, 거기에서 빚어진 정신적 억압과 상처, 그리고 미에 대한 남다른 집착 등, 철저하게 자신의 내적 욕망과 대결해 나간다.

주인공의 미에 대한 집착은 성애에 대한 충동으로 이어지며, 이것은 극단적으로는 죽음의 충동으로 이어진다. 금각을 불태우려는 것은 억압에 도전하여 새로운 생을 찾겠다는 의지이지만, 이면에는 함

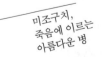

께 불타 죽음으로써 금각과 영원히 결합하고자 하는 충동이 숨겨져 있다. 방화는 새로운 삶에 대한 열망과 죽음에 대한 충동이 미조구치의 내면에서 함께 들끓고 있음을 보여준다. 방화를 한 후에 살겠다는 고백을 했을 때, 미조구치는 비로소 새로운 생에 겨우 한 발을 내딛게 된다.

이처럼 『금각사』는 성장소설이면서도, 인간의 어두운 내면을 예리하게 파고 들어간 심리소설이며, 억압된 성적 욕망을 집요하게 추적한 탐미주의 소설이기도 하다. 『금각사』가 미시마 유키오를 세 번씩이나 노벨상 후보에 오르게 하는 데 결정적 역할을 했다는 사실에서도 알 수 있듯이, 이 기이한 청춘의 광시곡은 거부할 수 없는 특별한 매력으로 전 세계 독자를 사로잡아왔다. 『금각사』는 청춘의 내면을 예리한 감수성으로 투명하게 들추어내면서, 아름다움에 탐닉하는 인간 심리를 경험하게 한다. 또 삶에 대한 욕망과 죽음에 대한 충동이 뫼비우스의 띠처럼 끝없이 얽혀 있는 것이 인간임을 생생하게 보여준다.

『금각사』에 대한 환호와 찬사의 한편에서는 이 소설이 지나치게 추상적이어서, 금각사만 있고 인간은 없다는 비판이 제기되기도 하였다. 개인의 내면에 대한 집요한 탐구는 동전의 앞뒷면처럼 필연적으로 세계와의 취약한 관계를 야기한다. 타인과의 대결과 화해를 통해 사회적 인간은 성장한다는 관점에서 보면, 『금각사』에는 사회적 인간으로서의 갈등 관계가 매우 미미하게 나타나는 것이 사실이다.

이러한 취약성은 소설이 태평양 전쟁을 배경으로 하고 있는데도 전쟁과 연관된 갈등이 거의 나타나지 않는다는 데에서도 드러난다. 아수라 같은 현실을 갈등 요소로 끼워 넣기가 어려웠기에 현실은 점점 배제되었고, 소설이 내면으로만 치달리게 되었다는 지적도 있다. 『금각사』의 이러한 비역사적・탈사회적인 색채는 미시마 유키오 문학세계의 성향을 보여주는 것이며, 차후에 미시마가 나아갈 극단적인 길에 대한 무언의 계시이기도 하다.

기이한 우국憂國의 길

미시마 유키오(1925~1970)는 그 어떤 소설보다도 더 소설적인 삶을 살다간 인물이다. 가와바타 야스나리가 일본인 최초로 노벨문학상을 탔을 때(1968), 서구 언론이 왜 미시마가 아니었는가라고 의아해했을 만큼 일본 문학을 대표하는 작가로서 미시마는 생전에 이미 세계적인 명성을 누렸다.

쇼와(소화시대, 1926~1989)의 천재로서, 전후 일본 문학을 대표하는 이 작가는 미숙아로 태어나서 청년시절까지는 허약체질로 육체적 열등감에 시달렸다. 하지만 비상한 두뇌의 소유자로 일본의 최고 엘리트 코스인 '학습원—동경대학 법학과—행정고시—대장성(재무부)'을 거치며 출세가도를 달린다. 그런데 중학교 때부터 글을 쓰면서 다

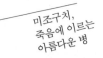

져온 문학에 대한 열망을 버리지 못해, 1948년에 대장성을 사직하고 본격적인 작가생활을 하게 된다.

명민한 두뇌와 개성 있는 필체로 무장한 이 작가는 소설, 수필, 대중적 글쓰기, 가부키를 위한 희곡, 일본 전통극인 노(能)의 현대적 개작 등 거의 모든 장르를 가로지르며 다양한 창작활동을 했다. 대부분의 작품이 영어로 번역되어 서구에 소개되었고, 유럽과 미국에서도 미시마의 추종자들이 줄을 이었다.

창작 초기에는 불안의식이 엿보이는 소설들을 발표하다가, 30대에 육체미 운동을 하면서 작품에서도 남성적 색채가 점차 강조된다. 동성애적 기질을 가진 한 젊은 영혼의 고백인 『가면의 고백』(1949)이 초기 소설의 특성을 보여준다면, 『금각사』는 후기로 넘어가는 과정의 작품이다. 그는 보디빌딩으로 육체를 단련시켜 나가면서 현실적 힘의 세계에 가까워지고자 했다.

그의 미에 대한 집착이나 죽음에의 충동은 점차로 현실적인 힘에 대한 지향으로 옮겨갔고, 정치적으로는 일본의 전통과 천황주의에 대한 동경으로 급선회해갔다. 1961년 발표된 〈우국〉에서는 천황과 국가를 위해 할복하는 군인의 죽음을 영웅주의와 에로티시즘을 버무려 비장하게 그려내고 있다. 1960년대, 강한 일본을 만들어야 한다는 사회적 분위기를 타고, 미시마는 극우주의자의 길로 치닫는다.

1970년 11월 25일 그는 극우단체인 다테노가이 회원 4명과 동경 시내에 있는 자위대에 난입한다. 그리고 평화헌법(특히 헌법 9조의

"일본은 전쟁을 하지 않겠다"는 조항) 폐지와 천황제 부활을 외치고 할복을 한다. 제자이자 동성애의 애인이었던 모리타는 그의 목을 쳐서 미시마의 사무라이 식 죽음은 완성된다.

미시마의 할복자살은 세계인들에게 큰 충격을 주었다. 죽음이라는 극단적 방법으로 어떤 문제를 해결하려고 했다는 점에서 미시마의 자살은 금각사 방화 사건과 매우 닮아 있다. 죽음은 자기희생을 바탕으로 하기에 때로 탐미적인 빛깔을 띠기도 한다. 하지만 방화로도 죽음으로도 인생의 복잡한 모순을 풀어낼 수는 없다. 타인이나 세계와의 소통을 통해서, 치열한 대결과 화해를 통해서 삶은 비로소 조금씩 앞으로 나아간다. 바로 이 지점에서 금각사에 금각만이 있고 인간이 부재하다는 지적은 다시 한 번 되새길 만하다.

밑줄긋기

내가 인생에서 처음 직면한 문제는 미美였다고 해도 과언이 아니다. 아버지는 "금각처럼 아름다운 것이 없다"고만 가르쳐주었다. 나는 자신도 모르는 곳에 이미 미라는 것이 존재하고 있다는 생각에 불안 과 초조를 느끼지 않을 수 없었다. 미가 명백히 그곳에 존재하고 있 다면, 나라는 존재는 미로부터 소외된 것이 된다.

내일이야말로 금각이 불타리라. 공간을 가득 채우고 있는 그 형태가 사라지리라. …… 그 순간 꼭대기의 봉황은 불사조처럼 되살아나 날 아가리라. 그리고 형태에 속박되어 있던 금각은 가벼운 몸놀림으로 닻에서 벗어나 도처에 모습을 나타내며 희미한 빛을 뿌리며 자유로 이 떠돌아다니리라.

아마데우스

감독 | 밀로스 포먼(1984)

아름다운 꽃을 꺾어 화병에 꽂아 둔다. 꽃은 잠시 나의 것이 되는 듯하지만, 금방 시들어버리고 만다. 아름다움은 사랑하고 질투할 수는 있을지라도 소유하기는 어렵다. 불행은 아름다움이 그것을 사랑하는 이들을 치명적으로 매혹시킨다는 것이다.

1823년의 눈보라치는 어느 겨울 밤, 한 노인이 자살을 시도하고는 자신이 모차르트를 살해했노라고 주장한다. 그는 오스트리아 요셉 2세의 궁정 음악장 안토니오 살리에리였다. 참회를 들어주기 위해서 찾아온 신부에게 노인은 모차르트라는 천재를 질투하고 증오하여 죽음으로 몰아넣었던 이야기를 들려준다.

살리에리는 음악으로 신을 찬양하겠다는 신념으로 성실하게 음악가의 길을 걸어 드디어 궁정의 음악장 자리에까지 오른다. 감사와 은총으로 충만했던 살리에리의 삶은 모차르트라는 천재를 만나면서 부서져 내리기 시작한다. 다섯 살 때부터 작곡을 하며 유럽을 떠들썩하게 했다는 모차르트의 음악을 처음 듣는 순간, 살리에리는 신이 불공평하며 잔인하다는 것을

미조구치,
죽음에 이르는
아름다운 병

처음으로 깨닫는다. 모차르트는 천박하고 유치하고 오만방자한 속물이었지만 그의 음악만은 천상의 것 그 자체였다. 모차르트는 신이 특별하게 선택한 천재였고, 자신은 그저 평범한 인간에 불과했다. 자기가 사랑했던 여자를 모차르트에게 빼앗기면서 그에 대한 질투와 증오는 점점 거세어간다. 살리에리는 신상을 불에 던져 넣으며 천박한 모차르트를 선택한 신을 버리고, 신에게 복수할 결심을 한다.

모차르트는 방탕한 생활을 거듭하면서 아버지와 불화를 겪게 되고, 아버지의 죽음 때문에 극심한 충격과 자책감에 빠져든다. 병마에 시달리면서 경제적으로도 궁핍해진 모차르트를 살리에리는 옥죄어 들어간다. 모차르트에게 진혼곡을 부탁하고 모차르트가 아버지의 환상에 시달리면서 그 곡을 쓰게 한다. 죽음을 앞둔 모차르트는 혼신의 힘을 다해 진혼곡을 작곡한다. 살리에리는 모차르트에 입에서 흘러나오는 천상의 음들을 악보에 옮겨 적으며, 그가 정말로 신이 선택한 천재였음을 새삼 확인한다. 모차르트의 죽음으로 살리에리는 평생을 고통 속에서 살아가게 된다.

600편이 넘는 불멸의 작품을 남기고 35세에 요절한 모차르트의 삶은 숱한 전설을 만들어냈다. 특히 그의 죽음은 극적인 상상을 불러일으켜 일찍부터 연극과 오페라의 소재로 많이 이용되었다. 실제로는 모차르트가 병으로 죽었다는 설이 유력하지만, 동시대의 작곡가들이 이 천재를 바라보면서 느꼈을 질투와 번민이 있었을 것이기에, 당대의 실제 작곡가였던 살리에리의 음모라는 영화 스토리는 드라마틱한 공감을 준다.

영화의 주인공은 모차르트지만, 사실상 영화의 초점은 평범한 한 인간이 절대적인 아름다움에 부딪쳐서 느끼는 질투와 좌절에 맞추어져 있다. 살리에리가 모차르트 음악이라는 아름다움을 경험하지 못했다면, 또는 살리에리가 그의 절대적인 천재성을 알아보지 못했다면 그는 자기 나름의 미의 세계에서 자족적으로 살아갈 수 있었을 것이다. 하지만 불행하게도 그는 아름다움을 추구하는 사람이었고, 아름다움을 욕망하는 사람이었다. 천상의 아름다움에 매혹당한 살리에리는 그것을 욕망하는 순간부터 고통에 빠진다. 절대적 아름다움을 질투하는 일은 결국 신과 적대적 관계에 빠지는 일이기 때문이었다.

영화는 모차르트 음악을 통해서 평범한 일상인들이 감히 닿을 수 없는 천재성, 위대한 예술성, 절대미의 경지가 있다고 말한다. 인간의 인위적인 노력으로는 닿을 수 없는 영역이 있어, 범인들은 그것에 찬탄하고 그것을 소망하되, 결코 소유할 수는 없다는 것이다. 신의 축복인 모차르트를 파멸하려는 살리에리의 분노는 금각에 불을 지르는 미조구치의 욕망과 닮아 있다. 그러나 미조구치가 금각을 부정함으로써 새로운 삶을 잡으려 했다면, 살리에리는 결국 그 아름다움에 무릎을 꿇고 처절하게 무너져버린다.

정신병동에 수감된 늙은 살리에리가 창백한 손을 흔들며 "너희들의 죄를 사한다"고 읊조리는 장면은 특히 인상적이다. 아름다움을 사랑하고 질투하는 것은 모든 범인들의 운명이다. "어쩔 수 없이 아름다움에 매혹된, 너희들의 죄를 사하노라."

그 남 자
질 . 투 . 혹 . 은 .
집 . 착 . 의 . 화 . 신

앙리 로브그리예의
『질투』(1957)

질투, 녹색 눈빛의 괴물

"질투란 놈은 녹색 눈빛을 가진 괴물이요, 사람의 마음을 먹이 삼아 진탕 즐기는 놈이죠." 셰익스피어의 『오셀로』에 나오는 구절이다. 협잡꾼 이야고는 오셀로의 마음에 질투라는 불을 질러 의심 없이 사랑하던 오셀로와 데스데모나를 비극으로 몰아넣는다. 용감하고 낭만적이며 고결한 품성을 지녔던 왕 오셀로가 그토록 사랑하는 아내 데스데모나를 죽이게 된 것은 녹색 눈빛의 괴물, 질투 때문이었다.

"공기처럼 가벼운 물건도 질투심에 불타는 사람에게는 성서만큼이나 강력한 증거가 되는 법이지." 지독한 사랑 때문에 더욱 질투에 눈이 먼 이들에게는 연인의 사소한 몸짓 하나 혹은 아주 작은 물건 하나도 성서만큼이나 뚜렷하고 결정적인 배신의 증거가 된다. 데스데모나가 흘린 손수건은 그들을 예기치 않은 파국으로 몰아가는 폭풍이자 배신의 증거가 되었다.

『오셀로』에서 가장 고통스럽고도 잔인한 문장은 무엇일까. "깊이 사랑하면서도 의심하고, 의심하면서도 열렬히 사랑하는 남자는 정말 일 분 일 초가 얼마나 저주스럽겠습니까!" 이는 또한 로브그리예의 『질투』에 등장하는 화자의 고통과 심리를 그대로 표현하는 문장이기도 하다.

그럼에도 『질투』의 '그 남자'는 오셀로와 달리 격노와 질투의 감정을 전혀 드러내지 않는다. 그저 아내의 일거수일투족을 단 한 순간도 놓치지 않고 끈적이게 훔쳐보며 집착하고 치밀하게 묘사할 뿐이다. 그런데도 그 남자의 차갑고도 질긴 이 집요한 시선은 오셀로의 분노보다 오히려 더 섬뜩하고 냉혹하다.

사랑만큼이나 질투도 인간을 사로잡는 강렬한 감정이다. 질투는 사랑하고 욕망하는 이들에게 어쩔 수 없이 생겨나는 사랑의 쌍생아혹은 사랑의 다른 얼굴이기도 하다. 그래서 사랑하는 사람들에게 가장 위험한 것은 불신이 아니라 오히려 질투심이 전혀 없는 상태라고 얘기하기도 한다. 데이비드 버스는 『위험한 열정, 질투』라는 책에서, 질투는 부정적이며 맹목적인 열정이 아니라 감정의 지혜이자 사랑을 지속하기 위해 진화하는 감정이라고 설명한다.

앙리 로브그리예의 『질투』에서 화자인 '그 남자'는 자기 아내 A…와 이웃집 남자 프랑크 사이를 의심한다. 가까이 이웃하여 사는 그들 두 부부는 늘 어울려 함께 식사하고 차를 마신다. 어쩌다 한두

그 남자,
질투 혹은
집착의 화신

번 A…와 프랑크 둘이서만 시내에 나가 일을 보고 저녁식사를 하고 늦게, 아주 늦게 돌아온 적이 있을 뿐이다. 화자는 아내가 이웃집 남자 프랑크와 함께 있을 때는 물론, 아내가 혼자 있을 때조차 그녀를 향한 집요한 시선을 거두지 않는다. 그 묘사는 매우 치밀하면서 또한 대단히 건조해서 그의 고통스러운 질투의 감정은 쉽게 드러나지 않는다.

그 남자의 아내 A…와 이웃집 남자 프랑크의 관계는 처음부터 끝까지 모호하다. 정말 A…와 프랑크는 화자가 질투를 가누기 힘들 만큼 특별한 관계였을까? 그저 그 남자 혼자 질투에 눈이 멀어 그들의 별 의미 없는 무심한 눈빛과 행동을 데스데모나의 손수건으로 여겨 자기 자신을 질투의 감옥에 가둔 것은 아닐까? 화자는 이 격렬한 질투의 동요와 고통을 어떻게 이토록 건조한 문장으로 치밀하고 지독하게 써내려 갈 수 있었을까?

그 남자와 그 아내 이야기

바나나를 재배하는 농장 근처에 짙푸른 나무와 숲으로 둘러싸여 있는 이곳, 태양이 중천에 떠오르자 집은 직각의 그림자를 드리운다. 열대 기후로 늘 후텁지근하지만 오늘도 아내 A…는 몸에 딱 달라붙는 드레스를 입고 긴 머리타래를 허리까지 늘어뜨리고 있다. 그녀는 지금 하늘색 편지지를 꺼내 편지를 쓰고 있다. 누구에게 보내는 어떤 편지인지는 알 수 없다.

저녁 무렵 이웃에 사는 프랑크가 식사를 하러 온다. 요 며칠 그의 아내 크리스티안은 덥고 습한 날씨를 견디지 못해 함께 다니지 않는다. 늘 나란히 앉는 나의 아내 A…와 이웃집 남자 프랑크, 어둠에 잠긴 은근한 불빛이 좋다는 나의 아내 A…와 이 말에 동조하는 이웃집 남자 프랑크, 의자를 당겨 프랑크 쪽으로 가까이 다가앉는 A…, 프랑크에게 깊숙이 몸을 숙이는 A…, 둘만이 아는 소설 이야기를 속삭이는 A…와 프랑크, 닿을 듯 말 듯 가까이 있는 A…와 프랑크의 손, 고급스러운 흰색 와이셔츠로 갈아입고 다시 들른 프랑크. 나의 시선은 내 아내 A…와 이웃집 남자 프랑크 사이에 오가는 아주 작고 사소한 행동이나 대화를 하나도 놓치지 않는다.

이들이 모여 저녁을 먹고 있는 방의 벽에는 지네가 짓이겨진 거무스름한 자국이 있다. 언젠가 지네를 발견한 아내가 비명을 지르자 프랑크가 성큼 나서서 죽였던 그 지네의 흔적이다. 지네가 죽으면서 남긴 이 흔적은 내 아내와 프랑크의 관계를 의심할 때마다 떠올라 나를 옭아맨다.

저녁식사를 하면서 A…와 프랑크는 내일 새벽 시내에 나가기로 의논한다. 프랑크는 새 트럭을 알아보기 위해서 그리고 아내는 장을 보기 위해서란다. 그들은 새벽 6시 반에 출발해 자정쯤 돌아올 계획을 세운다. 시내에 나가서 할 일을 계획하기 위해 그들이 짜고 있는

그 남자,
질투 혹은
집착의 화신

시간표는 너무도 치밀해서 오히려 의심스러울 지경이다. 떠나기 전날 밤, 아내는 캄캄해지도록 책을 읽으며 미동도 없이 어둠속에 앉아 생각에 빠져 있다. 이튿날 이른 새벽, 아내는 거울 속 자신을 한참 들여다 본 후 프랑크와 함께 집을 나선다.

아내가 없는 집은 하루 종일 텅 비어 있다. 나는 돌아올 시간을 넘겨도 돌아오지 않는 아내 A…를 기다리며 저녁 식탁에 혼자 앉아 있다. 온갖 벌레소리와 주위의 소음과 짐승들의 울음소리 속에서도 아내가 타고 돌아올 자동차 소리만 귀를 세워 기다리지만, 프랑크와 아내가 탄 차는 끝내 돌아오지 않는다. 나는 생각한다. 타이어가 두 번 연속해서 펑크가 났을 수도 있고, 너무 어두워서 수리를 하기 어려울 수도 있으며, 주문한 음식이 너무 늦게 나왔거나 거리에서 우연히 친구를 만났을 수도 있다고.

식탁에 앉아 바라보는 맞은편 벽에는 지네가 죽은 자국이 여전히 선명하다. 한번 물리면 독소가 온몸에 퍼진다는 그 지네다. 그런데 지네가 죽은 그 자리에서 마치 지네가 살아 움직이는 것 같이 느껴진다. 지네가 쉭쉭 소리 내는 것 같은 환청이 마치 아내가 머리카락을 빗질하는 소리처럼 들리고, 프랑크가 지네를 잡기 위해 쳐들었던 하얀 수건은 A…의 가느다란 손가락들이 경련을 일으키며 구겨잡는 새하얀 침대보로 연상되며, 아내의 머리카락 사이로 프랑크의 갈색 손가락이 흐르는 상상으로 이어진다. 어둠의 암흑을 지나 다시 날이 밝을 때까지, 아내가 돌아오지 않은 이 방은 감옥과 다름없다.

이튿날 오전쯤 그들은 태연하게 돌아온다. 그들은 여전히 자연스럽고 어떤 일도 없었던 듯 보인다. 전날 저녁 늦게 그저 차에 작은 고장이 생겼고 어쩔 수 없이 호텔에서 하룻밤을 보낸 후 아침나절 차를 고쳐 돌아왔을 뿐이라는 것이다. 아무 일도 없었던 듯 아내는 샤워를 하고 점심을 먹고 책을 읽는다. 나는 생각한다. 한 순간도 아내를 놓치지 않고 바라보았다고 여기지만 결코 내가 그녀를 볼 수 없는 사각 지대가 있었으리라는 생각. 그리고 그곳은 그녀에게 무한히 열려 있는 도주의 공간이기도 하다는 생각.

그날 저녁 프랑크가 다시 왔을 때, 아내 A…와 이웃집 남자 프랑크는 시내에서 차가 고장났던 얘기를 하고 있다. 저녁을 먹고 막 출발하려는데 차의 모터가 전혀 말을 듣지 않았고 정비소들은 이미 문을 닫아 할 수 없이 그곳에서 하룻밤을 묵을 수밖에 없었다는 얘기였다. 그의 차는 푸른색 세단, 지금까지 한 번도 고장을 일으킨 적이 없는 신형인데 말이다. 프랑크는 A…에게 누추한 호텔에서 밤을 지내게 해서 죄송하다고 얘기한다. 나 역시 대수롭지 않은 차 고장이었을 뿐이라고 애써 생각한다. 하지만 그들은 끝내 차의 어디가 어떻게 고장났는지, 밤을 지낸 호텔은 어땠는지 한 마디도 얘기하지 않는다.

그 순간 지네의 흔적이 다시 눈에 띈다. 그것은 호텔의 새하얀 이불보 위에서 경련을 일으키는 아내의 손으로 연상되고, 그 손 위로 프랑크의 손이 놓이는 환영이 보인다. 그런데 그 손은 아내가 쓰고 있던 하늘색 편지지, 셔츠주머니 위로 비죽이 나와 있는 바로 그 편지지를 깊숙이 밀어넣고 있는 프랑크의 손이다. 게다가 A…와 프랑크는 자리를 바꿔 앉으면서 어둠 속으로 사라져버려 둘 다 흐릿하고 모호한 실루엣만 남긴다. 하지만 또 나는 생각한다. 이 모든 것, 이런 생각들은 모두 나의 상상일 뿐이라고.

프랑크는 집으로 돌아가고 아내는 어둠에 잠겨 밤늦도록 혼자 앉아 있다. 블라인드 뒤에서 아내를 지켜보는 나, 그리고 칠흑 같은 어둠과 요란한 귀뚜라미 소리뿐이다.

격렬한 질투, 건조한 묘사

『질투』에서 격렬한 질투에 빠져 있는 '그 남자'는 막상 소설의 전면에 등장하지 않는다. 그 남자 앞에 놓인 접시로만 그의 존재를 상상할 수 있을 뿐 한 번도 그의 모습은 드러나지 않는다. 그 남자가 집착하면서 묘사하는 아내 A…는 이니셜만 등장하고 이름은 숨겨져 있다. 그녀의 이름은 Anne이거나 Amy 혹은 Alice일 수도 있다. 그는 자기 아내 A…를 분명 지독하게 사랑할 테지만, 열렬한 질투를 메마른 문장으로 묘사하는 것만큼이나 사랑의 감정 또한 드러내는 법이 없다. 이웃집 남자 프랑크가 나타났을 때 아내와 프랑크 사이의 시간과 공간만 치밀하게 계산하고 있을 뿐이다.

이 소설은 뚜렷한 줄거리나 중심 서사를 갖고 있지는 않다. 이야기를 끌어가는 사건이나 인물의 심리 묘사 없이 같은 장면과 사건을 회상과 현실로 반복하면서 한 지점부터 이야기를 반복하고 또 어느 지점에서 다시 또 거듭 묘사한다. 이는 화자가 한 장면을 몇 번씩 되풀이해서 생각하고 기억하고 상상하고 연상하기 때문이다. 그런데 흥미롭게도 그 남자가 기억하고 묘사할 때마다 회상의 내용들이 조금씩 달라진다.

처음에는 스치듯 가볍게 묘사된 것들이 후반에는 놀라운 상상과 연상으로 이어져 서늘한 전율을 일으키기도 하고, 남편의 확신과 오해로 인해 A…와 프랑크 사이에 대한 상상이 강렬해지기도 하고 갈피를 못 잡게 되기도 한다. 아무것도 아닌 일이 A…와 프랑크가 저지른 부정의 결정적인 증거가 되기도 하지만, 막상 뭔가 확실해지는 느낌이 들 때는 오히려 그 남자가 스스로 그것을 부인하거나 무마해버린다. 비슷한 상황이 반복적으로 묘사되는 것 같지만 조금씩 의미가 쌓여가면서 긴장감으로 숨이 막혀오기 때문에 어느 한 장면도 허투루 읽을 수 없다.

'지네'를 둘러싼 기억은 남편의 심리를 가장 결정적으로 드러낸다. 살아서 꿈틀거리던 지네와 죽은 채 짓이겨진 지네의 흔적 사이에서 그는 숱한 환영幻影과 상상을 거듭한다. 벽에 붙어 꿈틀거리는 지네를 발견한 아내가 비명을 질러 프랑크가 성큼 일어나 흰 냅킨을 말아 쥐고 지네를 잡았을 때부터, 이 기억의 순간은 화자의 마음속에서 수없이 되풀이된다. 즉, 프랑크가 지네를 잡기 위해 집어들었던 희디 흰 냅킨은 그들이 시내에 나가 돌아오지 않은 그날 밤 호텔의 흰 타월과 하얀 이불보로 연상되고, 이 상상은 마침내 침대의 이불을 움켜쥐는 아내의 희고 가느다란 손가락의 성적性的 상상으로 치닫는다. 지네가 쉭쉭거렸던 소리는 아내가 샤워를 한 후 긴 머리채를 빗어 내리는 소리로 이어지고, 그 소리는 그날 밤 호텔에서 아내의 긴 머리카락에 손가락을 넣는 프랑크의 손으로 이어진다.

하지만 이는 모두 남편의 상상일 뿐 확실한 것은 아무것도 없다. 그럼에도 불구하고 한번 물리면 회복될 수 없는 지네의 독처럼, 그리고 벽에 남아 지워지지 않는 지네의 흔적처럼, 그 남자의 머릿속에서 의혹과 질투는 지워지지 않고 독처럼 퍼져나간다.

이 소설의 제목은 질투, 프랑스어로는 'La Jalousie'이다. 'La Jalousie'에는 두 가지 뜻이 있는데 질투라는 뜻 외에 창문의 가리개 즉 블라인드라는 뜻을 갖고 있다. 한 정신의학자는 이 작품에 대해 아내를 의심하는 남편이 자기 아내가 다른 남자와 관계를 맺는 현장을 잡기 위해 블라인드 뒤에서 아내를 훔쳐보는 상황에서 생겨난 표현이자 제목이라고 추론하기도 한다. 소설 속에서 화자는 늘 블라인드 뒤에서 그 틈새로 아내를 지켜본다. 아내의 모든 행동을 낱낱이 훔쳐보면서 자신의 의심을 매번 확신하지만 두려움 때문에 단 한 번도 확인하려 하지는 않는다.

남편의 상상 속에서 아내가 샤워를 하고 긴 머리를 쓰다듬으며 빗는 이유는 프랑크가 점심을 먹으러 올까 기대하기 때문이며, 아내가 열심히 편지를 쓰고 있는 저 하늘색 편지지는 프랑크에게 줄 연서戀書이고, 아내가 어둠 속에 물끄러미 생각에 빠져 있는 것은 프랑크를 그리워하기 때문이며, 프랑크가 새 옷으로 갈아입고 다가오는 것은 아내에게 잘 보이기 위해서이고, 그 둘은 프랑크의 아내 크리스티안의 병약한 체질을 걱정하는 듯하지만 실은 답답해하고 있으며, 프랑크의 등에 가려 아내가 보이지 않는 것은 혹시 그가 아내에게 포옹하고 있기 때문일지 모른다. 그녀가 늘 몸에 꼭 끼는 옷을 입는 것, 음료를 따르면서 프랑크에게 몸을 가까이 기대는 것, 둘이 어둠 속으로 사라졌다가 소리 없이 돌아오는 것 등등 끝없이 이어지는 모든 사소한 것들이 그 남자에게 마치 데스데모나의 손수건처럼 성서 이상의 확고한 증거가 되고 성적인 은유가 된다. 아내와 프랑크가 시내에 나가 돌아오지 않은 그날 밤, 그 남자의 의혹과 질투의 파고는 절정에 이른다. 하지만 화자는 아내가 돌아온 이후에도 아내를 추궁하기는커녕 블라인드 뒤에 숨어 다시 그들을 훔쳐보듯 지켜보면서 묵묵히 그 끔찍한 시간들을 견뎌낸다.

소설 내내 A…와 프랑크는 자신들만 읽은 소설 이야기를 즐겨 나눈다. 그들은 그 소설에 대해 대화를 나누면서 그 소설을 읽지 않는 그 남자를 은근히 따돌리고 때로는 프랑크의 아내 크리스티안을 슬쩍 비유하면서 안쓰러워한다. 그러나 소설 맨 마지막 장면에서 그 남자가 실은 그 소설을 이미 다 읽었으며 정확히 알고 있고 그 둘이 나누는 소설 얘기가 오히려 소설 내용과 어긋나 있는 것까지 진작부터 알고 있었음이 드러난다. 블라인드 뒤에서 혹은 그들 옆에서 미동도 없이 그들의 흔적을 찾아내고 또 지우기를 반복하면서 그 남자는 질투의 고통과 의혹의 갈등을 감내했지만 실은 소름끼치는 반전의 소지 또한 지니고 있었던 것이다.

그 남자는 두려웠던 것일까, 아니면 끝까지 아내를 믿고 싶었던 것일까. 그는 냉정한 듯 이성적으로 자신을 제어하고 있지만 실은 질투에 눈이 멀어 아무것도 보지 못하고 있다. 블라인드는 그 남자가 그들을 향해 품은 질투를 상징하기도 하지만 질투에 눈이 멀어 아무것도 제대로 판단하지 못하는 상황을 의미하기도 한다. 그 남자가 말하듯 "사각지대"라는 것이 있어 그가 어떻게 해도 그들을 훔쳐볼 수 없는 곳이 있을 것이다. 그곳에서 벌어지는 일들은 그 남자가 상상하는 것처럼 아주 중대한 일일 수도 있고 그가 스스로 위로하는 것처럼 아무것도 아닐 수도 있다. 오셀로 증후군의 경계에서 그 남자는 지금 꼼짝없이 스스로를 결박하고 있을 뿐이다.

하지만 그 무엇보다 이 소설에서 가장 눈여겨 보게 되는 점은 낯선 서술방식이다. 이 소설의 묘사는 마치 독자를 질식시킬 것처럼 숨막히도록 정교하고 치밀하다. 오로지 화자의 시선만 카메라처럼 움직이면서 집과 숲과 아내와 프랑크를 묘사하고 있다. 이는 누보로망의 특징인데, 뚜렷한 사건이나 감동적인 서사 없이 또 중심 사건이나 인물의 행위 없이 서술하는 전연 새로운 개념의 반전통적 서술 기법이다. 등장인물의 심리나 상황에 대한 진술이 일체 배제되어 독자는 더없이 꼼꼼하고 정치하게 서술된 사물들의 묘사 속에서 인물의 정황과 심리와 감정을 읽어내야 한다.

기존에 익숙하게 읽어온 방법대로 읽으면 이 소설이 불편할 수도 있다. 소설 맨 처음부터 집의 구조에 대해 정확한 각도와 날카롭게 각진 부분을 몇 번씩 반복하는 공간적 묘사는 설계도 이상으로 정밀하며, 반복과 회상과 역전과 기억과 상상이 순차성 없이 이어지는 혼재된 시간적 서술은 조금씩 색칠을 입히는 회화 기법처럼 느껴진다. 이는 모두 화자의 날카롭고 예민하고 혼란스러운 심리를 반영하는 새로운 서술방식이다.

『질투』의 매력은 여기에 있다. 치밀하고 집요하고 잔혹한 묘사 속에서 세 인물들의 갈등과 무심과 질투와 의혹을 읽어낼 수 있다. 물론 그것은 지독한 치정癡情일 수도 있고 막상 아무 일도 일어나지 않은 오해의 거품일 수도 있다. 그럼에도 아내와 이웃집 남자를 향한 증오와 의혹의 한 마디 없이 한 남자의 고통과 절망으로 일그러진 음습한 내면을 이처럼 황폐하고 건조한 묘사로 드러내는 것은 새롭고 더 없이 매혹적인 서술이다.

누보로망과 누벨바그의 선두주자

소설 『질투』를 읽을 때 영상적 상상력은 필수다. 카메라 렌즈의 시선으로 서술된 듯 보이는 이 소설은 마치 영화의 장면 장면이 이어진 것처럼 구성되어 있다. 훗날 로브그리예가 여러 편의 영화를 만들었다는 사실에서 이 사실은 더 흥미롭게 다가온다.

전혀 새로운 소설인 누보로망을 개척한 앙리 로브그리예는 1922년 프랑스에서 태어났다. 파리의 명문 생루이고등학교를 나와 국립 농업대를 졸업하고 국립통계연구소와 식민지과실연구소의 기사로 일한 흥미로운 전력을 갖고 있는데, 20대 후반 즈음 소설 집필에 전념하기 위해 직장을 그만둔다. 이후 『어느 시역자』, 『고무지우개』, 『엿보는 사람』 등을 발표하지만 출판을 거절당하거나 냉대와 비우호적인 반응, 심지어 격렬한 반발까지 겪는다.

그러나 롤랑 바르트, 조르주 바타이유, 장 폴랑, 모리스 블랑쇼, 알베르 카뮈, 앙드레 브르통 등 당시 쟁쟁한 비평가와 작가들이 로브그리예에 주목하면서 찬사를 쏟아냈다. 당시 로브그리예가 연재한 글도 일대 반향을 일으키는데, 이는 훗날 『누보로망을 위하여』라는 책으로 출간된다. 하지만 유명세 속에서 출간한 『질투』는 고작 746부가 팔렸을 뿐인데 이것이 바로 훗날 누보로망의 선두작품이 된다.

1960년대부터 로브그리예는 영화작업을 시작하는데, 그의 영화

작업은 흥행과 평가가 반비례하는 흥미로운 기록을 남겼다. 첫 시나리오 작업을 한 〈지난해 마리앙바드에서〉(알렝 르네 감독)는 그해 베니스영화제 황금사자상을 수상하지만 역시 논쟁적 분란을 일으킨다. 이 영화로 로브그리예는 누보로망의 특징을 누벨바그 영화운동으로 확장시키는 데 일조한다. 누벨바그는 누보로망과 유사하게 전통적인 영화에 대항하는 새로운 스타일의 영화로, 사건이나 줄거리보다는 표현과 영상적 미학을 중시하며 독창적이고 자의적인 개성을 표현하는 영화적 특성을 이른다. 1963년 처음으로 감독을 맡은 영화 〈불멸의 여인〉은 상은 받았지만 흥행에는 참패한 반면, 1966년 감독한 영화 〈유럽 횡단 특급열차〉는 상은 못 받았지만 흥행에는 대성공을 거둔다. 1968년 감독한 영화 〈거짓말하는 남자〉는 상은 받았지만 흥행에는 실패한다. 그의 독특한 행적 또한 자주 주목되는데, 2007년에도 외설 혐의가 있는 소설을 발표해 다시 논쟁을 일으키기도 했다.

　누보로망과 누벨바그의 선두주자로 문학과 영화에서 일체의 전통적인 형식을 거부하고 파괴하며 새로운 스타일의 문화를 주도해 온 '앙팡 테리블' 앙리 로브그리예, 그는 2008년 85세로 타계했지만 영원히 젊은 악동 같은 실험정신으로 지금도 생생하게 살아있다.

바로 그 순간, 아무 장식 없는 벽 위에 지네가 짓이겨지는 장면이 벌어진다. 프랑크가 일어나 냅킨을 들고 벽으로 가 지네를 벽에 대고 짓이기고, 냅킨을 떼어내고 다시 땅바닥에 대고 지네를 짓이긴다. 가느다란 손가락 관절을 가진 손이 새하얀 천 위에서 경련을 일으켰다. 벌리고 있던 다섯 개의 손가락을 너무 세게 그러쥐어, 그 사이로 천이 말려들어 갔다. 손가락보다 훨씬 긴 다섯 가닥의 천 주름 속에 손가락이 파묻혔다.

"주인마님께선 돌아오시지 않았습니다." 하인이 말한다.
"저쪽 나리께서도 돌아오시지 않았습니다." 하인이 말한다.
"그 댁 마님께서 걱정하고 계십니다." 하인이 말한다.
그는 이 '걱정하다'라는 단어를 모든 종류의 불확실성, 슬픔 혹은 불안을 표현할 때 사용한다. 틀림없이 오늘은 '불안해한다'는 뜻으로 썼을 것이다. 그러나 그것은 또한 '화가 나 있다', '질투하고 있다' 또는 '절망하고 있다'는 뜻일 수도 있다.

방은 지금 비어 있는 듯이 보인다. A…는 소리 없이 복도로 통하는 문을 열고 방 밖으로 나갔을 수도 있다. 그러나 가능성이 더 높은 것은 그녀가 여전히 방 안에 머무르되 시야가 미치지 않는 곳, 즉 복도로 통하는 문과 장롱 사이의 사각지대에 있는 것이다. 책상 위에서 유일하게 볼 수 있는 물건은 펠트모자뿐이다. 게다가 사각지대에는 장롱을 제외하고는 가구가 단 하나밖에 없다. 그러나 사각지대에 있는 통로로 나가면 복도와 응접실, 안뜰과 큰길까지 도달할 수 있으므로 도주의 가능성은 무한히 확장된다.

잉글리쉬 페이션트

원작 ┃ 마이클 온다체
감독 ┃ 안소니 밍겔라

더 없이 아름다운 사막의 곡선을 마치 카메라가 핥는 것 같다. 부드럽고 고혹적인 능선, 섬세하고 매끄러운 구릉이 조금씩 펼쳐진다. 황량하고 메마른 불모의 사막 위를 가볍게 날아다니는 경비행기가 사랑의 행복한 유희처럼 보이지만, 이 사랑은 치정이 되고 추락이 되고 끝내 비극이 된다. 사막이야말로 이 영화에서 어떤 인물이나 사건보다 많은 의미를 함축한 장엄하고 아름다운 상징이다.

사막은 사랑을 피워내고 결국 사랑을 침묵으로 삼켜버린다. 그들이 격정적이고 치명적인 사랑을 시작한 곳도 사막이고 끝내 그들의 사랑을 묻어버린 곳도 사막이다. 사막의 회오리 속에서 두 사람은 폭풍 같은 사랑에 휩쓸려 들어가지만 그 사랑은 모든 것을 삼키는 불모의 모래, 동굴의 어둠 속에 삼켜지고 만다.

알마시는 사하라 사막의 지도를 만들기 위해 국제사막클럽에 참여하는데, 그곳에서 동료 제프리와 그의 아내 캐서린을 만난다. 지적이고 매력적인 캐서린을 처음 본 순간 알마시는 사로잡힌다. 지도를 탐사하러 떠난 사막 한가운데에서 두 사람은 모래폭풍에 휩싸여 곤욕을 치르고 이내 격

그 남자,
질투 혹은
집착의 화신

정적인 사랑에 빠진다. 알마시가 쓴 논문을 읽고 그에게 호감을 갖고 있던 캐서린은 그가 즐겨 읽던 책과 그가 쓴 글들을 읽으면서 그를 사랑하게 된다. 그들의 사랑은 불안하지만 격렬하고 두렵지만 벗어나고 싶지 않은 고통과 환희로 치닫는다.

영국인 첩자였던 제프리는 한결같이 사랑해온 아내 캐서린이 알마시와 사랑에 빠진 것을 알고 절망한다. 그리고 아내에 대한 배신감과 알마시에 대한 질투로 이성을 잃는다. 캐서린을 자신의 경비행기에 태우고 사막 한가운데 있는 알마시를 죽이기 위해 돌진한 것이다. 이 사고로 제프리는 그 자리에서 죽고 캐서린은 중상을 입고 알마시는 간신히 살아난다. 무심하고 황량한 사막 한가운데에서 알마시는 죽어가는 캐서린을 살리기 위해 동굴로 피신해 들어간다. 운신할 수 없는 그녀를 눕히고 책을 곁에 놓아주고 그녀를 구할 방법을 찾기 위해 동굴을 나선다. 캐서린은 어두운 동굴에 혼자 남아 그가 돌아올 때까지 책을 읽고 그림을 보고 편지를 쓴다.

하지만 알마시는 영국군들에게 독일 스파이로 오인받아 체포된 채 여러 날을 보낸다. 탈출한 알마시는 탐사용으로 만든 사막의 지도를 독일군에게 넘기고 그 대가로 비행기 연료를 얻어 캐서린을 구하기 위해 사막으로 돌아온다. 하지만 캐서린은 이미 싸늘하게 죽어 있었다. 알마시는 그녀를 비행기에 태우고 슬픔에 미쳐 사막을 횡단하지만, 결국 총격을 받고 추락해 심한 화상을 입고 병원으로 이송된다.

이들의 치명적인 사랑 옆에는 알마시를 돌봐주는 간호사 한나의 사랑 이야기가 있다. 사막의 장면들이 숨 막히도록 아름답지만 이 영화에서 가장 인상적인 장면은, 한나와 그의 연인 킵이 성당 벽화를 보기 위해 높은 천정에 묶은 줄에 매달려 공중을 가르며 손에 든 등불을 비춰 성당 벽면의 그림들을 보는 장면이다. 캐서린이 있던 사막의 동굴 속 벽화이자 캐서린이 자주 그리곤 했던 그림인 수영하는 사람들이 그려진 벽화와 겹쳐지는 아름다운 장면이다. 한나와 킵의 사랑도 전쟁의 포화와 이데올로기의 비극 속에서 갈등을 겪지만, 알마시와 캐서린의 사막과는 달리 빗물과 호수의 생명력 가득한 물의 이미지로 그려진다.

영화에서 알마시가 한순간도 손에서 놓지 않는 책은 헤로도토스의 『역사』다. 알마시와 캐서린이 처음 대화를 나누며 교감을 시작한 순간에도, 고통받는 캐서린 옆에 자신의 분신처럼 가장 소중한 것을 놓아두는 순간에도, 끝내 캐서린의 차가운 몸뚱이를 끌어안고 알마시가 오열하는 동안에도, 전신이 뭉그러진 화상을 입은 알마시가 캐서린과의 사랑 이야기를 남기고 스스로 죽음을 택한 마지막 순간에도, 그 책은 늘 함께 있다. 기원전 미지의 땅에 살던 인간 삶의 역사를 글의 지도로 썼던 헤로도토스, 위대한 여행가이자 지리학자였던 헤로도토스는 사하라 사막에 길을 내고 지도를 만들던 알마시의 멘토였다.

인간의 욕망 같은 사막과 그곳의 사람들, 그들의 사랑과 질투는 절망이 되고 격렬한 증오가 되고 마침내 돌이킬 수 없는 비극이 된다. 사랑이 격정으로 치달아가는 순간 알마시는 캐서린에게 묻는다.

"가장 행복했던 때가 언제요?"

"지금이요."

"가장 불행했던 때는?"

"지금이죠."

사랑, 그것은 광활하고 황량한 사하라 사막에서 길을 찾아 지도를 만드는 일, 어둠속에서도 명멸하는 불빛에 비춰 아름다운 그림을 바라보는 일,

그리고 미지의 땅에서 인간의 숨과 삶의 결을 찾아 글로 쓰는 일과 흡사한

인간의 역사일 것이다.

a snowy country

시 마 무 라
허 . 무 . 와 . 열 . 정 .
사 . 이 . 에 . 서

가와바타 야스나리의
『설국』(1948)

신화가 된 '눈(雪)의 나라'

"국경의 긴 터널을 빠져나오면 설국이었다. 밤의 밑바닥이 하얘졌다." 『설국』은 이렇게 간결하고도 인상적인 문장으로 시작된다. 소설 자체만큼이나 유명한 이 문장은 일본 문학을 세계에 알리는 강렬한 신호탄이 되었다.

1968년 가와바타 야스나리(川端康成, 1899~1972)는 『설국雪國』으로 조국 일본에 최초의 노벨문학상을 안겨주었다. 스웨덴의 왕립아카데미는 『설국』이 일본적인 마음의 정수精髓를 뛰어난 감수성으로 포착하여 정교하게 서술했으며, 동양과 서양의 정신적인 가교 역할을 했다고 노벨상 선정 이유를 밝혔다.

동양미의 정수, 일본문학의 최고봉이라는 찬사를 받으며 세계적인 고전의 반열에 오르게 된 이 작품은 일본 니가타(新潟)현의 에치코

(越後) 유자와(湯澤) 온천을 배경으로 탄생했다. 가와바타는 이곳에 머물며 사계의 변화를 세밀하게 관찰해 자연의 풍광을 섬세하게 묘사해냈다. 또 계절의 변화에 따라 달라지는 산과 들, 눈 덮인 온천마을, 게이샤, 일본무용, 샤미센(三味線)의 음악 등을 정밀하게 배치하여 '눈의 나라'를 감각적인 일본미의 공간으로 빚어내었다.

『설국』은 처음에는 약 40매 가량의 단편으로 구상되었는데, 여기에 점점 이야기가 하나씩 덧붙여진다. 그래서 1935년부터 1947년까지 발표하거나 개작한 10여 편의 단편을 이어 붙여서 1948년에 완결된 『설국』의 결정판이 나온다. 이 작품이 창작된 1930년대 중반부터 1940년대 후반은 역사적으로는 만주사변, 중일전쟁, 태평양전쟁으로 이어지는 제국주의의 광풍이 몰아치던 시기였다. 이 폭풍의 시대를 가로지르며 오랜 산고를 거쳐 작품이 탄생한 셈인데도, 신기하리만큼 작품에는 그 어디에도 역사적 현실의 흔적이 묻어 있지 않다.

그런데 소설이 현실의 모습을 의도적으로 반영하지 않았다는 것은 그 자체로 또 하나의 의도가 된다. 현실에 눈을 감음으로써, 현실에 대한 태도를 표명하는 셈이 되기 때문이다. 가와바타는 폭력의 역사에 적극적으로 동참하지도 반대하지도 않았다. 대신 현실과는 전혀 다른 비현실적 공간을 창조해냄으로써, 폭력의 시대를 건너가는 작가 나름의 독특한 길을 제시한다. "전쟁 후의 삶은 내 자신의 것이 아니고, 일본미의 전통을 구현해내기 위한 여생"이라고 작가 스스로 고백한 바 있듯이, 가와바타는 폐허가 된 현실을 극복할 수 있는 대

시마무라,
허무와 열정
사이에서

안으로써, 일본의 전통과 고전적인 아름다움이 살아있는 세계를 창조했다.

국경의 긴 터널을 지나면 신비한 눈의 나라가 펼쳐진다.

시마무라 이야기

시마무라(島村)는 국경(현과 현의 경계를 국경이라고 표현함. 설국은 실제로는 니가타의 온천지역)을 지나 설국의 온천여관을 찾아가는 중이다. 기차 안은 텅 비어 있고, 건너편 좌석에는 유코라는 처녀가 환자인 듯한 남자를 정성스럽게 보살피고 있다. 기차의 유리창은 스팀의 온기로 수증기에 젖어 있다. 시마무라는 자신의 손가락을 들여다보며 지금 만나러 가는 고마코라는 여자를 생각한다. 손가락에는 고마코의 감촉이 아직도 생생하게 남아 있다. 손가락으로 유리창의 수증기를 닦아내니 유리창은 마치 거울처럼 건너편 좌석을 비친다. 유리창에 처녀의 얼굴이 떠오른다. 아름다운 모습이다. 순간 그녀의 얼굴에 창밖의 등불이 겹쳐지며 무어라 형용할 수 없는 비현실적인 풍경이 스쳐간다. 시마무라는 깊은 인상을 받는다.

그들은 우연하게도 같은 역에서 내렸다. 스키 철을 앞둔 온천장에는 손님이 거의 없다. 고마코는 게이샤(藝者, 여관이나 술집 등에서 술자리의 시중을 들며 노래와 춤을 추는 여성) 차림을 하고 있었다. 그녀

의 얼굴에서 지난 7개월 동안 자신을 간절하게 기다리고 있었음을 느꼈다.

시마무라가 처음 설국을 방문한 것은 5월이었다. 신록이 가득한 계절이라 며칠간 등산을 하고 온천장으로 내려와서 게이샤를 불렀었다. 그때 만난 여자가 고마코였다. 그녀는 그때는 게이샤는 아니었고, 춤 선생 집에 기거하며 춤도 추고 샤미센(三味線, 세 줄로 되어 있는 일본의 전통적인 현악기)도 연주하며 살고 있었다. 산골의 온천장에서는 절대로 볼 수 없을 것 같은 청결하고 순수한 아름다움은 시마무라를 놀라게 했다. 그녀는 가부키와 소설을 좋아했고, 간간히 글도 쓰고 있다고 했다. 시마무라는 그녀와 하룻밤을 보내고 온천을 떠났었다.

그로부터 199일 만의 만남이었다. 시마무라는 온천에서 시간을 보내며 고마코가 약혼자였던 춤 선생의 아들 유키오의 병원비를 벌기 위해 게이샤가 되었으며, 기차에서 보았던 병자가 유키오이며, 요코는 그의 새로운 애인임을 알게 된다. 12월말 시마무라는 다시 도쿄로 돌아가게 되고 그 길에 유키오의 임종소식을 듣게 된다.

그 이듬해 늦가을에 시마무라는 세 번째로 설국을 방문한다. 요코는 유키오의 무덤을 보살피며 살고 있었고, 고마코는 약간 세파에 지친 모습으로 게이샤의 일상을 보내고 있었다. 고마코는 시마무라에게 사랑을 구하지만, 시마무라는 오히려 요코의 신비한 아름다움에 이끌린다. 하지만 고마코를 받아들일 수도 없고 요코를 사랑할 수도 없는 시마무라는 더욱 허무해져 도쿄로 돌아갈 결심을 한다.

그날 누에고치 창고에 불이 나고 요코가 불꽃과 함께 떨어져 내린다. 그 순간 시마무라는 유난히도 청아한 은하수가 자기 안으로 흘러드는 것을 느낀다.

감각적인 일본미의 세계

설국은 사랑 이야기이다. 병든 유키오를 뒷바라지하기 위해 게이샤가 된 고마코는 스쳐 지나가는 여행객인 시마무라를 사랑한다. 유코는 죽어가는 유키오에게 정성을 다하고 그가 죽은 후에는 무덤을 보살피며 살아간다. 시마무라는 그 사랑을 허무한 눈으로 바라보면서도 그녀들에게 이끌린다.

시마무라를 중심으로 이렇게 사랑 이야기가 얽혀 있는데, 단편들을 이어서 만든 소설이어서 그런지 전체적으로 기승전결의 구조가 뚜렷하게 나타나지는 않는다. 특이할 만한 사건도 없으며, 주인공 시마무라가 어떤 사람이고 무엇 때문에 설국을 찾아오는 것인지 명료하게 서술되어 있지 않다. 고마코와 시마무라의 관계도 모호하며, 요코라는 인물의 성격도 잘 잡히지 않는다. 기승전결의 완결성이라는 측면에서만 본다면 『설국』의 소설적 구성은 취약하다고 평가될 수도 있을 것이다.

시마무라,
허무와 열정
사이에서

하지만 설국의 묘미는 흥미진진하게 전개되는 사건에 있는 것이 아니다. 시적이고 감각적인 문체가 일구어낸 그림과 여백 사이에서 미묘하게 움직이는 인간의 정서와 심리를 엿보고 상상하는 데에 독서의 묘미가 있다. 예를 들면 시마무라는 고마코를 처음 보고 '여자의 인상은 믿기 어려울 만큼 청결했다. 발가락 뒤의 오목한 부분까지 청결할 것 같다'라고 생각한다. 고마코에게 느끼는 성적인 욕망은 "조그맣게 오므린 입술은 실로 아름다운 거머리가 움직이듯 매끄럽게 펴졌다 줄었다 했다"로 표현된다. 산골의 게이샤로 살아가면서도 순수한 아름다움과 동시에 뜨거운 열정을 지닌 고마코라는 여성이 마치 눈에 보이고 손에 잡히는 듯하다.

기차 안에서 요코를 처음 만났을 때는 "작은 처녀의 눈동자와 들판의 등불이 겹쳐지는 순간, 그녀의 눈은 저녁 어스름의 물결에 떠 있는 신비롭고도 아름다운 야광충이었다"고 표현된다. 죽은 애인에게 애절한 사랑을 바치는 요코에게서 시마무라는 허무함을 느끼면서도 죽음을 초월하는 재생의 생명력을 느낀다. 사그라지는 겨울 들판의 등불이나 밤하늘에 점멸하는 야광충의 이미지는 유한한 삶을 혼신을 다해 불태우는 요코의 건강한 생명성을 상징한다.

마치 짧은 하이쿠(俳句, 17자로 된 일본의 전통 시)로 한 장의 인상적인 그림을 그려내듯이, 가와바타는 허무한 삶에 바치는 순수한 열정을 감각적으로 그려낸다. 그래서 설국은 읽어야 하는 소설이면서, 동시에 보고 감상하는 그림이며, 소리내어 읽고 싶은 시이기도 하다.

"국경의 긴 터널을 빠져 나오면 설국이었다"는 시작 부분은 문장도 유려하거니와 소설의 전체 구도를 이해하는 데도 매우 중요하다. '터널'이 현실과 비현실, 근대와 전통, 도시와 자연, 허무와 생명을 구획하는 경계의 역할을 하기 때문이다.

시마무라는 부모가 물려준 재산으로 거의 무위도식하면서 간간이 서양무용 평론을 쓰는 인물이다. 원래는 일본의 전통무용이나 연극을 연구했지만, 답답함을 느껴 서양 쪽으로 시선을 돌린 것이다. 하지만 실제로 서양무용을 볼 수가 없었기에 그는 책이나 사진에 의존해서 비평을 쓴다. 살아있는 육체의 움직임을 보지 못하고 단지 환상이나 공상으로 쓴 비평문이란 시마무라가 말했듯이 허무한 탁상공론에 불과할 것이다. 도쿄로 대표되는 터널 이전 세계는 서구문명의 환상을 좇는 시마무라와 같은 지식인들이 사는 곳이다. 그들은 급격한 서구적 근대화의 충격으로 방향을 상실하고 깊은 허무의식에 빠져 있다.

터널을 통과하는 일은 새로운 세계로 진입하는 상징적 행위이다. 하늘부터 땅 끝까지 희고 차가운 눈으로 덮인 설국은 시각적 이미지 자체로 이미 도쿄의 현실과는 다른 '새로운' 세계이다. 눈은 시마무라의 잠든 영혼을 일깨워주는 매개체이며, 동시에 유한한 생명들을 포근하게 감싸주는 재생의 모태가 된다. 봄이 되면 눈 덮인 산천에 생명이 약동하고 신록이 무성해진다. 만추의 들녘은 또 얼마나 풍요롭고 아름다운가! 눈의 나라는 그 차가움 안에 자연의 온갖 생명을

시마무라,
허무와 열정
사이에서

포근하게 품고 있다. 풀, 꽃, 나무는 물론이고 고마코와 유코까지, 눈의 나라에서 살아가는 생명들은 자신에게 주어진 유한한 시간을 부지런하게 살아낸다. 고마코나 유코는 시마무라에 비해 별로 가진 것이 없는 사회적 약자들이며 하류인생라고 할 수 있다. 하지만 허무주의에 빠져 아무도 진지하게 사랑하지 못하는 시마무라와 달리 그녀들은 자기에게 주어진 초라한 삶을 채워 나가며 헌신적인 사랑을 아끼지 않는다.

마지막에 화재 장면에서 유코의 생명이 꺼져가는 것을 보며, 시마무라는 그 순간 밤하늘의 은하수가 자기 안으로 흘러들어 오는 듯한 느낌을 받는다. 불꽃처럼 꺼져가는 생명 앞에서 살아있음의 아름다움을 역설적으로 깨달은 것이다. 삶을 허무하다고만 느끼며 일에도 사랑에도 헌신하지 못했던 남자는 그 순간 처음으로 자연(우주)과 일체가 된다. 불이 헌신과 희생, 피할 수 없는 유한한 운명을 의미한다면, 은하수는 생명과 재생, 그리고 영원한 대자연을 의미한다. 삶에 대한 열정을 상실한 고독한 도시인을 저자 가와바타는 자연, 영원, 재생, 희생, 사랑 등을 통해서 구원하고자 하는 것이다.

유한한 인생을 탐구하는 문제는 실상 문학의 가장 오래되고 보편적인 주제이다. 그런데 『설국』은 이 문제를 매우 일본적인 빛깔로 재구성한다. 흰 눈을 배경 삼아 그려지는 고마코의 육감적인 육체는 마치 일본의 전통적인 판화인 우키요에(浮世繪, 18세기 에도 문화에서 유행하던 세속적인 판화)의 이국적인 그림처럼 강렬하고 고혹적이다. 순종적이면서 성적 매력이 넘치는 일본 여성, 온천문화, 벚꽃처럼 떨어지는 유코의 여린 생명, 자연에 대한 선적禪的 명상, 지지미(縮, 바탕에 구김이 있는 전통적인 천)를 짜고 눈밭에서 말리는 전통적인 풍물 등은 서양인들의 이국 취향을 한껏 충족시켜준다.

보편적인 문제와 일본적 특수성이 섬세하게 교차되어 있는 것이 『설국』의 매력이고 이 작품을 세계에 널리 알린 힘이다. 하지만 또 다른 의문이 생긴다. 문학의 특수성 또는 독자성은 궁극적으로는 삶의 보편적인 진리를 더욱 풍요롭게 하는데 기여해야 하는 것이 아닐까? 그렇다면 신비한 눈의 나라라는 은폐된 공간은 현실과 너무 거리가 먼 것이 아닐까? 과연 시마무라가 발견한 은하수를 독자도 볼 수 있을까? 혹시 설국이 그려낸 '일본적인 것'은 눈의 나라 안에서만 빛을 발하는 것은 아닐까?

그런 의미에서 설국이 만들어낸 특수한 감각의 세계는 일본 고유의 특수한 아름다움이면서 동시에 일본문학이 보편의 세계로 나아가기 위해 넘어야 할 보이지 않는 벽이기도 했다.

'아름다운 일본'을 넘어

가와바타 야스나리는 어린 시절에 부모와 조부모, 누나를 차례로 잃으면서 죽음과 상실에 대한 각별한 체험을 하며 자라났다. 중학 시절부터 소설가를 지망해 긴 습작 기간을 거쳤으며, 도쿄 제국대학 국문과에 재학 중에 이미 여러 잡지의 동인으로 활동하였다. 1924년에는 요코미쯔 리이치(橫光利一)와 함께 『문예시대』라는 잡지를 창간하여 신감각파 문학운동을 본격적으로 시작한다.

19세기 후반에 시작된 일본의 근대문학은 낭만주의와 사실주의가 양대 조류를 형성하며 전개된다. 그리고 점차로 주관을 배제하고 대상의 외면을 묘사하는 자연주의의 경향이 나타나는데, 여기에서 개인의 신변에서 소설의 소재를 찾아 일상사와 심경을 서술하는 자연주의적 사소설私小說의 전통이 확립된다. 1920년대에 이르면 한편에서는 무산계급 혁명을 꿈꾸는 프롤레타리아 문학이 대두되었고, 다른 한편에서는 기성의 문학관에 반대하며 문장의 혁신을 주장하는 신감각파가 등장한다. 가와바타는 이 운동의 중심이 되어, 현실을 무미건조하게 재현하는 소박한 사실주의나 자연주의에 반기를 들며, 작가의 예민한 감수성과 지적인 성찰로 아름다운 현실을 새롭게 창조하고자 했다.

가와바타 문학의 핵심은 일본의 고전과 전통미의 세계를 소설 속에 구현하는 것이었다. 노벨상 수상 연설문인 「아름다운 일본의 나」에서도 알 수 있듯이 스스로를 일본문학 전통의 계승자로 내세우며, 일본의 자연과 품격, 일본의 정서와 가치를 소설에서 구현했다.

본격적인 데뷔작이자 출세작이라고 할 수 있는 『이즈의 무희』(1926)는 작가가 고등학생 시절 이즈 반도를 여행했을 때 만났던 다비

게닌(旅藝人, 전통 예술을 하는 유랑극단)을 소재로 삼아 쓴 작품이다. 고아 출신의 고등학생인 나는 자기혐오에 시달리는 인물인데, 이즈로 여행을 가서 어린 무희를 만나게 되어 인간성을 회복한다는 이야기이다. 단순한 줄거리 안에 작품세계의 핵심인 일본의 자연, 전통예술, 그리고 구원의 문제가 잘 드러나고 있다. 이 시기를 즈음한 초기의 주요 작품으로는 『서정가』(1932), 『금수』(1933) 등을 들 수 있다.

『설국』(1952)이 가와바타의 중기 문학세계를 대표하는 것이라면, 문학적 완성기라 할 수 있는 1950년대 이후의 대표작으로는 『천우학』, 『산소리』(1954), 『잠자는 미녀』(1961), 『민들레』(1968) 등이 있다. 『잠자는 미녀』는 일본의 고전 설화에서 소재를 취한 것으로 노인들이 잠자는 젊은 여성의 육체에서 성적인 쾌락을 취하는 일그러진 사회풍조를 비판하면서, 육체와 성을 넘어서는 근원적인 모성의 문제를 제기하고 있다. 또 『산소리』는 1950년대의 완숙기의 작품답게 죽음과 삶에 대한 성찰을 치밀하게 그려내고 있다. 평범한 사회인이자 가장인 주인공 신고는 불현듯 나이가 들어감을 느끼며 허무함에 빠져든다. 신고가 죽음의 문제를 수용하는 과정은 죽음과 구원이라는 가와바타 문학의 주제를 총체적으로 보여준다.

만약 인간사회를 떠나는 날이 와서 마지막으로 단 한 권의 작품을 선택해야 한다면 망설임 없이 『설국』을 고를 것이라는 말에서도 알 수 있듯이, 가와바타 문학에 대한 일본인들의 애정과 자부심은 대단하다. 그의 노벨상 수상은 어느 면에서 도쿄올림픽(1964년) 이상으로 일본 현대사를 뒤흔든 충격적인 사건이었다. 전쟁 종주국이었던 일본을 국제사회가 새로운 정치·문화적 동반자로 받아들였음을 의미하는 것이기 때문이다. 가와바타 문학을 통해 일본적인 정서와 미의 전통은 비로소 세계무대에서 인정받았고, 일본적인 것의 새로운 신화가 시작되었다. 가와바타는 철저하게 비역사적인 세계를 고집했지만, 그는 그렇게 역사적인 자리에 서 있었다. 신비한 눈의 나라는 복잡한 삶과 역사의 터널 건너에 있기에 아슬아슬하게 아름답다.

노벨상을 수상한 지 3년 후 문학가로서 가장 영광스런 절정의 시기에 가와바타는 제자인 미시마 유키오가 그랬듯이 스스로 목숨을 끊는다. 71세 노 작가의 자살은 아름다운 벚꽃 잎이 분분하게 떨어지는 순간을 가장 아름답다고 여기는 탐미적인 일본식 죽음을 그대로 구현한 것이었다.

1994년 오에 겐자부로(大江健三郎)가 일본인으로서 두 번째 노벨문학상을 받았다. 그는 선배 작가를 십분 의식한 듯 「모호한 일본과 나」라는 제목으로 수상연설을 했다. 오에는 그 자리에서 가와바타 식의 신비주의를 단호히 거부하면서, 역사와 현실, 정치와 삶의 문제에 대한 성찰을 피력했다.

두 명의 작가는 어쩌면 터널의 이쪽과 저쪽에 서 있다. 신비한 눈의 나라에서 걸어나온 시마무라는 어떤 길을 걸어갔을까? 가와바타에서 오에에 이르는 길은 특수한 탐미적 세계에서 보편적인 삶의 세계로 걸어나오는 일본문학의 지난한 여정이기도 하다.

밑줄
긋기

차갑고 먼 불빛이었다. 그녀의 작은 눈동자 둘레를 확 하고 밝히면
서, 바로 처녀의 눈과 불빛이 겹쳐진 순간, 그녀의 눈은 저녁 어스름
의 물결에 떠있는 신비스럽고 아름다운 야광충이었다.

시마무라는 그쪽을 보고 움찔 목을 움츠렸다. 거울 속에 새하얗게
반짝이는 것은 눈(雪)이다. 그 눈 속에 여자의 새빨간 뺨이 떠올라
있다. 뭐라 형용하기 힘든 청결한 아름다움이었다.

시마무라,
허무와 열정
사이에서

센과 치히로의 행방불명

감독 | 미야자키 하야오

"터널의 건너편은 이상한 마을이었다"는 일본판 포스터의 문구가 보여 주듯이 〈센과 치히로의 행방불명〉은 발상이나 구성 면에서 소설 『설국』에 대한 오마주적인 면이 있다. 희고 차가운 설국의 세계는 스튜디오 지브리의 영화에서는 원색의 동화적인 판타지로 탈바꿈한다. 터널을 지나면 신들의 세상이 있다.

매사에 불만투성이인 열 살의 치히로네 가족은 이사를 가게 된다. 길을 잘못 들어서 숲으로 들어가게 되고 차는 어두운 터널 앞에서 멈추었다. 터널 안으로 들어가니 낯선 초원이 펼쳐져 있고 신기한 마을이 있다. 음식이 즐비한 가게에서 엄마와 아빠는 주인의 허락도 없이 허겁지겁 음식을 먹다가 돼지로 변하고 만다. 치히로는 하쿠라는 소년의 도움으로 마녀의 온천장에 들어가게 된다. 그곳은 신들이 와서 목욕을 하고 휴식을 하는 곳이었다. 치히로는 부모를 구하기 위해 마녀에게 이름을 빼앗기고 센이라는 새로운 이름으로 온천장에서 노동을 하게 된다.

하쿠는 마법을 배우기 위해 이곳에 온 것인데 원래의 자신을 완전히 잊은 채 마녀의 제자 노릇을 하고 있었다. 어느 날 하쿠는 마녀의 심부름으로 인장을 훔쳐 오다가 치명적인 부상을 입는다. 센은 부모를 구하기 위해서 아껴두었던 경단을 하쿠에게 나누어주고 그의 생명을 살리기 위해서 길을 떠난다. 센의 노력으로 하쿠는 되살아나고 자신의 원래 이름을 기억해낸다.

센 역시 치히로라는 원래의 이름을 되찾고 부모와 함께 인간세계로 돌아가는 것을 허락받는다. 하쿠 역시 원래의 자리로 돌아갈 수 있게 된다. 치히로는 엄마와 아빠가 기다리는 터널 밖으로 걸어 나온다.

미야자키 하야오 감독의 모든 영화가 그렇듯이 여기에서도 소녀 주인공이 등장한다. 일본문학사에서 여성들이 창작을 한 역사는 매우 오래되었지만, 실제 작품에서 여성들은 사랑에 지배당하는 종속적인 존재로 등장하는 경우가 많았다. 『설국』에서 두 여성은 매우 아름답고 매력적인 여성 캐릭터이지만, 그녀들 역시 남성 주인공에 의해서 보여지는 존재이다. 그래서 주인공을 치유해주기는 하지만 그녀들 내면의 성장 과정은 잘 드러나지 않는다.

이것을 십분 의식한 듯 미야자키는 어린 소녀들을 내세워 여성 자신의 성장은 물론 여성과 더불어 성장하는 세계, 또는 여성을 통해 구원받는 세계를 꿈꾼다. 터널 건너에 있는 신들의 세계는 인간세상의 다른 버전이다. 냉혹한 고용계약이 있고 이름을 빼앗긴 채 노동하는 사람들이 있다. 음식 앞에 이성을 잃은 어른들이나 쓰레기에 오염된 강물의 신, 모든 것을 먹어치우며 금으로 사람을 사려 하는 온천장의 모습은 모두 현실사회의 직접적인 은유이다. 덩치만 큰 미숙아인 마녀의 아들이나 부리는 사람에게는 잔혹하면서도 자식에게는 한없이 약한 마녀 역시 익숙한 일상의 편린들이다.

혼란스러운 일터에서 어린 소녀가 하는 일은 신들의 몸에 가득 차 있는 쓰레기와 욕망을 씻겨주는 것이다. 오물신의 몸을 채우고 있는 쓰레기들을 제거해 강의 신으로 돌아올 수 있게 해 주고, 얼굴 없는 귀신이 삼킨 것을 뱉어내게 해서 그를 구원해준다. 또 소녀는 좋아하는 하쿠를 구하기 위해서 돌아오지 못할 길을 용감하게 떠나기도 한다. 전체적으로 붉은 계통의 원색으로 알록달록한 온천장과는 달리 그 바깥에는 푸른 강물이 가득하다. 불꽃 같은 세상의 욕망을 푸른 물로 씻기고 더러워진 몸과 마음을 닦아주면서, 소녀는 스스로 성장하고 세상을 숨쉬게 한다.

이름을 잃는다는 것은 사람이 가져야 할 소중한 가치를 잃어버린다는 것이다. 그리고 자신이 무엇을 잃었는지조차 잊어버린 순간, 오물만 가득 채운 채 자기가 누구인지도 모르는 얼굴 없는 욕망의 덩어리로 살아가야 한다. 이러한 교훈적인 주제가 영화에서는 현란한 영상과 무수한 상징들로 반복되어 나타난다. 『설국』에서 차갑지만 강렬한 생명이 품고 있던 터널 안쪽의 고요한 세계는 이 영화에서는 화려하게 북적이고 활기에 차 있다.

훌쩍 자란 치히로가 터널 바깥으로 걸어 나온다. 어린 소녀가 흘린 맑은 눈물은 터널 안쪽에 남겨진 다른 여성들의 삶까지도 어루만져줄 수 있을까.

유배(流配) 된(exiled)

사람들

몰   리   나

기.품. 있.고. 아.름.다.운.

거.미. 아.니. 게.이

마누엘 푸익의
『거미여인의 키스』(1975)

둔중한 여음을 남기는 소설

　이 세상에 사랑 이야기는 많고 많다. 풋정으로 시작되는 순애보의 사랑 이야기에서부터 예상치 못한 치명적이고 묵직한 사랑 이야기까지, 매번 의외의 세계에 맞닥뜨리게 하는 것이 사랑 이야기들이다.

　감옥이라는 극한상황 안에서 성향과 성분이 전연 다른 두 남자가 만난다. 미성년자보호법을 위반한 성범죄자와 노조 파업을 일으킨 극렬 정치범, 남자를 사랑하는 동성애자와 그것을 혐오하는 이성애자, 수십 편의 영화를 줄줄이 외우는 이류 영화 탐닉자와 혁명적 투쟁만을 믿는 투철한 사상가, 이 두 남자는 서로의 삶과 생각을 이해할 수 없는 다른 세계 사람들이다. 그런 그들이 점차 서로의 내면을 알아가고, 그러면서 서로를 이해하며 존중하게 되고, 마침내 서로 진심으로 사랑하게 된다. 모든 조건과 차이를 넘어서.

『거미여인의 키스』라는 매혹적이고도 불가해한 제목의 이 소설은 아르헨티나 작가 마누엘 푸익의 작품이다. 스페인에서 출간된 이 작품은 모국 아르헨티나에서는 예민한 정치현실과 동성애를 다루고 있다는 점이 문제되어 판매가 금지되었다. 그럼에도 이 작품은 출간 당시 세계적으로 큰 명성을 얻었으며, 약 10년 후 같은 제목의 영화로 만들어지면서 주목받아 현재 라틴아메리카 최고 수작秀作으로 꼽히고 있다.

이 소설은 마치 거미줄처럼 얽혀들다가 끝내 둔중한 충격을 남긴다. 두 남자의 교감과 공감이 점차 사랑으로 진행되면서 자칫 낯설고 자극적일 것 같지만, 그보다 두 사람이 서로의 마음을 헤아리며 서서히 변화해가는 과정이 깊은 울림을 남긴다.

이 소설은 두 남자가 상징하는 상반된 세계를 사랑이라는 이름으로 손쉽게 합일시키려 억지를 쓰지 않는다. 동성애를 비난하지도 주장하지도 않고 정치적 사상가를 숭배하지도 강요하지도 않는다. 극단적이고 치열한 상황 속으로 두 인물을 조금씩 몰아넣으면서, 그리고 여섯 편이나 되는 영화 이야기들을 내내 늘어놓으면서, 두 사람의 대화만으로 소설을 천천히 이끌어간다.

동성애자 몰리나와 정치범 발렌틴, 1975년 4월 4일 아르헨티나의 데보토 교도소에서 두 사람은 만난다. 그리고 얼마 후, 몰리나는 그토록 간절히 원하던 자유를 얻지만 발렌틴을 위해 목숨을 걸고 위험을 감수하다 결국 죽음에 이른다. 발렌틴은 자신의 외골수적인 사회

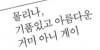
몰리나,
기품있고 아름다운
거미 아니 게이

적 신념에 갇혀 있다가 몰리나로 인해 사랑의 본질을 깨닫고 비로소 자유로운 영혼이 되지만 끝내 감옥에서 비참한 죽음을 당한다.

몰리나와 발렌틴은 어떻게 서로의 마음에 가닿게 되었을까? 성과 사랑에 대한 상반된 생각과 정치적인 신념의 차이는 어떻게 소통될 수 있었을까? 몰리나의 자아 존중감과 발렌틴의 진정한 정의로움은 어떻게 체화되어 갔을까? 발렌틴이 몰리나에게 붙여준 이름, 그리고 몰리나가 가장 사랑한 이름 "거미여인"은 무슨 뜻일까?

몰리나와 발렌틴 이야기

몰리나는 교도소에서 한 방을 쓰게 된 발렌틴에게 영화 이야기를 시작한다. 첫 영화는 인간과 표범 사이에서 태어난 표범여인이 진심으로 사랑하는 사람과 키스를 하면 잔인한 표범으로 변해 사랑하는 사람을 죽이게 된다는 비극적인 내용이다. 감옥 생활의 불안함을 지우기 위해 몰리나는 진지하게 영화 이야기를 시작하지만 정치범인 발렌틴은 말도 안 되는 싸구려 영화라며 몰리나의 이야기를 하찮게 여긴다.

몰리나는 미성년자보호법 위반으로 8년형을 받고 감옥에 들어온 동성애자, 발렌틴은 좌익 이데올로기로 무장한 급진 성향의 정치범이다. 마르크스주의자인 발렌틴은 사회혁명이 가장 중요하며 감각적인 기쁨은 부차적인 것일 뿐이라고 일갈하면서 몰리나가 남자답지 않게 예민한 감성을 지녔다며 설교를 한다. 몰리나는 부드러운 감성을 가진 것이 나쁜 일은 아니라고 발렌틴을 설득하면서 여자와 남자, 사랑과 배려, 감성과 이성에 대한 자기 생각을 굽히지 않는다. 발렌틴은 혁명가의 힘으로 세상을 바꿀 수 있다고 주장하지만, 몰리나는 세상은 누구 혼자의 힘으로 바꿀 수 있는 것이 아니라고 답한다.

몰리나의 두 번째 영화 이야기는 나치의 선전 영화로, 파리의 여가수 레니와 독일군 장교의 이루어질 수 없는 사랑 이야기다. 발렌틴은 더럽고 추잡한 나치 영화라며 무시하지만 몰리나는 이 영화의 사랑 이야기를 통해 자신이 사랑했던 가브리엘에 대해 얘기하며 슬픔에 잠긴다. 몰리나가 사랑한 가브리엘은 하층계급 콤플렉스 때문에 공부도 제대로 못하고 정의로운 일에 나섰다가 직업마저 잃고 식당 웨이터로 일한 사람이었다. 영화 속에서 여주인공은 프랑스 간첩의 임무로 독일군 장교에게 접근하지만 결국 사랑하는 그 사람을 위해 스스로 죽음을 각오한다. 영화 이야기를 듣던 발렌틴은 심한 복통을 앓는데, 교도소 의무실 약품이 자기 같은 정치범들에게는 위험할 뿐이라는 것을 알고 극구 약 먹기를 거부한다. 몰리나는 발렌틴의 투쟁 의지를 조금씩 더 알게 되고 발렌틴은 몰리나의 감성을 이해하기 시작한다.

세 번째 영화는 몰리나의 독백이다. 청년과 하녀는 처음 만났을 때 서로의 존재를 알아보지 못하지만 우여곡절 끝에 사랑하게 되면서 서로를 가장 아름다운 존재로 바라보게 된다. 그녀는 몰라보게 아름다워지고 그 남자 또한 환한 얼굴의 청년이 되지만, 타인의 시선으로 볼 때 그들은 여전히 흉터를 가진 얼굴이자 못생기고 볼품없는 존재들임을 깨닫고 슬퍼한다. 그러나 그들은 마음을 볼 수 있는 힘을 갖고 다시 사랑을 이루게 된다. 몰리나는 이 영화를 얘기하면서 자기의 삶도 고백한다. 동성애자로서 당해야 했던 세상의 악의적인 시선들과 자신에게 "인간쓰레기, 더러운 게이"라고 내뱉었던 재판관 등을 기억하며 고통스러워하고, 그럼에도 늘 자신을 품어주었던 엄마에 대한 그리움과 회한에 괴로워한다.

네 번째 영화 이야기를 시작할 때 몰리나는 덧붙인다. 자기는 이런 영화를 싫어하지만 남자들이 특히 이런 얘기를 좋아하는데다가 발렌틴이 아프기 때문에 특별히 해준다는 것이다. 교도소에서 발렌틴의 강한 의지력을 잃게 하기 위한 술수로 음식에 약을 넣기 때문에 발렌틴은 몸이 상해가고 있었다. 영화 속 청년은 유럽 여자와 사랑하게 되지만 크고 작은 사건 끝에 아버지를 잃고, 사랑했던 여자마저 떠나보낸다. 이때 발렌틴은 격심한 복통으로 구토와 설사를 하는데, 비좁은 감옥 속에서 벌어진 이 난처하고 민망한 상황을 몰리나는 아주 사려 깊게 처리하며 발렌틴을 따뜻하게 돌본다. 몰리나의 진심어린 마음과 부드러운 행동에 마음을 열게 된 발렌틴은 허위를 벗고 마음속 이야기를 털어놓는다. 자신이 진심으로 사랑하는 여자는 동료 투쟁가가 아니라 부르주아 계급의 여성이며, 자기 이념과 전연 다른 계

급의 여성을 사랑하는 자신에 대한 치욕과 고통에 억눌려 있다는 고백이었다.

한편 몰리나는 교도소장과 대면하게 된다. 그동안 몰리나는 혼자 계신 엄마를 위해 가석방을 요청하고 있었으며, 소장은 정치범 발렌틴에 관한 정보를 빼내 올 경우 몰리나를 가석방해주겠다는 조건을 내세워왔다. 몰리나는 소장에게 다시 조건을 걸면서 마치 엄마가 다녀가신 듯 면회 음식을 마련해달라고 요구하고 그 음식을 병약해진 발렌틴에게 먹인다.

그들은 이제 다섯 번째 영화 이야기를 시작한다. 여자는 뉴욕에서 만난 남자와 결혼을 하기 위해 카리브 섬까지 찾아온다. 신랑은 착한 사람이었지만 고통을 받고 있었는데, 알고 보니 그의 첫 번째 아내가 사랑하는 남편을 위해 좀비가 되었기 때문이었다. 발렌틴도 이때 자신의 속내를 고백한다. 평생 이 감방에서 썩어야 할 자신의 운명을 한탄하고 그간 착취에 대항해 투쟁만 해왔던 자기 삶을 돌이켜보며 언젠가는 꼭 자유로운 인간이 되어 마음껏 길거리를 활보하고 싶다는 바람이었다. 발렌틴은 몰리나의 보살핌과 사려 깊은 애정에 속 깊은 호의를 드러내지만, 몰리나는 그저 발렌틴이 좋은 사람이라 진정한 우정을 나누고 싶었을 뿐이라고 대답한다. 몰리나가 가석방될지도 모른다고 얘기하자 발렌틴은 진심으로 기뻐하면서도 서운함이 섞인 혼란을 느낀다. 다섯 번째 영화가 해피엔딩에 이를 즈음 몰리나도 마음속 이야기를 한다. 감옥 밖의 세계에서 겪었던 슬프고 힘들었던 삶, 동성애자라는 사실 때문에 겪어온 사회적 폭력과 자기 스스로에 대한 불안과 고통, 그리고 이 모든 것 때문에 실은 늘 몸이 아프다는 사실들이었다. 발렌틴은 이 얘기들을 듣고 마음을 다해 몰리나를 이해하고 위로하게 되는데, 서로 따뜻하게 끌어안고 있다가 육체적인 사랑을 나누게 된다.

몰리나는 마지막 여섯 번째 영화 이야기를 한다. 신문기자 청년과 마피아 정부情婦의 사랑 이야기이다. 서로 사랑하지만 애절하게 이별하고, 고난 끝에 다시 만나게 되지만 결국 청년이 병들어 죽고 만다는 내용이다.

이제 교도소장은 몰리나를 적극 이용해 발렌틴이 가진 정보를 손에 넣으려 한다. 즉, 몰리나를 가석방시킨 후 미행해서 발렌틴에게 받은 정보를 밝혀내려는 것이다. 몰리나는 자신이 처할 위험을 알고 불길한 예감을 가지면서도 발렌틴의 진심과 그를 향한 사랑으로 발렌틴을 돕는 위태로운 일을 하기로 결심한다. 헤어지면서 발렌틴은 마지막으로 몰리나에게 말한다. 게이이고 스스로 남자가 아니라고 생각하더라도 결코 열등하다고 느낄 필요는 없으며 누구도 함부로 다루지 못하게 행동하라고, 몰리나는 자신의 거미줄에 사람들을 옭아매는 "거미여인"이라고. 발렌틴의 진심어린 얘기를 안고 마침내 몰리나는 발렌틴을 돕기 위한 정보를 받아 들고 출소한다.

정부와 교도소 측은 집요하게 몰리나를 미행한다. 몰리나는 미행 당하는 것을 알고 있기에 평범한 척 지내면서도 두려움과 위협을 느낀다. 드디어 디데이, 몰리나는 접선하기 위해 발렌틴의 동지들을 기다리지만 아무도 나타나지 않고 결국 정보기관에 체포된다. 그리고 바로 그 순간, 자신들의 정보가 누출될 것을 두려워한 발렌틴의 극좌파 동료들이 총을 쏴 몰리나를 그 자리에서 죽인다.

교도소에서 발렌틴은 심하게 고문을 당한 후 의무실로 끌려간다. 모르핀 주사를 맞은 발렌틴은 정신을 잃는데, 혼몽한 환각 속에서 그토록 사랑했던 마르타를 만나고 거미여인이 된 몰리나를 바라본다. 몰리나에게 늘 듣던 영화 이야기처럼 발렌틴은 자신들의 이야기를 마치 영화의 대사처럼 뇌이면서 천천히 죽어간다.

"위대한 지식의 목소리"보다 위대한 것

『거미여인의 키스』를 읽으면서 사랑하게 된 몰리나와 발렌틴, 이들은 소설 말미에서 비참하게 죽음을 당한다. 사랑하는 발렌틴의 동료들에게 죽음을 당한 몰리나, 혹독한 고문 끝에 마취제를 맞고 죽어가는 발렌틴, 이들의 비극적인 죽음은 결코 이루어질 수 없는 그들의 사랑, 그리고 사회적 억압과 끔찍한 현실을 고발한다.

이 소설은 독특하게 전개된다. 여느 소설들과 달리 지문이나 서술 없이 몰리나와 발렌틴의 대화만으로 이루어진다. 언뜻 연극의 대본 같기도 하고 영화의 시나리오처럼 보이기도 하는데, 마치 등장인물의 대화가 들리는 듯 생생하게 다가온다. 더욱이 이 소설은 특이하게도 매우 긴 각주脚註들을 갖고 있다. 아홉 개의 긴 각주는 동성애에 관한 대표적인 주장과 이론들에 관한 내용이다. 동성애에 대한 객관적이고 이론적인 내용으로 일관한 이 각주들은 소설을 다소 현학적으로 보이게 하기도 하지만, 동성애에 관한 무수한 논의를 일목요연하게 정리해줌으로써 기존의 편견이나 시선으로 몰리나를 판단하는 것을 막고 동성애에 관한 발렌틴의 시선이 변화해가는 지점을 짚어주기도 한다.

이보다 더 새로운 전개방식은 몰리나와 발렌틴의 대화에 삽입된 영화 이야기들이다. 여섯 편의 영화 이야기는 소설의 큰 비중을 차지하는데, 이 가운데에는 실제로 상영된 영화도 있고 작가의 상상으로 창조한 영화도 있다. 사랑에 관한 이 영화 이야기들은 몰리나와 발렌틴의 심리를 표현하거나 그들의 마음을 움직여 사건을 본격적으로 전개한다. 〈캣 피플〉로 알려진 첫 번째 영화에서 여주인공이 사랑하는 사람과 키스를 하면 표범으로 변하게 되는 비극처럼, 몰리나와 발렌틴은 서로를 진심으로 받아들여 키스를 나누게 되지만 몰리나는 결국 그 사랑의 대가로 죽게 된다. 사랑하는 사람을 위해 간첩 역할을 하다 결국 그들 편에게 죽음을 당하게 되는 여가수 레니 이야기, 영혼을 다해 사랑하는 사람들에게는 성이며 계급 같은 조건이 필요치 않다는 연인들의 이야기, 진심으로 사랑하지만 이별을 피할 수 없었던 슬픈 이야기들은 모두 몰리나와 발렌틴의 심리와 상황을 의미한다. 그리고 비통한 슬픔과 공포를 겪은 후 비로소 고통과 죽음에서 벗어난 주인공에 관한 다섯 번째 영화 얘기를 했을 때, 그들은 마침내 마음을 열고 육체적인 사랑을 나누게 된다. 마지막 여섯 번째 영화에서는·애절하게 사랑하던 청년이 결국 죽고 마는데, 이 이야기를 하면서 몰리나는 자신들의 이별을 예감하며 우울해하지만 발렌틴은 일생에 단 한 번이라도 이렇게 진정한 사랑을 할 수 있다는 것이 멋지다고 위로한다.

영화 이야기와 두 사람의 심리는 아주 정교하게 짜여 있을 뿐 아니라 발렌틴의 변화를 극적으로 보여준다. 첫 장면에서 싸구려 영화 이야기 따위를 하찮아하며 몰리나의 감성을 비웃던 발렌틴은 점점 영화 이야기에 몰입하게 되고, 몰리나의 성정을 이해하게 되며, 사람들이 진심으로 사랑하고 고통받는 방식을 받아들이게 된다. 그리고 죽기 직전에는 몰리나와 자신의 이야기를 마치 영화처럼 상상하기에 이른다.

몰리나와 발렌틴은 철저하게 고립된 공간인 감옥 안에서 서로 영향을 주고받으면서 변화하고 성장한다. 몰리나는 다정다감하고 섬세하고 풍부한 감성을 지녔다. 처음에는 발렌틴이 가진 정치범들의 정보를 빼내 오면 가석방시켜주겠다는 교도소장의 말에 넘어가 발렌틴과 한 방을 쓰게 된다. 동성애자인 자신 때문에 세상의 차가운 시선과 멸시 속에 뼈아픈 삶을 살아온 엄마를 위해 가석방되기를 원했기 때문이다. 몰리나는 동성애자이인 자신의 입장을 고통스러워하기는 해도 자신이 동성애자임을 숨기지 않으며, 사랑과 성에 대해 대단히 자유로운 생각을 갖고 있다. 그는 서슴없이 "난 여자가 되고 싶어. 왜냐하면 여자야말로 이 세상에서 최고의 존재거든." "여자처럼 부드러운 게 뭐가 나빠?"라고 말하며, 진정한 사랑에는 성性의 구분이 없다고 믿기 때문에 남자를 사랑하는 것에 대해서도 당당하다. 몰리나는 사랑하는 사람에게 늘 다정다감하며 대의적인 명분보다는 그의 마음을 세심하게 헤아릴 줄 안다.

몰리나의 성정性情이 가장 잘 드러나는 장면은 발렌틴이 심하게 구토하고 설사했을 때다. 비좁은 감옥 안에서 발렌틴은 스스로 자신을 벌레라고 느낄 만큼 견딜 수 없이 모멸스러워하지만, 몰리나는 발렌틴이 조금도 치욕을 느끼지 않게끔 일을 처리하고 아픈 그를 따뜻하게 돌본다. 사회에서 멸시당하고 소외당해온 몰리나의 마음속 상처와 슬픔 또한 깊다. "난 게이라서 사람들은 날 믿지 않아"라며 우울해하고 "내 삶은 언제부터 시작되지? 언제가 되어야 내가 내 것을 만질 수 있고 내 것을 가질 수 있지?"라며 절규한다. 배려심이 깊고 타인의 아픔을 만질 줄 아는 몰리나는 발렌틴의 정의와 투쟁의지를 존경하면서 그를 진심으로 사랑하지만, 발렌틴이 부자연스럽게 애정을 표현하려 할 때에는 "너와 우정을 느끼고 싶은 것이지 애정을 느껴서 그런 것은 아니야"라고 자신의 의사를 표현한다. 몰리나가 발렌틴을 진심으로 받아들이게 된 것은 그가 자신을 동성애자라거나 추한 범죄자라고 경멸하지 않고 몰리나 스스로 자아를 존중하도록 북

돌아주었기 때문이다. 그 마음으로 몰리나는 발렌틴을 돕기로 결심하고 목숨을 잃을 위험을 각오하면서도 거사에 뛰어들었던 것이다.

발렌틴은 몰리나에 비해 더 극적으로 변화한다. 군부 독재 아래 자의식 강한 급진적 혁명가이자 강경한 좌익 이념의 게릴라로 활동하면서 파업을 주도하다 수감된 발렌틴의 눈에 미성년자보호법을 위반해 수감된 동성애자 몰리나는 처음에는 용납할 수 없는 대상이었다. 몰리나의 여성스러움과 동성애를 비난하면서도 인간의 평등과 인격적인 권리를 주장하는 자신의 신념에 대해 전혀 모순을 느끼지 못하던 발렌틴은 차츰 변화하게 된다. 감각적인 향유를 죄악시하면서 현재의 순간을 즐기는 것에 전혀 동의하지 못하던 발렌틴은 처음에는 몰리나의 영화 이야기를 무시하다 차츰 귀 기울이게 되고, 부르주아 계급의 여자를 사랑하는 것을 부끄러워하며 자신을 개만도 못하다고 비하했지만 진심으로 사랑하면 남자가 남자를 사랑하든 다른 계급의 사람을 사랑하든 전혀 부끄러운 일이 아니라는 것을 깨닫게 된다. 그래서 자신을 억누르고 있던 사적인 욕망, 가령 이념의 순교자가 되고 싶지 않고 감방에서 썩고 싶지 않으며 자유롭게 길거리를 누비고 싶다는 일상적인 욕망 또한 고백할 수 있게 된다.

발렌틴은 처음에는 몰리나에게 "왜 남성적 태도를 갖지 않지?"라고 다그치지만 나중에는 몰리나의 성품을 존중하며 "다른 사람들이 널 무시하지 않게 행동하고 널 함부로 다루게 하지 말고 착취당하지 마"라며 간곡히 말하고, 동성애에 대한 편견을 버리고 진심으로 소통하게 되면서 "사랑스러운 몰리나"라고 부른다. "위대한 지식의 목소리"였던 발렌틴이 이제는 오히려 몰리나에게 "너한테 많은 것을 배웠어"라고 말하면서 "넌 거미여인이야, 네 거미줄에 남자를 읽어매는……"이라고 몰리나에 대한 사랑을 표현한다. 자신 때문에 몰리나가 비참한 죽음을 당한 것을 신문에서 읽은 후, 발렌틴은 고문 후유증을 이유로 마취제를 강제로 맞으면서 죽음으로 빠져든다. 하지만 죽어가는 순간에도 그는 혼몽한 환각 속에 거미여인의 모습으로 나타난 몰리나의 눈물과 슬픔과 사랑을 오래도록 바라본다.

왜 "거미여인"일까? 발렌틴은 최고의 애정 표현으로 몰리나를 거미여인이라고 부르고, 몰리나는 발렌틴이 자신을 거미여인이라고 부른 것을 마음에 들어 한다. 거미여인이란 몰리나의 섬세한 마음이 쳐놓은 거미줄에 모든 사람들이 얽혀드는 매혹적인 존재라는 뜻으로도 볼 수 있고, 자기 몸에서 자아낸 은빛 거미줄 같은 상황에 스스로 갇혀버린 몰리나를 비유한 것으로도 볼 수 있다. 또 거미는 그리스 신화의 아라크네에서 비롯된 지극한 여성성의 상징이기도 하다. 거미여인의 키스란 끝없이 허여許與하는 몰리나가 발렌틴에게 갖는 진실한 사랑을 뜻하는 동시에, 몰리나 자기 자신에게는 마치 표범여인 이레나의 키스처럼 스스로를 결박한 가장 치명적이었던 사랑이기도 하다.

발렌틴은 "사랑하면 안 돼. 사랑하면 살고 싶어지고, 그러면 죽는 것이 두려워져 행동하지 못하게 돼"라고 말하고, 몰리나는 "난 너를

몰리나,
기품있고 아름다운
거미 아니 게이

믿어. 너도 날 믿지?"라고 얘기한다. 몰리나는 사랑하기 때문에 오히려 죽음을 두려워하지 않고 행동할 수 있었고, 발렌틴은 몰리나의 출소를 둘러싼 진실의 여부에 상관없이 몰리나를 믿고 신뢰한다. 하지만 몰리나와 발렌틴은 정부와 교도소의 간교한 술수에 이용당해 동료들에게 죽음을 당하는 비극에 이른다. 모든 것을 넘어 정신적으로 깊이 연대하게 된 사랑과 신뢰를 통해 "짧지만 행복한 꿈"을 꾸었던 몰리나와 발렌틴, 그러나 결국 이들은 당시 정치 현실의 폭압성과 이념적 조직의 완강한 신념에 의해 타살되고 만다.

영화와 소설 사이

마누엘 푸익은 『거미여인의 키스』의 대중적 인기와 비평적 세례를 통해 라틴아메리카의 대표적인 작가로 손꼽힌다. 또 왕가위 감독이 만든 영화 〈해피 투게더〉가 마누엘 푸익의 소설 『부에노스아이레스의 사건』에서 발상과 영감을 얻은 것이라고 알려지면서 더욱 유명해지기도 했다.

푸익은 어린 시절부터 영화와 뮤지컬에 관심이 많아 대여섯 살 때부터 영화관에 드나든 할리우드 키드로도 유명하다. 영화감독이 되기 위해 영화를 공부하고 조감독을 거쳐 시나리오까지 썼지만 막상 크게 주목받지는 못했다. 하지만 그의 소설은 모두 영화적 기법을 접목한 영상적 서술로 영화보다 더 영화적이라는 흥미로운 평가를 받고 있다.

마누엘 푸익이 반체제적 성향의 작가로 활동하던 당시 아르헨티나는 독재자 후안 페론이 장악하고 있었다. 당시 페론은 독재 정치와 인권 탄압을 가혹하게 자행하면서 문제적인 독재자로 군림했다. 하지만 그는 아내인 에바 페론의 노래 〈아르헨티나여, 날 위해 울지 말아요Don't cry for me Argentina〉처럼 감성적으로 접근하는 정치적 전략을 통해 대중의 지지를 얻음으로써 독재에 대한 비판을 무마해왔다.

이에 푸익은 자신의 소설에서 후안 페론을 신랄하게 비판하고 당대 정치현실의 폭압성을 드러내 더욱 탄압을 받는다. 『거미여인의 키스』뿐 아니라 그 이전에 출간한 소설들 『리타 헤이워스의 배반』, 『색칠한 입술』은 모국 아르헨티나에서는 출간이 금지되거나 판매가 금지되었지만 외국의 비평가들에게는 극찬을 받으면서 문학상을 받고 최고의 소설로 꼽혔다. 푸익은 『거미여인의 키스』를 집필하기 직전 페론과 군사정권이 재집권한 것에 좌절해 망명길에 오르고 이후 아르헨티나로 돌아가지 않았다.

『거미여인의 키스』는 이 같은 아르헨티나의 독재적 정치현실은 물론, 성에 대한 보수적인 관념과 진보적인 인식, 사랑에 대한 철학적이고 심리적인 접근, 성과 계급에 대한 비판적 수용, 이류 혹은 삼류 대중문화에 대한 긍정적인 시선, 영화의 통속적인 사랑 이야기에 담긴 인간의 감정과 진실 등이 거미줄처럼 섬세하게 잘 짜인 소설이다.

이 소설의 마지막 두 장章인 15장과 16장은 기막힐 만큼 슬프고 아름답다. 마지막 16장은 소리내어 천천히 읽어도 좋을 만큼 아름답다. 몰리나와 발렌틴은 소설 속에서 만난 어떤 인물들보다, 그리고 그들의 사랑은 어떤 사랑 이야기보다, 오랜 동안 둔중한 여음을 남길 것이다.

밑줄긋기

가슴, 그리고 목 안쪽…… 왜 슬픔은 항상 그 부분에서 느껴지는 것일까?

- 넌 거미여인이야. 네 거미줄에 남자를 옭아매는…….
- 아주 멋진 말인데! 그 말, 정말 맘에 들어.

- 발렌틴, 너한테 한 가지 약속할게. 널 떠올릴 때마다, 난 행복할 거야. 네가 나한테 가르친 대로 말이야.

- 그리고 한 가지 더 약속해줘……. 다른 사람들이 널 무시하지 않도록 행동하고, 아무도 널 함부로 다루게 하지 말고, 착취당하지도 말아. 그 누구도 사람을 착취할 권리는 없어.

- 우리가 깨달은 가장 어려운 일이 뭐지?
- 내가 당신 마음속에 살아있고, 그래서 당신과 항상 함께 있다는 것, 그래서 당신은 절대로 홀로 있지 않게 될 것이라는 사실이죠.

몰리나,
기품있고 아름다운
거미 아니 게이

해피 투게더

감독 | 왕가위

지구 정반대편에 가면 지금 이곳과는 다른 희망이 있을까. 지금 이곳과 정반대편에 있는 곳이라면 삶도 전혀 다르지 않을까. 지금 우리가 사는 모양새와 전연 다른 사람들이 사는 세상…… 감옥에 갇혀 바깥세상을 꿈꾸던 몰리나와 발렌틴처럼.

영화 〈해피 투게더〉에서 젊고 아름다운 두 청년은 새로운 삶을 찾아 홍콩을 떠나 지구 정반대쪽에 있는 아르헨티나로 날아온다. 요휘와 보영, 그들은 전연 새로운 다른 삶을 시작하기 위해 자발적으로 온 것이기도 하고 실은 밀려나온 것이기도 하다. 보영은 "우리 처음부터 다시 시작하자"고 반복해 말하지만 모든 것이 매번 그들의 뜻대로 되지는 않는다.

아르헨티나에 도착한 요휘와 보영은 가장 먼저 이과아수 폭포를 보러 가고 싶어 한다. 아름답게 쏟아지는 세찬 물길이 어쩌면 그들의 삶에 생명을 줄 것 같기 때문이다. 하지만 이과아수 폭포에 다가가는 길에서 차는 시동이 걸리지 않고 그들의 여행 또한 실패한다. 보영은 요휘에게 말한다.

"여행이란 본래 시간이 걸리는 거야." 요휘를 사랑하면서도 보영은 그를 배신하고, 상처받아 돌아왔다가는 다시 떠나기를 반복하다가, 요휘가 떠난 후에야 비로소 돌아온다.

그들은 낯선 이국땅에서 몸으로 부딪치고 뒹굴면서 바닥의 삶을 살아간다. 보영은 다른 남자들의 파트너로 돈을 벌고, 요휘는 탱고 바에서 호객을 한다. 요휘는 잔인하게 떠난 보영을 잊기 위해 안간힘을 쓰고 다시 상처받지 않기 위해 보영에게 매몰차게 굴지만, 막상 보영이 돌아왔을 때 허물어지듯 결국 그를 받아들인다. 심하게 다치거나 가진 것을 모두 잃었을 때에만 돌아오는 보영. 그들의 애증은 여느 연인들처럼 치열하고 혹독하다.

보영이 돌아오자 요휘는 극진하게 그를 닦아주고 치료해주고 먹여주고 돌봐준다. 갈등과 사랑과 증오로 뒤범벅이었던 요휘의 고통은 보영과 탱고를 추면서 사라지고, 두 사람은 화해하고 다시 사랑하게 된다. 두 사람이 탱고를 추면서 환하게 웃는 장면은 이 영화에서 두 주인공이 함께 웃는 유일한 장면이고 가장 가슴 아픈 장면이다. 요휘는 보영이 다 나으면 다시 떠날 것이 두려워 그가 낫지 않기를 바라지만 결국 병이 다 나은 보영은 다시 요휘를 냉정하게 버리고 떠난다. 이과아수 폭포를 보러 다시 가기로 한 약속도 저버린 채.

요휘가 새로 일하게 된 음식점 주방에는 소장이라는 청년이 있다. 그는 "깊은 목소리"를 가진 요휘를 따른다. 눈이 나쁜 대신 귀가 밝은 소장은 사람들이 아무리 행복을 가장해도 목소리만은 행복을 가장하지는 못한다며 요휘의 슬픔을 금세 알아본다. 그리고 '세상의 끝'이라고 불리는 곳에 여행을 가면 요휘의 그 슬픔과 불행을 대신 버리고 오겠다고 약속한다. 사진 대신 목소리를 녹음해서 간직한 소장은 훗날 '세상의 끝'이라는 곳에

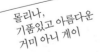

가서 요휘의 눈물과 슬픔을 버리고 온다.

　요휘는 보영을 또 잃은 절망과 슬픔을 견디기 위해 아르헨티나의 정반대쪽에 있는 홍콩으로 다시 돌아가기 위해 미친 듯이 일을 한다. 그리고 돈을 마련해 홍콩으로 돌아갈 수 있게 되었을 즈음, 혼자 차를 몰고 이과아수 폭포에 간다. 그들의 격정과 슬픔처럼 아름답고도 불안한 이과아수 폭포의 시퍼렇고 세찬 물줄기, 그 앞에서 요휘는 애틋하게 보영을 그리워하고 슬퍼하지만 혼자 설 수 있는 용기 또한 얻는다. 홍콩으로 돌아오는 길에서 우연히 소장의 가족을 만난 요휘는 소장의 밝음과 건강함이 어디서 온 것인지 깨닫고 미소 짓는다. 보영을 사랑하면서도 소장의 속깊음과 밝음을 좋아하던 요휘는 소장의 사진을 한 장 간직한다.

　오히려 보영은 요휘가 정말로 떠난 것을 알고 절망한다. 요휘가 살던 집으로 돌아와 요휘의 흔적으로 집을 채우고 요휘가 그리워 이불을 껴안고 흐느끼며 울고 또 운다. 지쳐서 돌아온 자신을 한결같이 받아주던 요휘, 그를 잃은 보영의 슬픔은 그제서야 자신의 사랑을 정직하고 절실하게 드러낸다.

　이제 세 청년은 각기 다른 곳에서 삶을 시작하게 된다. 요휘는 다시 돌아온 홍콩에서, 보영은 새로 정착한 부에노스아이레스에서, 소장은 가족이 있는 대만에서……. 이들의 순수하고 지독했던 사랑은 지구의 정반대쪽, 이편과 저편을 이으면서 모두 제자리에서 해피 투게더, 즉 행복하게 설 수 있게 성장한다. 사랑 안에 내장된 모든 것, 행복과 고통, 질투와 미련, 애증과 열정, 절망과 슬픔, 심장과 고독, 이 모두를 섬세하게 그린 영화 〈해피 투게더〉, 퀴어 영화의 범주 밖에서도 오래 기억하고 싶은 영화다.

odin den iz
zhizni ivana
denisova

슈 호 프
그.래.도. 살.아.야.
할 . 하 .루

솔제니친의
『이반 데니소비치, 수용소의 하루』(1962)

양심의 심장이 멎기 전까지는 침묵할 수 없다

구소련 시대를 대표하는 작가인 알렉산드르 솔제니친(1918~2008)이 2008년 8월 타계했다. "특별한 운명을 살다 간 인물", "20세기 러시아의 가장 위대한 양심"이라며 전 세계적으로 대문호의 죽음을 기리는 화려한 상찬들이 줄을 이었다. 러시아 정부는 모스크바에 있는 '위대한 공산주의자 거리'를 그의 이름을 딴 '솔제니친 거리'로 바꾸기로 했다고 발표했다. 지배자에게 핍박을 받았던 작가는 이제 지배자들에 의해 더욱 추앙받게 되었다. 참으로 '특별한 운명'이 아닐 수 없다.

"간디는 대영제국을 난처한 지경에 몰아넣었다. 이제 솔제니친이 초강대국 소련을 위험한 처지에 몰아넣고 있다!" 1970년 솔제니친이 노벨문학상 수상자로 선정되었을 때 미국의 한 평론가는 이렇게 말했다. 솔제니친의 반체제적이고 반소련적인 작품세계의 상징적 위치를 잘 나타내주는 말이다. 소련으로 다시 돌아올 수 없을까봐 수상식에 참석할 수 없었던 솔제니친은 글을 통해 "백 마디의 말보다 한 마디의 진실이 더 가치 있다"고 수상 소감을 밝혔다. "나는 자살하지 않는다. 내가 죽게 되면 구소련의 국가안전기획부(KGB)의 소행인 줄 알라"고 기자들에게 말해둘 정도로 목숨이 위협받는 상황에서도 그가 줄기차게 탐구하고 싶었던 진실이란 과연 무엇일까?

그 진실의 탐구는 1962년 한 문학잡지에 발표한 『이반 데니소비치의 하루』라는 충격적인 작품에서 시작된다. 스탈린 치하의 강제노동수용소(굴라크)의 참상을 최초로 고발한 이 처녀작으로 스탈린 시대의 어두운 비극상이 만천하에 드러났으며, 솔제니친은 세계적으로 주목받게 된다. '이반 데니소비치'가 없었다면 1990년대 페레스트로이카(개혁)도, 글라스노스트(개방)도 없었을 것이며, 진정한 역사를 되찾지 못했을 것이라고 한 러시아 비평가는 지적했다.

두 번의 세계대전과 이데올로기를 둘러싼 분쟁, 그리고 전체주의적인 독재로 얼룩진 20세기는 광기의 역사로 불릴 만큼 어두운 그늘이 넓고 깊다. 그 한편에 스탈린 체제의 강제수용소가 있다. 법은 존재조차도 없고 온갖 굴레만이 만연했던 어두운 시절, 강제노동수용소의 하루를 현미경 같은 눈으로 세밀하게 들여다보면 참혹한 고통으로 가득 찬 형벌의 땅에서 '인간'이 살고 있다.

이반 데니소비치 이야기

새벽 다섯 시, 기상을 알리는 신호가 찬 공기를 가른다. 성에가 몇 센티나 눌러 앉은 유리창 밖은 아직 캄캄하다. 영하 30도를 훌쩍 넘는 바깥 날씨에 수용소 전체가 얼어붙어 건물 벽에는 하얀 거미줄 모양으로 성에가 끼어 있다. 이런 날씨에는 건물 안이라고 해도 춥기가 바깥과 다름없다. 이반 데니소비치 슈호프는 눈을 떴지만 온몸이 얼음장이 되어 옴짝달싹하기가 싫었다. 밤새 몸살로 뒤척이면서 영원히 아침이 오지 않았으면 하는 마음이었지만, 어김없이 기상 나팔이 울렸다. 당번들이 막대에 변기통을 매고 복도를 걸어가는 소리, 밤새 말린 펠트 장화를 찾아 신는 소리, 사소한 일로 입씨름을 하는 소리가 이어진다. 수용소의 아침이 또 시작되고 있었다.

오늘은 중요한 날이다. 그가 속해 있는 104반이 새로운 건설현장인 '사회주의 생활단지'로 배치될 것인지가 결정되는 날이기 때문이다. 눈바람이 휘몰아치는 허허벌판에서 구덩이를 파면서 건설작업을 할 수도 있다. 바람을 가릴 움막 한 채 없고 땔감 한 개 없는 그곳에서는 땀나게 곡괭이질을 하는 것만이 얼어 죽지 않고 유일하게 살아남는 길이다.

슈호프는 반역죄로 수용소에 들어왔다. 하지만 반역죄란 그냥 그들이 붙인 말이다. 그는 조국을 위해 전쟁에 나갔다가 독일군에게 체

포되었고, 죽을 고비를 몇 번이나 넘기며 겨우 탈출해서 돌아왔을 뿐
이었다. 독일 첩보대의 앞잡이 노릇을 하기 위해 탈출한 게 아니냐고
취조관들은 우겼고, 목숨을 부지하려면 없는 사실도 인정할 수밖에
없었다. 10년을 선고받았고, 혹독한 세월을 8년째 버텨내고 있다.

북방의 수용소를 전전하면서 내일을 계획하거나 가족의 일을 걱
정하는 법은 점점 잊어버렸다. 영양실조로 죽을 고비를 수차례 넘기
면서 이가 몇 개 빠져버렸지만, 말을 할 때 바람이 세는 것 외에 큰 불
편은 없다. 수용소에서는 생각하는 법조차 잊게 마련이다. 자유롭지
못한 생각은 언제나 한 자리를 빙빙 돈다. 겨울을 나기 위해서 가장
소중한 펠트 장화, 장화 안에 감추어 둔 숟가락(알루미늄 전선을 녹여
서 만든 것으로 수용소 생활에서 빼놓을 수 없는 가장 소중한 물건이다), 배
급 빵의 크기, 가족에게 소포를 받는 특별한 자들에게 아부를 해서
얻어 피우는 시가 한 모금 따위를 걱정하는 사이에 하루가 지나간다.

갑자기 이불이 휙 낚아채지더니 작업반장의 험상궂은 얼굴이 나
타났다. 늦잠을 잤다는 이유로 끌려 나가서 간수실의 물청소를 한 판
하고 나서야 겨우 밥 먹을 틈이 생겼다. 순서를 기다리는 사람들과
반원들을 찾는 소리로 식당 안은 온통 북새통이다. 너무 추워 모자를
쓰고 밥을 먹어야 하지만, 일단 자리를 잡고 나면 그 누구도 먹는 것
을 서두르는 사람은 없다. 잠자는 시간과 세 끼 식사 시간이 수용소
사람들의 유일한 삶의 목적이다. 시꺼먼 양배추와 썩은 생선을 넣고
끓인 300g의 야채 죽 한 그릇이 그들의 최대의 기쁨이다. 거무튀튀한

양배추 건더기를 뒤적이면서 예식을 치르듯이 썩은 생선살 부스러기를 찾는다. 스프든 빵이든 그 누구에게도 한 방울 한 점도 양보할 생각은 없다.

슈호프는 장화에 꽂아둔 소중한 숟가락을 뽑아 들고 모자를 벗는다. 아무리 춥다 해도 남들처럼 모자를 쓴 채로 식사를 하기는 싫다. 청소를 하고 오는 바람에 야채스프가 싸늘하게 식어버렸다. 그래도 천천히 숟가락을 움직이며 음미해야 한다. 식당에 불이 나서 지붕이 불타오른다고 해도 절대로 서두르지 않을 것이다.

아침식사가 끝나면 검은 죄수복을 입고 커다란 번호표를 붙인 사람들이 길게 줄을 서서 점호를 받는다. 뒤늦게 배급받은 빵 한 조각을 이불 속에 숨겨두고 슈호프도 바깥으로 나간다. 발싸개를 두 개나 감고 펠트 장화를 신고, 있는 대로 누더기를 껴입은 다음 노끈으로 몸을 감아야 한다. 혀가 얼어붙어 서로 말을 붙이기도 귀찮다. 동녘 하늘이 약간 푸르스름한 빛을 띠기 시작했으나 동이 트려면 아직도 한참이다. 반장이 부주임한테 돼지비계라도 뇌물로 갖다 바쳤는지 '사회주의 생활단지'로는 다른 반이 배치되고 104반은 다시 건설작업 현장에 배치되었다. 집에서 소포를 받으면 반드시 반장에게 따로 인사를 해야 하는 것은 다 이럴 때를 위해서이다.

이제 날이 밝아오기 시작했다. 뭔가 숨겨 나가는 것이 없는지, 규정을 어긴 놈은 없는지 길고 긴 검사가 이어진다. 속옷 속까지 들춰서 속속들이 조사를 하고서야 수용소 문을 통과할 수 있었다. 이런 추위에 옷을 벗길 권리가 있느냐고 대들던 풋내기가 있다면 바로 영창감이다. 묵묵히 검사를 끝내고 수용소 밖으로 나오니 찬바람에 얼굴이 찢어질 것 같이 아프다. 바람막이용 마스크를 하니 얼굴이 한결 따뜻하다. 귀싸개가 달린 방한모를 내려쓰고 겉옷의 깃을 세우고 허리띠도 더 동여맨다. 조금이라도 바람을 피하려는 듯 얼굴을 가능한 숙여 앞사람의 등에 바싹 붙이고 천천히 대열이 움직이기 시작한다.

털가죽 외투를 입고 자동소총을 들이대고 있는 경호병들 옆에는 잿빛 군견들이 허옇게 이를 드러내고 있다. "대오에서 이탈하지 마!" 하고 경호병들이 소리를 지르기도 하지만 이렇게 추운 날이면 듣는 척을 할 틈도 없다. 오로지 바람을 피할 마음에 몸을 움츠리고 제각기 생각에 빠져들게 마련이다. 남은 빵을 매트 속에 감춰놓았는데 누가 가져가지는 않을까? 슈호프의 생각이란 것이 늘 빵조각 걱정이 아니면, 동료가 갖고 있던 담배나 셔츠를 부러워하는 일에서 크게 벗어나지 않는다. 벌써 허기가 느껴진다. 공연히 식욕을 자극하는 쓸 데 없는 생각은 하지 않는 게 좋다.

104반원들은 반장 추린의 명령대로 움직이면 된다. 모든 것은 그가 다 결정하니 다른 생각은 할 필요가 없다. 추린은 농담 따위를 할 줄 아는 사람은 아니지만 반원들의 식량 할당량에는 꽤 신경을 써주는 편이다. 이런 반장의 명령에 일단 순종하면 최소한 목숨은 부지할 수 있다. 전직 영화감독 출신인 체자리는 부자 죄수여서 수용소 안에서도 귀족처럼 지낸다. 한 달에 두 번 이상 소포를 받기에, 그것으로 뇌물을 써서 작업에도 빠지기 일쑤이다. 별명이 늑대인 페추코프는 체포된 후에 가족에게 완전히 버림을 받았다고 한다. 더러운 꽁초에도 금방 굽실거리는 비굴한 자식이다. "하루 중 제일 추울 때는 해가 뜨기 직전이야." 해군 중령 출신의 부이노프스키는 이런 식으로 남한테 설명해주기를 좋아하고, 아직도 명령조로 반원들의 일에 간섭을 하곤 한다. 아직 어린 애송이인 고프치크는 반정부파 사람에게 우유를 주었다는 죄목으로 끌려와서 어른과 똑같은 형기를 살고 있다.

철조망을 몇 번 지나 대열은 드디어 넓은 작업장에 도착했다. 마스크가 입김에 젖어서 전부 얼어붙어 버렸다. 왼발은 벌써 얼음장이 되어 감각이 없고 장갑이 부실한 탓에 손가락도 얼얼하다. 오늘의 작업은 작년에 세우다가 중단했던 중앙난방시설을 다시 짓는 일이라고 한다. 제설작업을 하고 난로에 불을 지피고 시멘트를 나르는 등등의 일들이 배당되었다. 점심시간에는 운 좋게 눈치를 잘 본 덕에 죽을 두 그릇이나 더 타먹었다. 죽 그릇을 노리는 숱한 경쟁자들을 물리치고 가까스로 얻은 여분의 음식이었다. 슈호프는 빵 껍질로 그릇 밑바닥까지 싹싹 긁어 먹으면서 그 순간을 만끽하려는 듯이 죽을 음미했다.

짧은 점심시간을 제외하고는 노동은 하루 종일 계속된다. 슈호프는 벽돌을 쌓아 담을 만드는 작업을 시작했다. 그는 유능한 벽돌공이다. 수용소 생활에 이력이 났지만 작업을 할 때는 조금도 게으름을 피울 수는 없다. 수용소에서는 반원들끼리 감시를 하고 채근을 하게

마련이다. 누군가가 게으름을 피우면 반 전체가 배를 곯아야 한다. 집단책임제도는 모두를 죽어라고 일하게 만든다. 한쪽에서는 모르타르를 만들고 한쪽에서는 민첩하게 벽돌을 쌓아 올려야 한다. 모르타르는 벽돌 위에 바르자마자 순식간에 얼어붙기 때문에 신경을 집중해서 한 치의 오차도 없이 일을 해야 한다. 모르타르! 벽돌! 모르타르! 벽돌! 작업이 하도 숨가쁘게 진행되어 온몸에 땀이 날 지경이었다. 모르타르가 얼어붙기 전에 벽돌을 쌓아 담을 이어나가는 작업이 계속되었다.

달이 지평선 위로 뜨는 저녁이 되면 죄수들은 다시 5열종대로 열을 지어 몸수색을 받고 들판을 가로질러 수용소에 들어온다. 인원수를 확인하던 경호원들이 시끄러워진다. 인원이 한 명 부족하다는 것이다. 어떤 자식인지 모르겠지만 도망을 쳐도 금방 붙잡혀 사살될 것이 분명한데 도망을 쳤다면 멍청한 놈인 것이 분명하다. 게다가 이 추위에 우리를 이렇게 세워놓게 하다니, 아무튼 찾기만 하면 가만두지 않겠다는 생각이 먼저 든다. 작업장 한쪽에서 잠이 들어버린 놈을 찾아내 겨우 인원수가 맞을 때까지 한 시간을 추위에 떨며 기다려야 했다. 행렬이 정리되고 다시 천천히 대열을 맞추어서 죄수들은 작업장을 걸어 나간다. 옷을 풀어 헤쳐 몸수색까지 철저하게 마쳐야 드디어 '집으로 간다'고 말할 수 있다. 수용소인 이 '집' 이외에 다른 집이란 아예 생각할 수조차 없는 하루가 그렇게 가고 있다.

수용소 안에 들어서자마자 슈호프는 냉큼 단숨에 소포인도소로 달려간다. 벌써 줄이 길게 늘어서 있어 한 시간은 기다려야 하겠지만 자기 반에서는 맨 먼저 달려온 셈이다. 물론 슈호프에게 소포가 와 있을 리는 만무하다. 예전 수용소에서 두 번인가 아내가 보내준 것이 끝이었다. 자기에게 소포가 오지 않아 울적하기는 하지만 이제는 남의 소포를 대신 받아다 주거나 소포를 받을 순번을 대신 맡아주고 작은 벌이를 하려는 속셈이었다. 체자리의 순번을 맡아주고 소시지를 얻어먹고 잎담배까지 살 수 있었다.

아침에 매트 속에 숨겨두었던 빵이 무사하게 있는 것을 확인하고 슈호프는 기분이 좋아졌다. 게다가 취사장에서는 백전노장의 눈칫밥을 발휘한 덕에 죽을 한 그릇 더 얻을 수가 있었다. 다시 경건한 시간이 돌아왔다. 저녁 죽은 아침에 비해 더 부실하기 일쑤이다. 하루 작업을 마쳤으니 더 먹일 이유는 없는 것이다. 국물을 들이키자 따끈한 기운이 뱃속에 퍼지면서 오장육부가 되살아나는 느낌이다. "아 이제야 살겠다!" 이 순간을 위해서 죄수들은 오늘을 버틴 것이다. 모든 걱정과 피로와 불평과 불만이 이 순간에는 사라진다. 저녁식사 시간은 그에게는 명절이나 다름없고 마음도 한없이 관대해진다. 그릇을 깨끗이 비우고, 싹싹 핥아먹은 숟가락을 펠트 장화 속에 소중히 간직하고 나니 즐거운 기분이 되었다. 어두운 밤하늘에 한 조각 달이 선명하게 빛나고 있었다.

잠이 들기 전 옆의 침상에서는 알로쉬카가 거절당할 것이 빤한 기도를 하느님께 올리고 있다. 진실한 믿음을 갖게 된다면 눈앞에 있는 산이라도 옮길 수 있다는 알로쉬카의 말을 들으며 기도하다 잘못 걸리면 25년을 선고받을 수도 있다는 생각을 했다. 처음에 수용소에 들어왔을 때는 자유를 갈망하며 나갈 날짜를 세어보곤 했지만 이곳을 나가도 다시 유형지에 가게 될 것이라는 불안만 있을 뿐이다.

오늘은 그래도 아주 흡족한 날이었다. 영창에 가서 얼어 죽지도 않았으며, 바람막이가 있는 곳에서 작업을 했고, 죽도 더 먹을 수 있었다. 거의 행복하다고 말할 수 있는 날이었다. 슈호프의 형기 10년 (윤년이 있어서 사흘을 더해, 날로 치면 3653일) 중의 하루였다.

빵 한 조각의 슬픔과 행복

1922년 스탈린이 소련 공산당 서기장으로 추대된다. 이후 1953년 사망할 때까지 스탈린은 무소불위의 절대권력을 휘두르며 소련을 통치한다. 사회주의 혁명 열기를 등에 업고 스탈린은 소련의 농업 발전을 추진하면서 권력을 점점 더 강화해갔다. 이 과정에서 자신의 권력에 잠정적으로 위험하다고 판단되는 사람들을 대거 숙청하였다. 또 철저한 통제사회의 분위기 속에서 이데올로기와 무관한 보통사람들까지도 무차별적으로 강제노동수용소로 보냈다. 스탈린은 "빛나는 태양" "우리의 아버지" "위대한 선생" 등으로 미화되었으나, 전체주의와 테러리즘이 결합된 폭력적 통치방식인 '스탈린주의'를 역사에 남겼다. 이 공포와 폭력의 시대에 약 2000만여 명의 사람들이 강제노동수용소에서 집단노동에 시달리며 죽어갔다.

스탈린 시대는 몇 줄로 이렇게 간략하게 정리할 수 있겠지만, 강제노동수용소에 보내졌다는 2000만여 명의 사람들의 삶은 과연 어떻게 설명해볼 수 있을까? 그들은 그곳에서 어떻게 살아갔으며, 과연 가족들의 품으로 돌아갔을까? 수용소에서 살다가 죽어갔을 많은 사람들의 삶은 함부로 상상하기도 이야기하기도 어렵다. 역사는 탁월한 개인이나 탁월한 반역자들을 중심으로 그려지는 것이기에, 이름 없는 개인들은 역사의 광풍에 너무도 쉽게 파묻혀 버리기 십상이다.

『이반 데니소비치의 하루』는 이런 질문에 답하려는 듯이, 역사의 거대한 폭풍에 가려진 평범한 한 사람의 하루를 세밀하게 좇아간다.

"보다 깊이 쓰라린 경험을 맛보고 보다 많은 것을 이해한 사람들은 이미 무덤 속에 잠들고 있어서 아무 말도 하지 못한다. 이들 수용소에 관해 중요한 사실을 이야기해줄 사람은 이미 아무도 없고 또 앞으로도 없을 것이다. 이 진실의 전모를 한 사람의 붓으로 밝혀내기란 도저히 불가능한 일이다. 그러므로 나는 높은 탑 위에서 수용소를 내려다보는 것이 아니라 수용소군도의 일부를 틈바구니에서 들여다본다."

—솔제니친, 『수용소군도』 중에서

한 사람의 붓이 역사의 모든 것을 밝혀낼 수는 없으나, 그 일부를

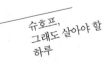
슈호프,
그래도 살아야 할
하루

들여다보는 것도 삶의 진실에 접근하는 방법이라고 솔제니친은 역설하고 있다. 죄도 없이 끌려 들어와 감옥과 유형지를 전전하는 슈호프나 당대의 이데올로기나 권력과는 무관한 슈호프의 주변 인물들은 평범한 개인이지만 이들에 의해서 결국은 진실의 틈바구니가 열리게 되는 것이다.

이 작품은 크게 두 번의 충격을 준다. 첫 번째는 수용소의 비극적인 참상을 보고 느끼는 충격이다. 인간이 어떻게 이렇게 살아갈 수 있는가? 지배자들을 위한 법만이 존재하는 수용소의 불합리한 부패상, 추위와 배고픔에 떨면서 노동에 내몰리는 인권유린의 현장을 목도하면서 독자는 은폐되었던 역사의 진실을 깨닫게 된다. 그리고 목숨 따위는 언제라도 앗아갈 수 있는 공포 속에서 빵 한 조각, 썩은 죽 한 그릇을 놓고 싸우는 인간의 비극적 모습을 보며 비도덕적인 정치체제가 인간을 어디까지 내몰 수 있는가를 각성하게 된다.

그리고 이런 비극의 한가운데에서도 삶을 포기하지 않는 사람들의 모습에서 두 번째 충격을 경험한다. 신체의 자유는 물론 생각까지 차압당하고 지옥의 시간을 보내지만, 슈호프는 끝끝내 살아간다. 심지어는 행복하다고까지 느낀다. 식어빠진 죽 한 그릇을 마치 성스러운 예배를 올리듯이 천천히 진지하게 먹는 주인공의 모습은 폭력을 고발하는 그 어떤 장면보다 인상적이다. 어떠한 무력도 살고자 하는 인간의 의지를 꺾을 수 없으며, 어떠한 폭력도 생명의 불꽃을 완전히 꺼뜨릴 수는 없음을 이 소설은 과장 없이 담담하게 전해준다.

부정한 현실을 관찰하면서도 인간성에 대한 깊은 신뢰와 애정을 보여주는 솔제니친의 작품세계는 러시아 문학의 오랜 전통과 연결되어 있다. "지나치게 예술적인 것은 이미 예술이 아니오. 빵 대신 후추와 양귀비 씨만 잔뜩 뿌려놓은 것과 다름없지 않은가"라고 작가는 말한다. 사실주의의 냉정한 눈으로 현실을 관찰하면서도 인간답게 살 것인가를 제시하려 했던 러시아 문학의 전통 위에서, 솔제니친은 고통당하는 이들의 목소리를 통해 거꾸로 고통을 넘어서는 인간의 의지를 토로하고 있다.

수용소를 넘어 세계에 던지는 질문

1918년 카프카스(코카서스)에서 카자크 혈통의 지식인 집안에서 태어난 솔제니친은 2차 대전이 일어나기 전까지는 시골의 평범한 교사였다. 전쟁에 소집되어 포병 대위로 근무했는데, 친구에게 보내는 편지에서 스탈린을 모욕했다는 죄명으로 체포되어 중앙아시아의 강제노동수용소를 전전하며 8년간(1946~1953) 수형자 생활을 하게 된다. 이때의 개인적 경험이 그대로 『이반 데니소비치의 하루』(1962)에 담겨 있다. 이 작품으로 솔제니친은 윤리적인 힘을 갖춘 사실주의 문학을 이룩했다는 평가를 받으며 1970년 노벨문학상을 수상하였다.

소련의 국가보안위원회(KGB)의 감시와 탄압 속에서도 그는 계속적으로 인간의 양심과 표현의 자유를 주창하는 글을 썼다. 관료주의에 젖은 지배자들을 비판하는 『암병동』(1968)에 이어 『수용소군도』(1973)가 발표되었고, 급기야는 소련 당국에 체포되어 국외로 추방당한다.

프랑스에서 출간된 『수용소군도』는 러시아 혁명 직후인 1918년부터 스탈린 사후인 1956년까지 반세기에 걸친 피비린내 나는 권력투쟁과 공포의 테러정치를 고발한 작품이다. 실존하는 정치범들의 이야기를 중심으로 무법천지의 현실이 고증되고 있으며, 수용소의 형성 과정과 죄수들을 고문하거나 학살한 사건 등 가공할 만한 폭력이 낱낱이 그려지고 있다. 정치현실을 사실적으로 고발하면서도 동시에 불행한 사회가 맞닥뜨린 비극과 모순을 탐구하고 있어서, 수용소 문학을 넘어서 깊은 철학적 통찰을 보여준다.

스위스와 미국에서 망명생활을 하던 작가는 소련이 붕괴된 후 1994년 고국으로 돌아왔다. 그의 비판적 성찰은 스탈린 시대를 넘어서 서구 자본주의나 개혁 이후의 러시아 사회 문제에까지 이어졌다.

1988년 종교계의 노벨상이라는 템플턴상을 받는 자리에서 솔제니친은 "우리는 중국이나 북한의 강제수용소에 관해서는 아무것도 모른다"고 말했다. 세상 어딘가에는 지금도 여전히 가혹한 수용소가 존재한다. 그 수용소는 담으로 둘러쳐진 유형의 것이기도 하지만, 또 인간의 정신을 억압하는 무형의 권력으로 존재하기도 한다. 솔제니친이 말하는 수용소의 문제는 결국 '이 세계는 지금 과연 살 만한 것인가'에 대한 고민으로 이어진다.

　수용소 생활, 추방, 망명으로 점철된 일생 동안, 지배체제에 대한 날카로운 비판의 목소리를 멈추지 않았던 작가의 삶은 그 자체로 20세기의 살아있는 역사였다. 그리고 이제 그는 진실을 외치는 양심적 인간의 상징으로서, 하나의 신화가 되어 세계인의 가슴속에서 영원히 살게 되었다.

"이봐 알료쉬카, 기도라는 것 죄수들이 써내는 진정서와 같다고 생각하기 때문이지. 하느님께 말해보았자, 꽝 구워먹은 소식이 될 뿐이고, 거절당하기 십상이란 말이야."

슈호프는 말없이 천장을 바라본다. 그는 이젠, 자기가 과연 자유를 바라고 있는지 아닌지도 확실히 모를 지경이었다. 처음에 수용소에 들어왔을 때는 아주 애타게 자유를 갈망했다. 밤마다 앞으로 남은 날짜를 세어보곤 했다. 그러나 얼마가 지난 후에는 그마저 싫증이 났다.

슈호프는 스프의 맛을 음미하며 천천히 먹기 시작한다. 설사, 지붕이 불타오른다고 해도 서두를 생각이 전혀 없다. 수용소 생활에서 잠자는 시간을 제외하면 아침식사 시간 10분, 점심과 저녁식사 시간 5분이 유일한 삶의 목적인 것이다.

별4개 만점의 올해 최고의 영화!
칸느가 그 앞뜨리를 헌사한 이탈리아 영화천재의 걸작

인생은
아름다워
Life is Beautiful

3월 6일 대개봉!

인생은 아름다워

감독 | 로베르토 베니니

    인생은 과연 아름다울 수 있을까? 영화 〈인생은 아름다워〉는 어떤 상황에서도 삶은 아름다울 수 있으며 심지어는 홀로코스트의 상징인 포로수용소조차도 삶의 아름다움을 가릴 수 없다고 말한다. 수용소에 갇힌 아버지와 아들이 펼치는 '동화처럼 슬프고 놀라우며 행복이 담긴' 이 이야기는 파시즘의 물결이 점차 거세어지던 1939년 이탈리아를 배경으로 시작된다.

    낙천적이고 천진무구한 영혼의 소유자인 귀도 오라피체는 숙부의 호텔에서 일하기 위해서 이탈리아의 도시 아레초로 온다. 유태인을 배척하는 강압적인 분위기가 도시의 곳곳을 떠돌고 있었지만, 귀도는 그런 것에는 전혀 아랑곳하지 않는다. 특유의 유머감각으로 심각한 현실을 비켜 나가기에 귀도가 가는 곳에서는 언제나 한바탕 소란이 벌어지곤 한다. 그런 와중에 운명의 여인 도라를 만난다. 초등학교 교사인 도라는 이미 약혼자가 있었지만, 귀도의 순수한 영혼에 호감을 느껴 그와 결혼한다.

    몇 년 후에 귀도와 도라는 아들 죠수아와 함께, 작은 서점을 하며 행복하게 살아간다. 하지만 유태인 검거령이 내려지면서 상황은 급변하고, 귀도와 죠수아는 기차에 실려 포로수용소로 끌려간다. 도라는 이탈리아인이었지만, 가족과 떨어질 수 없어 스스로 기차에 오른다. 귀도는 어린 죠수아가 두려워할까봐 꾀를 낸다. 죠수아에게 자신들은 지금 병정놀이를 하고 있으며 독일 군인들은 병정 역을 맡은 것이라고 속삭인다. 1000점을 먼저 따서 일등상을 타면 진짜 탱크를 선물로 받을 수 있을 것이라고 한다. 어린 죠수아는 게임을 한다는 기쁨에 힘든 수용소 생활을 잘 견뎌준다.

전쟁이 막바지에 이르고 연합군이 진격한다는 소문이 들리면서 독일군은 급하게 철수를 한다. 혼란을 틈타 귀도는 죠수아를 숨겨두고 아내를 찾으러 나갔지만 그만 붙잡히고 만다. 저만치 떨어진 곳에서 어린 죠수아가 숨죽이며 자신을 지켜보고 있다는 것을 느낀 귀도는 병정놀이를 하는 아이처럼 팔다리를 재미나게 내저으며 병사에게 끌려간다. 아빠의 모습에 아이는 천진하게 웃음을 터트린다. 귀도가 총살당한 다음날 연합군이 큰 탱크를 앞세우고 들어온다. 엄마를 만난 죠수아는 "우리가 이겼어!"라면서 만세를 부른다.

〈빠삐용〉, 〈쇼생크 탈출〉, 〈그린 마일〉, 〈하모니〉 같은 감옥을 소재로 한 영화들은 한결같이 가장 극단적인 공간에서 오히려 인간은 인간다움을 발견하고 아름다움과 행복을 갈망한다고 말한다. 인간이 되기 위해서 탈출을 꿈꾸기도 하고, 동료와 진한 우정을 나누기도 하고, 노래를 부르기 한다. 귀도가 택한 방법은 현실에 마법을 거는 것이다. 귀도의 가족을 둘러싼 현실은 간질병환자를 죽이면 얼마나 비용이 줄어드는가를 어린아이들의 산수 문제로 버젓이 내는 곳이며, 하일 히틀러를 외치며 무자비하게 유태인을 학살하는 곳이다. 타인의 고통 따위에는 눈곱만큼의 자비도 없다. 인생은 아름답기는커녕, 어둡고 암울하며 고통스럽기 짝이 없다. 하지만 귀도는 아내에게 항상 외친다. "봉쥬르 공주님!" 그 순간 평범한 초등학교 교사는 세상에서 가장 아름다운 공주가 되며, 그들을 둘러싼 세상은 환하고 행복해진다. 죽음으로 가득 찬 수용소도 귀도에게는 아이를 키우고 행복하게 지켜주어야 하는 삶의 공간이다. 그래서 어떤 무력도 이 천진한 아빠와 아들 앞에서는 병정놀이로 변해버리고 만다. 삶을 사랑하고 긍정하는 귀도의 낙천성이야말로 위협과 공포의 현실을 놀이와 웃음으로 반전시키는 마법의 원천이었다.

독일 병사들의 파티에서 웨이터 일을 돕게 된 귀도가 창문을 열고 아내가 있는 여자 감옥을 향해서 축음기를 트는 장면은 매우 인상적이다. 오펜바흐의 〈호프만의 뱃노래〉가 어두운 하늘로 울려 퍼진다. 삶과 죽음을, 밝음과 어둠을, 힘과 공포를 가르는 장벽을 넘어서 음악은 도라에게 다다른다. 어떤 장벽도 아름답게 살고 싶은 인간의 꿈을 막을 수는 없다.

현실이라는 감옥 또는 지옥을 어떻게 넘어설 것인가? 슈호프가 한 그릇의 죽을 위해서 모든 굴욕을 참으며 감옥에서의 하루를 견뎌냈다면 귀도는 인생은 행복한 것이라고 주문을 걸어 수용소를 놀이터로 바꾼다. 한 그릇의 죽과 행복을 기원하는 주문이 있다면 아직 인생은 아름다울 수 있지 않을까?

"봉쥬르 공주님!"

슈호프,
그래도 살아야 할
하루

to room nineteen

수   잔

완.벽.하.게. 혼.자.라.는.
희.열.을. 위.하.여

도리스 레싱의
『19호실로 가다』(1963)

통속과 진실 사이

소설을 읽을 때면 흔히 세 가지 시간대를 경험한다. 읽기 전, 읽는 동안, 읽은 후이다. 읽기 전의 기대, 읽는 동안의 몰입, 읽은 후의 여운이라는 시간대에서 느끼는 감정의 무게는 으레 어느 하나가 두드러지게 마련이지만, 도리스 레싱의 『19호실로 가다』는 세 시간대의 감정을 최고의 밀도로 경험하게 하는 작품이다.

이 소설을 읽기 전에는 어떤 기대를 갖게 될까? 이 단편소설은 『19호실로 가다—세계 페미니즘 단편선』이라는 단행본에 실려 있다. 대표적인 페미니즘 소설가인 도리스 레싱이라는 이름이 갖는 무게뿐 아니라 그녀가 2007년 노벨문학상 수상작가라는 사실까지 떠올려 본다면 새로운 기대를 갖지 않을 수 없다. 노벨상 수상 직후 지면에 실린 작가의 사진은 인상적이었다. 환하게 웃고 있지만 대단히 강단 있어 보이는 이 80대 노작가의 모습은 그의 소설을 읽은 후 오래도록 빠져나오기 힘들었던 슬픔과 충격 속에서도 공감할 수밖에 없었던 주인공 수잔의 단단한 자세와 비장한 의지를 생생히 떠오르게 한다.

이 소설을 읽는 동안에는 어떤가? 도전적인 첫 문장을 읽기 시작하면 맨 끝 문장까지 숨 한번 크게 쉬기 어렵다. '자아를 찾아가는 여성의 이야기'라는, 이미 여러 작품들에서 닳도록 읽어온 뻔한 주제임에도 불구하고 그렇다. 수잔의 심리를 묘사하는 거미줄 같은 문장과 더불어 어쩔 수 없이 변해갈 수밖에 없는 그녀의 행위들을 치밀하게 몰아가는 작가의 필력은 가히 압도적이다. 특히 억압적인 결혼제도와 남편의 행각, 그리고 여성의 자아 찾기로 이어지는 통속적인 이야기 속에 선명하게 새겨진 그녀의 고통스러운 진실과 진심의 깊이는 헤어나오기 힘든 늪과 같다.

소설 읽기를 마친 후에는 강렬하고도 막막한 감정에 휩싸이게 된다. 누구는 한참 숨을 고르며 뻐근함을 견뎌야 할지도 모르고, 누구는 가혹한 결말에 진저리를 칠지도 모르며, 또 누구는 진부하다고 불만을 감추지 않을 수도 있다. 소설을 읽은 후에는 모두들 저마다 다른 생각의 길로 접어드는 것도 이 소설이 남기는 여운이다.

수잔 로링즈, 젊은 시절 그토록 아름답고 명민하고 활력에 넘치던 그녀가 왜 12년 후에는 낡고 초라한 호텔방 "19호실"에서 가스를 틀어놓은 채 죽음 속으로 걸어 들어갈 수밖에 없었던 것일까.

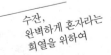

수잔,
완벽하게 혼자라는
희열을 위하여

수잔과 매튜 이야기

이 소설은 달콤한 연애 이야기로 시작한다. 그러나 이 결혼은 안정과 평화로 가까스로 위장되었다가 결국 내출혈로 터져 파국으로 치닫는다.

연애 시절, 수잔과 매튜는 그야말로 완벽한 커플이었다. 빼어난 외모에 인간성도 좋고 타인에 대한 배려도 뛰어나며 광고회사 디자이너와 신문사 편집차장이라는 멋진 직업까지 갖고 있었다. 한껏 주위의 부러움을 사며 연애를 하고 결혼을 한 그들은, 12년의 세월 속에 네 명의 어여쁜 아이들을 갖게 되었고, 오래 바라왔던 대로 아름다운 정원이 딸린 흰 저택에서 사는 최고의 삶에 이른다. 원하고 계획한 모든 것들을 갖게 된 즈음, 수잔과 매튜는 문득 삶의 존재 이유와 자기 삶의 원천을 생각해보기도 했지만, 곧 냉정하게 "지성을 발휘"하여 이 신성하고 완벽한 결혼을 흔들림 없이 지켜 나간다. 더할 나위 없는 이 결혼에 맨 처음 균열을 낸 것은 남편 매튜의 하룻밤 외도라는 흔해 빠진 사건이었지만, 수잔과 매튜는 결혼에 대한 신념으로 이내 이 균열마저 지혜롭고 매끈하게 봉합한다.

결혼 후 아이들을 낳고 기르는 삶 속에서 수잔은 스스로 행복하다는 주문을 걸었지만 고요한 정원 한가운데 혼자 앉아 있을 때면 문득 어떤 화살 같은 것에 관통당하는 쓰라린 고통을 느낀다. 그녀는 자기

가 원했던 모습을 잃어버리고 살아온 자기 안의 또 다른 자아가 불러내는 그 힘의 정체를 애써 부정하면서 좋은 남편과 풍족한 일상과 더없이 소중한 아이들과 그저 일상의 잡스러운 생각들 속에서 살아보려 애쓴다. 하지만 어쩔 수 없이 자기 본래의 삶으로 되돌아 갈 바람을 포기하지 못한 채, 자신의 진정한 모습을 멈춰버린 이 결혼 속에서 자신이 침식되어가고 있음을 느낀다.

막내아이까지 모두 학교에 입학해 조금은 자유로운 시간을 갖게 되었을 때, 그녀는 훌쩍 마흔을 넘겼고 비로소 생긴 자유를 이제는 오히려 두려워하게 된다. 하지만 고요하되 뜨겁게 품어온 오랜 바람을 잊지 못하는데, 그것은 완벽하게 혼자이고 싶은 시간과 공간을 갖는 것이었다. 오로지 혼자 앉아서 그저 자기 자신에 대해 골몰하고 싶은, 언뜻 그리 어려울 것도 없어 보이는 그런 소망이었다. 수잔은 남편과 아이들을 진심으로 사랑했고 그것은 한 치의 의심도 없는 사실이었다. 그럼에도 불구하고 그랬던 것이다. 어쩔 수 없이.

이런 바람을 남편에게 고백하자 매튜는 집에 있는 빈 방 하나를 내주지만 그 방은 '어머니의 방' 이라 이름 붙여졌고 금세 가족들의 공간이 되어버린다. 혼자 있고 싶은 갈망에 조급해진 그녀는 마침내 집밖으로 나선다. 용기를 내서 기차를 타고 교외로 나가 작은 호텔에서 방을 빌려 두어 시간 머물러 지내본 것이다.

"혼자였다, 혼자였다, 혼자였다"는 열렬한 쾌감에 사로잡힌 그녀는 그날 이후 완벽하게 혼자이자 자기 자신이었던 그 짧고 행복했던 순간을 잊지 못한다. 그리고 그 희열을 이기지 못해 낡고 초라한 '프레드의 호텔'을 찾아 일주일에 서너 번 한나절씩만 머무르기로 마음 먹는다.

그녀는 그 방에서 아무것도 하지 않았다. 안락의자에 앉거나 혹은 창가에 서서 그저 무념무상 혼자, 완벽하게 혼자 있었을 뿐이다. 수잔이 혼신을 다해 그리워하는 그 방, 싸구려 호텔방 "19호실"은 완벽하게 고독한 그녀만의 공간이었다. 가장 달콤하고 동시에 가장 고독한.

조금씩 변해가는 수잔의 행동을, 이렇게 완벽한 결혼생활에서 빠져나갈 궁리를 하는 아내의 행동을 도저히 납득할 수 없는 남편 매튜는 사람을 붙여 그녀를 미행하게 한다. 하지만 더럽고 누추한 호텔방에서 온종일 혼자 가만히 앉아 있다 돌아오는 아내를 이해할 수 없는 남편은 결국 그녀에게 남자가 생긴 것이라고 지레 짐작하고 자백을 종용한다. 그리고 심지어 자신에게도 애인이 생겼으니 넷이 같이 즐거운 시간을 보내자는 제의까지 한다. 수잔은 아무리 애를 써도 남편이 자기 자신을 결코 이해할 수 없을 것을 알고 남편이 듣고 싶어 할 얘기들을 꾸며 거짓 답을 한다.

이제 19호실의 평화는 사라졌다. 남편의 감시와 타인의 시선이 머물렀기에 이제 그녀만의 완벽한 고독이 사라져버린 것이다. 그렇다고 수잔은 없는 애인을 만들어낼 생각은 추호도 없었다. 자신의 존재감만으로 꽉 차 있는 그녀에게 그런 일은 관심조차 없는 일이었다.

수잔,
완벽하게 혼자라는
희열을 위하여

자기 혼자만의 내밀한 공간, 자기 존재를 절실하게 체감할 수 있는 이 시간과 공간을 결코 이해받을 수도 인정받을 수도 없었던 그녀는 많은 생각 끝에 하나의 길을 택한다.

다시 19호실을 찾은 그녀는 자신에게 남은 네 시간을 즐겁고 어둡고 달콤하게 보낸다. 창문에 서서 밖을 내다보거나 침대에 똑바로 앉아 하염없이 생각에 빠진다. 그리고 마침내, 19호실의 문과 창문을 꼭꼭 틀어막은 후 가스를 켠 채, 퀴퀴하고 딱딱한 침대에 누워 새어나오는 가스 소리를 들으며 어둠속으로, 어둠의 강 속으로 홀로 잠겨들어갔다.

"19호실"에만 있는 것

"나는 이것이 지성의 실패에 관한 이야기라고 생각한다"는 꽤 도전적인 문장으로 이 소설은 시작한다. 초라하고 지저분한 호텔방의 낡은 철제 침대 위에서 혼자 마지막 순간을 맞았던 수잔, 그녀의 인생을 작가는 "실패"라고 생각했던 것일까?

그건 아닐 것이다. 수잔은 부유하고 단란한 가정 안에서 얼마든 평범하고 행복하게 살아갈 수 있었다. 그럼에도 불구하고 그녀는 결혼과 일상 속에 마모되고 침식되어가는 자신의 존재를 붙잡으려 애썼고, 그것이 결국 치명적인 유혹이라는 것을 알면서도 그 끈을 놓지 않았다. 그것은 실패라기보다 이미 알고 있는 비극이었다.

자신 앞에 두 갈래 삶이 놓여 있다면 어떤 삶을 택하려 할까. 하나는 멋진 남편과 사랑스러운 아이들과 아름다운 집을 가졌으되 완벽하게 자유로운 혼자임을 누리는 시간과 공간을 허락받을 수 없는 삶, 다른 하나는 찰랑이는 온수 같은 일상적 행복에 묻혀 살기보다 아주 짧은 시간이라도 낡고 초라한 공간에서 완벽하게 혼자, 그냥 혼자 있을 수 있는 자유를 가진 삶이 우리 앞에 놓여 있다면. 누구든 선뜻 후자의 삶을 택하기는 어려울 것이다. 또 어떤 이는 집밖의 세계가 얼마나 치열한 전쟁터인지 모르는 비현실적이고 낭만적인 꿈이라며 후자의 선택을 비판할 수도 있다.

수잔도 그것을 모르지는 않았다. 그래서 자기 자신의 간절한 바람에 비해 남편 매튜가 결혼을 속박으로 여기지 않고 해방을 갈구하지 않는 것에 대해 죄책감을 느끼기도 했다. 그러나 그럼에도 불구하고 그녀는 호두껍질처럼 단단한 결혼의 일상으로부터 자아 찾기를 위한 탈출을 멈출 수 없었다. 열심히 살려고 애쓸수록 자신은 생의 바깥에 있을 뿐이라는 생각 때문에 괴로웠으며, 아무리 안간힘을 써도 그저 자기 생의 타자일 뿐이라는 생각에 자신의 삶을 실감할 수 없었다. 가족을 사랑하지만 동시에 독립적인 인간이고 싶다는 바람, 결혼하고 12년 동안 자신을 비워냈으니 이제는 다시 자기 자신으로 채우고 싶다는 갈망, 결국 이것이 그녀를 죽음으로 몰아갈 정도로 위협적이고 치명적이었던 꿈인 셈이다.

수잔,
완벽하게 혼자라는
희열을 위하여

그녀가 그토록 간절하게 원한 것은 그저 그것뿐이었다. 단 얼마 동안이라도 완벽하게 혼자일 수 있는 시간. 하지만 하루 스물네 시간 동안 그 넓은 저택 어디에도 그런 시간과 공간은 없었다. 완벽하게 혼자일 수 있는 자유, 그 시간 속에서 자기 자신을 회복하고 싶은 바람, 그것이 그렇게도 불가능했던 것이다.

결국 수잔은 집 밖의 전연 낯선 공간에서 자기 자신과의 밀월을 누리게 된다. 더럽고 낡은 호텔방 19호실에서만 영혼의 자유를 누릴 수 있었던 것이다. 남편에게 어렵사리 받아낸 돈을 치르고 가까스로 얻은 낡고 좁은 호텔방에서 수잔은 집에 있을 때보다도 한 치의 흐트러짐 없는 자세로 몇 시간 동안 가만히 앉아 있거나 꼿꼿이 서 있었지만, 정신과 영혼은 한없이 자유로웠다. 낯선 호텔방 19호실을 찾아들었던 그날은 어쩌면 수잔의 인생에서 가장 용기 있는 날이기도 했다. 가스를 틀고 마지막 순간을 기다리며 침대에 누웠던 그날보다 더욱더.

수잔과 매튜는 서로 사랑했지만 매튜는 아내를 사랑하면서도 그녀를 온전히 이해하지는 못했다. 바깥 공기를 마음껏 호흡할 수 있는 남자들의 세상 속에서 자기 일을 성취하고 적당히 지위를 누리고 자기가 이룬 가족을 위해 책임을 다하면서, 삶의 공기를 환기하듯 다른 여자들을 만나기도 하는 그런 평범한 남자였다. 그는 가정이라는 성채를 깰 생각이 전혀 없었기에 아내의 애인까지 인정하며 더블데이트를 제안할 만큼 쿨(?)한 남자이기도 했다. 삶에 대해 평범하고 일상적인 기준을 가진 매튜는 아내 수잔이 자기 자신을 찾겠다며 혹독하게 고뇌하고 갈등하면서 늪같이 침잠하고 해일처럼 범람하는 것을 이해하지 못했다. 하긴 자기 자신을 되찾겠다며 빈 호텔방에 혼자 가만히 앉아 있거나 물끄러미 창밖을 바라보다 돌아오는 아내를 이해할 수 있는 남편이 몇이나 되겠는가. 수잔과 매튜 사이의 소통 불능은 어쩔 수 없는 것이었는지도 모른다.

견고한 성채라 할지라도 안에서부터 허물어지기 시작하는 것은 막을 도리가 없다. 사랑으로 세운 결혼이라는 성채는 아주 미세한 균열 때문에 한순간에 허물어지기도 한다. 결혼이라는 성채는 짓기보다 지켜내기가 더 어려운지도 모른다. 더욱이 여성이 결혼의 가파른 첨탑에서 내려오려고 하는 순간, 그녀들은 늘 파국에 맞닥뜨리곤 한다. 지성과 믿음과 희생의 신념으로 결혼의 성채를 지키려 애쓰지만 그녀들 깊숙한 안쪽에서 울리는 내면의 목소리야말로 성채를 뒤흔드는 가장 위협적인 목소리다. 수잔도 이것을 알고 있었다. 그래서 자기 내면의 갈망을 "악마"라고 저주하면서 결혼의 성채와 첨탑을 흔들지 않기 위해 그토록 고투했던 것이다.

작가 도리스 레싱은 수잔의 엉킨 실타래 같은 심리와 끝내 자살에 이르고 마는 사건의 전개를 섬세한 올로 한 치의 느슨함 없이 촘촘히 밀도 있게 구사한다. 수잔이 맞닥뜨린 비극 앞에서 독자는 숨이 턱밑까지 차오르는 것을 느끼지만 작가의 흐트러짐 없는 문장은 독자를 수잔으로부터 결코 벗어날 수 없게 옭죄면서 동시에 그녀에게 공감하게 한다. 잦은 쉼표로 이어지는 짧은 문장, 숱한 괄호 안에 낱낱이 드러나는 수잔의 독백은 생생한 흡인력으로 읽는 이의 시선과 심리를 장악한다.

결혼이라는 제도가 드리운 검고 무거운 휘장 속에서 단 한 번이라도 헤어나오고 싶었던 이들은 자신의 존재만으로 가득 찬 시간과 공간에 대한 욕망을 갖고 있다. 그래서 "19호실"은 비밀스러우면서도 공공연하게 '자기만의 방'이라는 암호가 될 수 있었을 것이다. 자기 대신 수잔이 침대 위에서 고독하되 고고하게 죽어가는 것을 보면서 그 가사假死 죽음을 통해 우리는 다시 현실로 발을 내딛을 힘을 얻는지도 모른다.

차별에 저항하는 시선

도리스 레싱(1919~)은 영국인이지만 이란에서 태어나 유년기와 청년기를 아프리카에서 보냈다. 그녀는 노동당과 영국 공산당에서 활동했고 반전운동과 반핵운동에도 열성적이었으며 성차별뿐 아니라 인종차별과 계급차별 등 모든 억압적인 상황에 저항하는 '행동하는 작가'로 잘 알려져 있다. 페미니즘 소설 외에도 비주류적인 삶에 주목해 기성의 차별적 시선에 저항하는 작품을 꾸준히 써왔는데, 단호하고 힘이 넘치는 그녀의 문장은 그가 지닌 신념적 태도와 비슷하다.

　그녀는 일찍이 학교를 그만두고 다양한 직업을 거쳤으며 그다지 원만하지 않은 결혼생활을 하다가 본격적인 작품 활동을 시작했다. 결혼이라는 제도가 여성에 대해 갖는 이율배반적인 상황들에 대해 그녀가 어떻게 생각하고 행동했는지 여러 작품들에 드러나고 있다. 『풀잎은 노래한다The grass is singing』(1950)를 시작으로 다양한 장르의 작품들을 거쳐 최근에는 공상과학소설류에 관심을 보이고 있는데, 작품의 사회비판적인 성격에 관심을 갖는 그녀가 환상소설이나 공상과학소설 역시 사회비판적인 장르라고 주장하는 점도 흥미롭다.

　도리스 레싱의 작품 가운데 가장 잘 알려진 소설은 『19호실로 가다』와 비슷한 주제를 가진 『황금노트북The Golden Notebook』(1962)이다. 노벨문학상 선정 이유에서도 "도리스 레싱은 여성의 삶을 체험을 통해 풀어낸 서사 시인으로, 『황금노트북』은 여성운동의 선구자적 작품이며 남성과 여성의 관계를 20세기의 시각으로 보여주는 인상적인 작품"이라고 밝혔다. 두툼한 세 권의 책으로 재출간된『황금노트북』은 '안나'라는 여성의 삶을 검정, 빨강, 노랑, 파랑, 그리고 황금 노트에 나누어 기록한 내용으로, 바로 다음해(1963)에 쓴 『19호실로 가다』와 유사한 점들을 갖고 있다. 자신만의 시간과 공간을 찾기 위해 방을 찾고 글을 쓰는 여성들의 이야기는 도리스 레싱의 여러 소설을 관통하는 주제이기도 한데, 이는 버지니아 울프의 『자기만의 방』에서 그 기원을 찾을 수도 있지만 여성이 자의식을 갖고 온전히 자기

수잔,
완벽하게 혼자라는
희열을 위하여

자신의 존재를 회복하는 것이 얼마나 힘든 일인지, 또 결혼이라는 제도와 일상 속에서 여성이 마모되어가면서 본래의 자기 자신을 견지하는 일이 얼마나 지난한 일인지 절실하게 보여주는 불멸의 주제라고 할 수 있다.

도리스 레싱은 결혼생활을 포기할 수밖에 없었던 이유를 "글을 쓰기 위해서"라고 말한다. 그녀의 "19호실"은 자신의 방대한 작품들 안에 있었던 것이다. 노벨문학상 수상 소식을 들었을 때 작가는 즐거워하면서도 그저 의연했다고 한다. 자신만의 견고한 "19호실"을 가진 자의 자세다웠다.

밑줄 긋기

나는 성인이 된 후 12년 동안 일하면서 나의 삶을 스스로 살았었어.
그 후 나는 결혼했고, 임신한 순간부터 처음으로 나 자신을 다른 사
람들에게, 말하자면 양도했던 거야. 아이들에게 말이야. 12년 동안
한순간도 나는 혼자인 적이 없었고 나 자신의 시간이 없었어. 그러
니 이제 나는 다시 나 자신이 되기를 배워야 해. 그것뿐이야.

그 방에서 무엇을 하였느냐고? 그야, 전혀 아무것도 하지 않았다.
휴식을 취한 후 의자에서 일어나 창가로 가서 팔을 뻗고 웃으며 자
신의 익명을 소중해하면서 밖을 내다보았다. (중략) 지나가는 사람들
이 모르는 사람들이었기 때문에 그들을 모두 사랑하였다.

그녀에겐 약 네 시간이 남아 있었다. 그 시간의 강江 가장자리에 자
신을 서서히 서서히 밀어넣으며 즐겁고 어둡고 달콤하게 보냈다. 그
리고 의식 속에 어떤 끊김도 없이 일어나, 얇은 양탄자로 문을 막고,
창문이 꼭 닫혔는지 확인한 후, 미터기에 2실링을 넣고 가스를 틀
었다. 그 방에 들어온 후 처음으로 그녀는 퀴퀴한 냄새가 나는, 땀과
섹스의 냄새가 나는 딱딱한 침대 위에 누웠다.

수잔,
완벽하게 혼자라는
희열을 위하여

디 아워스

원작 | 마이클 커밍햄
감독 | 스티븐 달드리

"사랑하는 레너드, 나 이렇게 떠나요."

영화 〈디 아워스〉 첫 장면에서 버지니아 울프는 이 말을 남기고 강물 속으로 걸어 들어간다. 물 밖으로 떠오르지 않게 옷의 주머니마다 크고 작은 돌들을 가득 담고.

영화 〈디 아워스〉는 세 명의 여성이 주인공이다. 1923년 영국의 서섹스에서 소설 『댈러웨이 부인』을 쓰고 있는 버지니아 울프, 1951년 미국 LA에서 『댈러웨이 부인』을 읽고 있는 로라 브라운, 2001년 뉴욕에서 『댈러웨이 부인』의 댈러웨이 부인처럼 살고 있는 클라리사. 영화는 『댈러웨이 부인』으로 이어진 세 여성의 일생을 단 하루의 삶으로 구성해 긴박하게 보여준다.

시간과 공간이 전연 다른 곳에 살고 있는 세 여성, 그녀들은 내면의 뜨겁고 격렬한 열정으로 하루하루 생생하게 살아가기 위해 안간힘을 쓴다. 하지만 그들에게 주어진 여자 혹은 아내의 일상이라는 틀 안에서 의지와 열정은 늘 고통이 되고 그들은 점점 자기 자신을 잃어가는 것에 대해 초조해하고 불안해한다. 자기 자신에게 "난 또다시 미쳐 가고 있어"라고 뇌이면서도 일상에 적응해보려고 애쓰지만 늘 실패한다. 사랑받는 여자의 행복이라는 밝고 강렬한 빛 때문에 그녀들의 깊고 어두운 심연은 누구에게도 이해받지 못한다.

영화 속에서 1920년대와 50년대와 2000년대를 잇는 그녀들의 하루는 공통적으로 『댈러웨이 부인』이라는 책으로 연결되어 있고, 모두 그날의 파티를 앞두고 있으며, 사랑하는 사람들에게 어떻게 사랑을 표현해야 할지 두려워하고, 여성들에게 깊은 키스를 하며, 비슷하게 우울증을 앓고 있다는 점에서 촘촘히 이어져 있다.

첫 번째 주인공 버지니아 울프는 런던의 치열한 삶을 사랑하지만 남편은 그녀의 우울증을 걱정해 한적한 시골로 이사를 한다. 남편은 아내를 사랑하고 그녀가 글을 쓰는 것을 돕지만, 그녀의 가장 절실한 바람을 이해하지 못해 그녀를 가두려고만 한다. 버지니아 울프는 『댈러웨이 부인』을 쓰면서 희열과 고통의 양극단을 오가는데 일상적인 삶에서 점점 멀어지는 자기 자신을 스스로도 어쩌지 못한다. 간절하게 기다리던 언니와 조카들이 찾아와도 즐거운 시간을 함께 보내기는커녕 오히려 극도의 불안을 보인다. 사랑하는 언니에게 열렬히 키스를 하지만 평범한 가정주부인 언니는 그녀의 뜨거움을 온전히 이해하지 못한다.

두 번째 주인공 로라 브라운은 둘째 아이를 임신하고 있다. 남편의 생일 파티를 앞두고 케이크를 만들어보려고 애쓰지만 여느 여자들에게는 아무것도 아닐 이 일상사가 도무지 그녀에게는 쉽지 않다. 『댈러웨이 부인』을 읽으며 일상적 현실에서 벗어난 순간에만 그녀는 진심으로 달콤하게 숨을 쉰다. 이웃 친구가 자궁에 병이 생겨 수술을 앞두고 불임을 두려워하자 로라는 그녀를 진심으로 위로하며 키스를 하지만 그녀 역시 로라의 뜨거움을 이해하지 못하고 당혹해한다. 로라는 일상과 늘 어긋나는 자신을 견디다 못해 낯선 호텔로 찾아든다. 그리고 『19호실로 가다』의 수잔처럼 침대에 누워 죽음에 이르려 한다. 하지만 아들 리처드와 뱃속의 아이를 생각해 차마 목숨을 끊지 못하고 집으로 돌아온다. 엄마를 사랑하고 엄마의 불안을 고스란히 느끼고 있던 어린 아들 리처드가 무사히 집에 돌아온 로라에게 "엄마, 사랑해요"라고 말했던 그 순간이 로라를 다시 살게 하지만, 로라는 둘째 아이를 낳은 직후 끝내 집을 나간다.

세 번째 주인공 클라리사는 분주하게 파티를 준비하고 있다. 꽃을 사고 음식을 하고 사람들을 한껏 초대한다. 그녀에게는 딸이 있고 레즈비언 커플이 있고 옛 애인 리처드가 있다. 문학상을 받은 리처드를 위해 파티를 준비하고 있지만 그녀의 흥분과 설렘은 뭔가 과장되어 있고 불안정하다. 자신을 이해해주는 동성 커플에게 키스를 해도 그녀는 지금 자신의 삶이 어색하다. 로라를 다시 살게 했던 그 애틋한 아들이자 클라리사의 옛 애인인 리처드는 작가로 성공하지만 에이즈에 걸려 죽음을 앞두고 있다. 클라리사는 파티를 준비하던 중 자신의 불안과 우울을 깨닫는다. 자신이 "댈러웨이 부인"이라고 불렸던 그 순간부터 운명이 바뀌어 자신의 생은 던져두고 누군가의 행복한 안주인 행세를 하며 살아왔다는 것을 깨닫고 흐느껴 운다. 리처드는 파티를 거절하고 평생 클라리사의 명예와 기대만을 위해 인생을 살아왔던 자신을 고백하며 창밖으로 투신한다.

이 영화는 여성의 진정한 삶과 행복에 대해 강변하지 않는다. 그녀들은 모두 자기 가족을 진심으로 사랑했고 자신의 삶을 사랑했다. 하지만 여성이 진정 원하는 방식으로 자신의 삶을 살아간다는 것에 대해, 여성이 글을 쓴다는 것에 대해, 여성이 자기 삶에서조차 소외된다는 것에 대해, 여성이 자신이 아닌 다른 누군가를 통해 존재감과 삶의 의미를 얻는다는 것에 대해 한참 생각해보게 한다.

시공을 넘나들었던 이 세 여성은 지금 이곳에 사는 어느 누구, 즉 우리일 수도 있다. 그녀들은 자신에게 주어진 삶의 방식대로 살지 않고 자신의 삶을 자신의 생각대로 살고 자신의 욕망과 자신의 목소리대로 살아가려 했기에 가혹하고 달콤한 형벌을 치렀다. 하지만 버지니아 울프가 걸어 들어갔던 오즈강의 차가운 강물, 로라 브라운이 누워 있던 호텔방의 낯선 침대, 클라리사가 흐느껴 울던 부엌 한 구석은 모두 그녀들의 19호실이다. 그리고 자기 자신을 온전히 체감하며 자기 삶을 만지고 껴안을 수 있었던 그곳에서 그녀들은 새로운 존재로 거듭났다. 버지니아 울프는 죽음으로써, 로라 브라운은 상상적 죽음으로써, 클라리사는 통곡 같은 울음 끝에서.

수잔,
완벽하게 혼자라는
희열을 위하여

블 랑 쉬
한.없.이. 부.서.지.는. 삶

테네시 윌리엄스의
『욕망이라는 이름의 전차』(1963)

극락 행 전차

유니스: 무슨 일이지요? 길을 잃었나요?

블랑쉬: 사람들이 '욕망' 이라는 전차를 타고 가다가 '공동묘지' 라
　　　는 전차로 갈아타서, 여섯 블록이 지난 다음에 '극락' 이
　　　라는 곳에서 내리라고 하더군요.

유니스: 여기가 바로 그곳이에요

블랑쉬: 여기가 극락이라구요?

　막이 오르면, 미국 남부의 뉴올리언스 시의 '극락' 이라고 불리는
거리의 모퉁이가 나타난다. 낡아빠진 건물, 빛바랜 발코니와 흰색계
단의 한쪽에서 흑인 악사가 연주하는 피아노 소리가 울린다. 시끌벅
적 자유분방한 듯하면서도, 서서히 퇴락해가는 빈민가 특유의 분위기

가 물씬 풍긴다. 한 여인이 이 거리에 찾아들면서 연극은 시작된다.

『욕망이라는 이름의 전차』는 20세기 미국 희곡 문학을 대표하는 테네시 윌리엄스(1911~1983)의 희곡이다. 제목만큼이나 강렬한 인상을 주는 개성적 인물들, 시적인 대사, 상징적 이미지가 빛나는 이 작품으로 테네시 윌리엄스는 미국 최고의 극작가라는 명성을 얻게 된다. 1947년에 브로드웨이 무대에서 초연된 이래, 연이어 다양한 무대에 올랐으며, 1951년에는 비비안 리와 말론 브랜도를 주인공으로 하는 영화로 만들어졌다. 이후에도 지속적으로 연극, 영화, 무용극 텔레비전 드라마 등으로 재구성되며, 고전으로서의 위상을 확고히 하고 있다.

'욕망이라는 이름의 전차' 라는 제목은 실제로 뉴올리언스 도시 전차 정류장의 이름에서 비롯하였다. 퇴락한 도시를 털걱털걱 달리는 전차를 상상해보자. 삶에 지친 사람들이 각자의 사연을 품고 전차에 오른다. 그들은 어디에서 와서 어디로 가는 것일까? 사람들은 꿈을 찾아 어디론가 가고자 하지만, 때때로 비정한 현실은 그 꿈을 산산이 부수고 만다. 주인공은 욕망이라는 이름의 전차를 타고 극락에 도착했지만, 그곳은 과연 극락이었을까?

블랑쉬 이야기

　스텔라는 빈민가의 낡은 아파트에서 군인 출신의 외판원인 스탠리와 살고 있다. 별로 하는 일 없이 이곳저곳을 휘젓고 다니며 볼링과 포커로 소일하고, 술과 육체적 즐거움에 탐닉하는 것이 스탠리의 일과이다. 남부 미시시피의 부유하고 유서 깊은 집안 출신인 스텔라와 교양이라고는 눈곱만큼도 찾아볼 수 없는 거칠기 짝이 없는 이 남자는 전혀 어울리지 않는 듯하다. 하지만 스텔라는 남편의 난폭함에 순종하며, 그녀 자신도 유희적 삶에 도취되어 그날그날을 행복하다고 여기며 살아가고 있다.

　이곳에 언니 블랑쉬가 나타난다. 고향에서 영어 교사를 하며 집안을 지키던 블랑쉬는 마지막 남은 재산인 저택(벨 리브)이 남의 손에 넘어가자 갈 곳이 없어져 뉴올리언스의 허름한 아파트를 찾아온 것이다. 거대한 흰 기둥이 웅장한 벨 리브의 영광을 환상처럼 좇고 있는 그녀는 불안정하고 위태로워 보인다. 그녀는 여전히 우아한 드레스를 입고 도도하게 문학적 교양을 자랑하기도 한다. 실패한 자신의 삶과 이미 시들어가는 미모를 받아들이지 못하기에, 블랑쉬는 가짜 보석을 휘어 감고서 빈민가에 어울리지 않게 어설픈 귀부인 노릇을 하려 한다. 하지만 철저하게 현실주의자인 스탠리는 블랑쉬의 이런 위선적 모습을 조롱하며 그녀를 몰아세운다.

오갈 데가 없는 블랑쉬는 스탠리의 포커 친구인 미치에게 접근하여 그에게서 안식을 구하려고 생각한다. 하지만 스탠리는 블랑쉬의 뒤를 집요하게 조사하여, 급기야 블랑쉬의 감추어진 비밀들을 하나하나 폭로한다. 블랑쉬는 어린 나이에 충동적으로 결혼을 했으나 동성애자였던 남편의 자살 이후에는 여러 남자들과 어울리면서 방탕한 생활을 한다. 결국에는 자기가 가르치던 고등학생까지도 유혹하다가 학교에서 파면을 당하고, 고향을 쫓겨나듯이 떠나온 것이다. 블랑쉬의 비밀이 폭로되며 미치는 떠나버리고, 그녀의 불안과 초조는 점점 심화된다.

스텔라가 출산을 하러 병원으로 간 사이 스탠리는 블랑쉬를 더 몰아붙인다. 구석에 몰린 블랑쉬는 현실과 환상을 오락가락하며 심각한 불안상태에 빠진다. 정신은 물론 육체적으로도 그녀를 철저하게 지배하고 파괴하고 싶은 스탠리는 그녀를 겁탈하고 만다. 아기를 낳은 스텔라가 돌아오고 스탠리는 블랑쉬를 정신보호소에 보내기로 한다. 병원 사람들이 와서 블랑쉬를 끌고가는 것을 보며 스텔라는 눈물 짓지만, 결국 스탠리의 품안에서 무릎을 꿇고 만다.

블랑쉬 vs 스탠리

도시를 내달리는 전차는 사람들의 일상적 욕망과 갈등을 실어 나

르는 매개체이면서, 속절없이 지나쳐가는 허무한 시간을 상징하기도
한다. 블랑쉬가 욕망이라는 이름의 전차를 타고, 묘지라는 전차로 갈
아타, 엘리시인 필즈(극락)라는 역에 내린다는 설정은 죽음에 가까운
타락을 경험하고는 새로운 삶을 찾고자 가까스로 길을 나선 블랑쉬
의 인생 여정을 상징적으로 보여준다.

블랑쉬는 현실세계에 뿌리를 내리지 못하고 화려했던 과거를 환
영처럼 품고 사는 비현실적인 인물이다. 그녀가 살았던 미시시피의
대저택은 벨 리브Belle Reve라고 불렸는데, 프랑스어로 이것은 아름다
운 꿈을 의미하기도 하고 이상향, 청춘 등을 상징하기도 한다. 과거
에 대한 그리움은 현실의 비천함을 견디게 해주는 위안이 되기도 하
지만, 동시에 현실을 은폐하는 장벽이 되기도 한다.

그녀는 고향에서 추방되고 이미 육체적으로도 시들어가는 아무
것도 가진 것 없는 패배자일 뿐이지만, 영혼은 여전히 벨 리브의 무
도회에 나가 화려한 드레스를 입고 우아한 대화를 나누는 고풍스러
운 귀족의 삶에 얽매어 있다. 가혹한 현실에 대면할 때마다 마음속의
벨 리브는 더욱 화려해지고 더욱 아름다워진다. 에덴을 상실한 것도
비극이었지만, 잃어버린 에덴에 대한 환상을 버리지 못하는 것은 그
녀에게 더 큰 비극을 가져온다.

허름한 뉴올리언스의 거리가 스탠리에게는 낙원이지만, 블랑쉬
에게는 결국 지옥일 수밖에 없었던 이유는 두 사람의 성향이 매우 이
질적이기 때문이다. 블랑쉬와 스탠리는 모든 면에서 대립적이다. 스

탠리 코왈스키는 폴란드계 미국인으로 북부 출신인데 반해, 블랑쉬는 남부의 안락하고도 우아한 질서를 상징하는 인물이다. 밝은 원색의 의상이 스탠리의 본능적이고도 다혈적인 성격을 상징한다면, 흰빛 드레스나 파스텔 빛의 하늘하늘한 블랑쉬의 의상은 섬세하고 불안정한 내면세계를 보여준다. 스탠리는 찬물샤워를 즐겨하고 포커와 볼링의 내기 게임에 몰두하는 인물인 것에 반하여, 블랑쉬는 뜨거운 물에 목욕하는 것을 좋아하고 시를 외우고 문학적인 대화를 하는 것을 즐긴다. 스탠리는 피 묻은 고깃덩어리를 사오는 것으로, 스텔라는 나방처럼 하늘하늘 불을 향해 날아드는 것으로 묘사되기도 한다. 육체적 강인함을 무기로 삼는 남자에 비해 여자는 상상과 환상의 세계에 빠져 산다. 스탠리가 잔혹하고도 폭력적인 근성의 소유자로 현실적 이해타산에 능한 승부욕의 화신이라면 블랑쉬는 부질없는 꿈에 매달려 퇴락해가는 힘없는 희생양일 뿐이다.

빈민가의 작은 아파트에서 펼쳐지는 블랑쉬와 스탠리의 대립은 환상과 현실, 영혼과 육체, 감성과 이성, 도시와 전원 등, 문학이 오래도록 탐구해온 고전적인 갈등의 문제를 다채롭게 보여주면서, 낙원을 꿈꾸는 비현실적인 인물이 어떻게 현실세계에서 패배하게 되는가를 비극적으로 그려낸다. 청춘은 시간에 의해서 부서지고, 우아함은 천박함에 조롱당한다. 과거는 현실의 논리에 의해 더 처절하게 파괴되며, 친절함과 섬세함은 육체적 강인함에 의해서 압살당한다.

여기에서 주목해야 할 것은 블랑쉬와 스탠리가 완전하게 대립적인 존재는 아니라는 것이다. 블랑쉬는 스탠리의 동물성을 혐오하면서도 그에게 육체적으로 끌린다. 도도한 귀부인인 척하면서도 동시에 성적인 유혹녀의 얼굴을 보여주는 이중성은 블랑쉬를 더욱 불안정한 존재로 만들며 파멸에 결정적 빌미를 제공한다. 성적인 욕망과 새롭게 살아보고자 하는 욕망 모두가 그녀를 점점 파멸의 나락으로 밀어뜨린 셈이다.

그런데 블랑쉬가 이상으로 삼았던 행복한 과거(풍요로운 남부)의 정체는 과연 무엇이었을까? 그녀가 그리워했던 평화롭고 안온한 세계란 실제로 존재했을까? 남부의 영광이란 시대의 흐름 속에서 변화할 수밖에 없었다. 풍요로운 남부가 몰락한 것은 사회적 변화의 과정이지 상실과 퇴락이라고 보기는 어렵다. 따라서 블랑쉬의 남부에 대한 환상이란 실재하는 것이라기보다는 허망한 꿈을 총체적으로 상징하는 것이라고 보는 편이 자연스럽다. 작가는 화려했던 남부 그 자체를 그리워한 것이 아니라, 오히려 과거를 동경하는 여인을 통해 상실한 것을 붙들고 사는 인간의 쓸쓸한 모습을 탐색하고 있다고 볼 수 있다.

또 이 작품은 사회적 맥락에서도 다양하게 해석할 수 있다. 도시 전차가 지나는 빈민가와 사람들의 일상을 생생하게 그려내 노동 계급이 살아가는 사회적 현실을 구체적으로 보여준다. 블랑쉬는 고독하고 우울한 현대인의 초상이며, 그녀의 파국은 2차 대전 이후 서구 문명의 퇴락 속에서 현실적인 힘의 논리가 횡행하는 비정한 미국 사회의 단면을 보여준다. 허름한 대도시의 뒷골목, 누구에게는 낙원이지만 또 누구에게는 지옥일 수밖에 없는 아이러니한 삶의 공간이 바로 극락 행 전차가 다다른 곳이었다.

비극적 감성 연극

테네시 윌리엄스는 미국 남부 미시시피 주의 작은 소도시에서 1911년에 태어났다. 어머니는 우아하면서도 약간은 신경질적인 남부 출신의 여성이었고, 아버지는 활동적인 외판원이었다. 아름다운 전원에서 유년을 보냈으나 아버지의 직장 때문에 대도시로 이사를 나가게 되었다. 평화로운 고향을 잃어버린 상실감, 새 학교에서의 부적응, 분주한 도시 생활, 동성애적 취향 등은 내성적 소년을 영화와 문학의 세계에 탐닉하도록 했다. 『욕망이라는 이름의 전차』를 비롯하여 그의 대부분의 작품들은 이런 자전적인 경험을 바탕으로 쓰여진 것이다.

『유리동물원』, 『여름과 연기』, 『뜨거운 양철 지붕 위의 고양이』, 『오르페우스의 지옥행』, 『이구아나의 밤』 등 그는 평생에 걸쳐 수많은 작품을 창작하였다. 그의 희곡 중 60편 이상이 공연되었고 15편이 영화화되었는데, 절정기였던 1950년대에는 윌리엄스의 작품에 출연시킬 배우를 양성하기 위해 액터스 스튜디오가 만들어졌고, 이곳에서 수많은 스타들이 배출되기도 했다.

윌리엄스 희곡의 주인공들은 주로 도망자(The Fugitive)나 부적응자(The Misfit)들이다. 예술가, 정신이상자, 불구자, 동성애자, 외국인, 늙은이 등이 주로 등장하는데, 이들은 삶의 비극적인 측면을 그려내기 위해서 선택된 고독하고도 우울한 주인공들이다. 시간의 흐름, 성적 억압, 경제적 곤궁, 문화적 충돌 속에서 부대끼며 주인공들은 현실의 희생양이 된다.

윌리엄스는 매우 다작을 했는데, 작품의 플롯은 대부분 유사하다. 떠돌이가 되어 고초를 겪으며 방랑하다 결국은 은둔자나 정신병자가 되는 것이 이야기의 큰 골격이 된다. 폭력적 세계와 운명에 힘에 의해 떠밀려 부서져 내리는 불행한 주인공들은 세상 어디에나 있는 보통사람들의 모습이다. 『뜨거운 양철 지붕 위의 고양이』에 나오는 빅대디나 아들 브릿과 구퍼, 『유리 동물원』의 톰과 아만다, 『여름과 연기』의 엘마 등은 모두 작가의 자전적 분신들로 비슷비슷한 가면을 쓴 인물이라고 할 수 있다.

그는 불우한 주인공들의 이야기를 시적이고 감성적인 대사로 담아냄으로써, 종래의 사실주의 연극과는 다른 감성연극의 영역을 개척했다고 평가된다. 사실주의 연극은 극적인 갈등과 탄탄한 줄거리를 내세운 반면, 윌리엄스의 희곡은 시적인 감성과 상징성, 조용한 전개를 특징으로 한다. 연극계의 시인이라고 불릴 만큼 그의 대사는 운율적이고 비유적이다. 또 무대장치, 의상 조명 등의 비언어적 요소가

지도 적극적으로 이용하여, 비극적 삶에 처절하게 파멸되는 인상적인 주인공들을 창조해냈다.

정신병원에 끌려가며 "나는 언제나 낯선 사람들의 친절에 의지해 왔어요"라고 말하는 블랑쉬의 마지막 대사는 강렬한 공명을 일으킨다. 인생이라는 전차는 늘 우리를 낯선 곳에 내려놓는다. 그곳이 낙원이기를 간절하게 소망하지만, 과연 낙원에 도달할 수 있을까? 인생이란 낯선 사람들 사이에서 평화를 구해보는 것이지만, 결국은 슬픈 종말을 맞는 비극적인 것이 아니냐고 테네시 윌리엄스의 희곡은 쓸쓸하게 말을 건넨다.

밑줄긋기

그 작자는 짐승처럼 행동하고 짐승 같은 습성을 가졌어! 짐승같이 먹고 짐승처럼 움직이고 짐승처럼 말한다니까. 아직 인간의 단계에 도달하지 못한 뭔가 인간 이하의 것이 있었어. 인류학 책에서 본 그림같이, 유인원 같은 면이 있어. 수천 수만 년의 세월이 그를 비켜가 버렸어. 그리고 여기 석기시대에 살아남은 스탠리 코왈스키가 있는 거야.

쟈스민 향수를 좋아할 사람은 아니지만, 벨리브를 잃은 마당에 우리가 피를 섞으며 살아야 되는 건 이제 그런 사람일지도 몰라.

당신이 누구이든, 나는 언제는 낯선 사람의 친절에 의지해왔어요.

블랑쉬,
한없이 부서지는
삶

태양은 가득히

감독 ∣ 르네 클레망

스물다섯의 알랭 드롱은 〈태양은 가득히〉로 일약 세계적인 스타가 되었다. 제어할 수 없는 욕망에 사로잡힌 위태로운 청춘, 새로운 희망에 번득이는 아름다운 푸른 눈동자, 그리고 한순간에 무너져 내리는 허망한 꿈은 욕망에 사로잡힌 인간의 운명을 강렬하게 그려낸다.

톰 리플리는 머리도 좋고 야심도 많은 청년이지만, 별반 신통치 않은 현실 때문에 항상 불만스럽다. 그러던 어느 날 친구 아버지가 이탈리아에 가서 아들 필립을 데려오면 5000달러를 주겠다는 제안을 해온다. 재벌의 아들인 필립 그린리프는 그림공부를 하겠다며 이탈리아로 와서는 애인과 방탕한 생활을 즐기는 중이었다. 필립을 찾아온 톰은 함께 돌아갈 궁리를 하며 그의 옆에서 지내게 된다. 제멋대로인 필립은 톰을 심심풀이 놀림감으로 취급하며 노예 부리듯 함부로 한다. 이런 수모를 받으며 톰은 필립에게 동경과 증오를 함께 느낀다. 또 톰의 애인인 마르쥬에게 매혹되어 사랑과 질투의 감정을 서서히 키우게 된다.

그러던 어느 날 요트를 타고 톰과 필립은 단 둘이서 바다에 나가게 되고, 필립의 모욕에 울컥해진 톰은 그만 필립을 살해하고 만다. 톰은 냉정하게 시체를 비닐에 담아 밧줄로 칭칭 감아 바다에 유기하고, 필립의 행세를 시작한다. 여권을 위조하고 필립의 사인을 열심히 따라 연습하고, 필립의 옷을 차려입은 톰은 완벽하게 필립으로 변신한다. 필립이 되어 은행에서 돈을 인출하고 필립의 목소리를 흉내 내어 마르쥬에게 이별을 통보한다. 그러던 중에 필립의 친구인 프레디에게 필립 행세를 들키게 되고, 위기감을 느낀 톰은 프레디까지 살해하고 만다. 점점 대범해진 톰은 두 번째 살인을 이용하여 완전범죄를 기획한다. 필립이 프레디를 살해하고 자책감에 유서를 쓰고 자살한 것으로 일을 꾸민다. 모든 일은 톰의 계획대로 순조롭게 진행된다. 필립을 잃고 상실에 빠진 마르쥬는 톰에게 자연스럽게 끌리게 되고, 톰은 이제 돈과 사랑을 모두 얻은 것 같았다.

필립의 아버지는 요트를 팔기 위해서 뭍으로 끌어올린다. 그때 요트 스크루에 밧줄이 감겨 매달려 있었던 필립의 시체가 수면으로 떠오른다. 충족감에 젖은 톰이 해변에서 태양을 즐기고 있을 때 경찰이 찾아온다. 경찰이 부르는 소리인 줄도 모르고 씩 웃으며 나가는 톰의 등 뒤로 태양이 가득한 푸르른 바다가 펼쳐져 있다.

돈과 사랑하는 여자를 모두 차지하겠다는 욕망에 사로잡혀 그 정점을 향해 달리다가 파멸해버리는 톰의 모습은 이카루스를 떠올리게 한다. 그리스 신화에서 이카루스는 미궁에서 빠져 나가기 위해서 새의 깃털들을 밀랍으로 붙여 큰 날개를 만든다. 창공에서 빛나는 태양은 이카루스에게 자유의 꿈을 속삭이는 유혹자이다. 힘차게 날갯짓을 하여 이카루스는 하늘로 날아오르지만 태양에 가까워질수록 밀랍이 녹아내려 결국 추락하여 죽고 만다. 그리스 신화에서도 영화에서도 태양은 욕망의 다른 이름이다. 태양은 인간을 유혹하고 징벌한다.

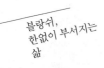

블랑쉬,
한없이 부서지는
삶

욕망의 끝이 그토록 부질없는 것이라면 욕망이란 정말 어리석은 것일까? 블랑쉬가 행복해지고 싶어 그토록 발버둥쳤던 것, 톰이 살인을 해서라도 뭔가를 강렬하게 갖고 싶었던 것도 그 욕망 때문이었다. 블랑쉬도 톰도 욕망의 한가운데 있을 때는 행복하지 않았을까? 욕망은 한편으로는 사람을 살게 하는 것이고 꿈꾸게 하는 것이며, 결국은 부서지게 하는 것이다. 그래서 욕망은 비록 환멸의 시작이지만, 동시에 욕망은 항상 희망의 다른 이름이기도 하다. 아마도 태양이 빛나는 한, 욕망이라는 어리석은 꿈을 버릴 수는 없을 것이다.

der sandmann

나 타 나 엘
무.의.식.에. 내.재.한.
파 .멸 .의 .힘

E. T. A. 호프만의
『모래사나이』(1815)

매혹과 공포의 이중주

누구나 가끔은 자기 스스로도 납득할 수 없는 해괴한 상상에 빠지기도 하고 비현실적인 환상에 사로잡히기도 한다. 도덕적이고 사회적인 규범 속에서 살아가고 있지만 우리 내면에는 예측할 수 없는 혼란스럽고 부정적인 무의식과 본능이 그림자처럼 공존하기 때문이다. 과학과 논리만으로 명백히 해석되지 않는 꿈과 무의식의 세계도 그러하다.

우리는 이 비논리적이고 비현실적인 세계에 매혹되면서도 동시에 두려움과 불확실한 공포심을 갖고 있다. 논리와 이성으로 설명할 수도 없는 꿈과 무의식, 영혼과 정신, 상상과 환상들, 그리고 현실에서는 교육과 규범과 이성으로 통제하며 살아가지만 이 세계가 언제든 블랙홀처럼 우리를 빨아들일 힘을 갖고 있음을 알고 있기 때문이다.

E. T. A. 호프만(1776~1822)의 『모래사나이』(1815)는 단연 독특한 매혹과 공포의 세계이다. 소설에 실린 첫 편지를 읽고는 경악과 슬픔에 빠져 있는 주인공 나타나엘의 심리에 한껏 이입하지만, 뒤의 편지들을 읽어갈수록 나타나엘을 사로잡은 것이 환상일 뿐이라는 것을 알게 되고, 또 그가 자신의 환상에 갇혔다가 끝내 파멸을 자초하고마는 결말에 이르면 기이한 충격과 공포에서 헤어나오기 어려워진다.

예민하고 나약한 주인공 나타나엘은 어린 시절에 들었던 동화 같은 이야기를 사실로 믿으면서 성장한다. 그건 제시간에 잠자리에 들지 않으면 "모래사나이"가 나타나 눈을 빼가버린다는 이야기였다. 성인이 된 이후에도 나타나엘은 이 이야기를 현실과 구분하지 못한채 자기만의 환상 속에서 모래사나이의 존재를 맹목적으로 확신하며 그 존재에 공포심을 갖는다. 주변 사람들을 모래사나이라고 생각하고 위협을 느끼거나 자신을 위해하기도 한다. 나타나엘은 환상과 현실의 경계에서 사력을 다해 극도의 공포와 싸운 후 마침내 현실에 발을 딛는 듯하지만, 바로 그 순간 자신이 빠져 있던 환상과 망상의 어두운 늪으로 다시 휩쓸려 들어가 냉혹한 결말에 이르고 만다.

이 낯선 매혹과 공포로 가득한 소설을 읽고 나면 얼떨떨한 혼란과 흥분이 쉽게 가시지 않는다. 그리고 질문을 던지게 된다. 우리는 어떻게 비현실적인 환상과 몽상에 빠지는가. 그 어둡고 불길한 상상과 환상의 힘은 인간을 그토록 광폭하게 사로잡을 정도로 불가항력적인 것인가. 인간의 의지는 어떻게 자기 안의 어두운 파멸의 힘과 싸워서

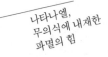
나타나엘,
무의식에 내재한
파멸의 힘

이기거나 패배하는가.

이 소설은 현실에서 경험할 수 없는 환상의 세계에 다가가려는 상상력의 도전이자, 이성과 규범의 세계에서 억압해온 불길한 욕망을 해방시키려는 모험이다. 우리가 억눌러온 내면의 어둡고 불안한 상상적 본능을 문학작품으로 표출해 인간의 이성과 현실이 실은 얼마나 위태로운 균열을 안고 있는지 보여준다. 어린 시절 지녔던 환상과 공포를 성인이 된 후에도 끝내 극복하지 못한 나타나엘을 동정하거나 비판하면서 우리 안에 잠재되어 있는 트라우마와 콤플렉스를 들여다보기도 하고, 지금 우리가 놓여 있는 현실적 일상과 환상의 경계를 다시 생각해보기도 한다.

이 소설을 확대해 생각하면 고전주의와 낭만주의의 갈등 및 혼효의 지점으로 해석할 수도 있다. 고전주의가 인간의 조화와 균형과 완성과 이성과 형식과 합리성과 경험을 중시한다면, 낭만주의는 고전주의를 '이성의 폭력'이라고 인식하고 인간세계의 진실을 고전주의의 명제로는 결코 드러낼 수 없다고 반동한다. 이성보다 감정이, 관념보다 경험이, 균형보다 자유분방한 상상이 인간을 드러내는 한층 유효한 개념들이라고 인식하면서 꿈과 환상과 감정과 개성과 비합리와 영혼과 정열에 탐닉한다.

E. T. A. 호프만은 독일의 대표적인 낭만주의 작가다. 그는 환상동화뿐 아니라 초자연적인 상상을 지닌 소설에 이르기까지 고전주의의 명제를 벗어나는 낭만주의 작품들을 썼다. 『모래사나이』는 고전주

의적 명제와 낭만주의적 명제가 날카롭게 만난 지점의 소설이라고 볼 수 있다.

『모래사나이』를 새롭게 평가하는 또 다른 요인도 있다. 이 작품을 환상문학뿐 아니라 로봇과 복제인간이 등장하는 공상과학소설(SF, Science Fiction)의 효시로 보는 시각이다. 이 소설에는 난데없이 자동 인형이 등장한다. 인간과 비할 수 없는 아름다움을 지닌 올림피아는 인형이지만 환영과 망상에 사로잡힌 나타나엘은 이를 인간으로 착각 하고 병적인 사랑에 빠진다. 메리 셸리의 『프랑켄슈타인』(1818)이 불과 몇 년 후 등장하고 이후 수많은 작품들이 즐겨 자동인형 혹은 인조인간의 소재를 다루게 되는데, 인간이 자신과 똑같은 기계인간을 만들어낸다는 문학적 상상은 과학과 환상이 이룰 수 있는 가장 공포스럽고 또 가장 매혹적인 소재라고 할 수 있다.

나타나엘, 사랑하는 연인이 있고 속 깊은 벗이 있으며 좋은 환경과 명석한 두뇌를 지닌데다 학문과 예술의 열정적 환희에 가득 차 있던 젊고 아름다운 그가, 왜 환상과 현실을 구분하지 못하고 왜 그 어둡고 불길한 환상의 심연을 건너지 못해 비극적인 파국에 이르고 말았을까?

나타나엘,
무의식에 내재한
파멸의 힘

나타나엘과 클라라 이야기

이 소설은 전반부는 세 개의 편지글로, 후반부는 서술자가 등장해 독자에게 이 사건의 전말을 설명하는 방식으로 서술되고 있다. 전반부의 첫째 편지는 주인공 나타나엘이 친구 로타르에게, 둘째 편지는 연인 클라라가 나타나엘에게, 셋째 편지는 다시 나타나엘이 친구 로타르에게 보내는 글이다. 후반부에는 모든 상황을 알고 있는 서술자가 등장해 불가해한 전말을 독자에게 설명하고 나타나엘의 비극을 안타까워한다. 자신만의 환상에 사로잡힌 나타나엘의 심리적 분열을 잘 드러내기 위해 소설의 서술을 그대로 살려본다.

1부의 첫째 편지, 나타나엘이 친구 로타르에게.

"나의 친구 로타르, 난 지금 너무 혼란스러워. 파괴적인 절망 속에 깊이 빠져 있지. 어릴 적 아버지는 저녁이면 재미난 이야기들을 들려주셨어. 하지만 어머니는 밤 아홉 시만 되면 모래사나이가 올 테니 그만 가서 자야 한다고 말씀하셨지. 엄마는 모래사나이란 우리가 너무 졸려 마치 눈에 모래를 뿌린 듯 눈을 뜰 수 없는 뜻이라고 말했지만, 유모는 모래사나이는 자러 가지 않는 아이들의 눈에 모래를 뿌리고 눈알이 튀어나오면 그 눈알들을 가져 가 자기 아이들에게 쪼아 먹이게 한다고 말했어. 그 이후 모래사나이는 내게 경악과 공포의 대상이 되었지. 그런데 놀라운 건 그 모래사나이가 바로 우리 집에 드나들던 늙은이 코펠리우스였다는 사실이야! 흉측하고 기괴한 모습, 음흉한 표정에 이상한 소리를 내던 그 역겹고 혐오스러운 악마 코펠리우스가 바로 모래사나이였지. 어느 날 코펠리우스를 본 내가 두려움에 사로잡혀 쓰러지자 그가 다가와 내 두 눈을 빼려 했지만, 아버지가 애원해서 눈은 빼지 않고 내 손과 발을 돌려 이리저리 뺐다 끼웠다 하고는 가버렸어. 끔찍한 공포 속에 난 다시 기절했었지. 그리고 며칠 후 대단한 굉음 속에 아버진 그만 검게 탄 채 돌아가시고 말았어. 그 사악한 모래사나이가 아버지를 죽인 거야. 그런데 최근에 그가 코폴라라는 이름으로 안경과 망원경을 파는 상인이 되어 내 앞에 다시 나타났어. 난 그에게 복수하고 말 거야!"

둘째 편지, 연인 클라라가 나타나엘에게.
"사랑하는 나타나엘, 당신 아버지가 참혹하게 돌아가신 걸 이번에야 알게 되었어요. 하지만 이 말은 해야겠어요. 당신이 말하는 그 끔찍한 일들은 모두 당신 마음속에서 일어난 일이라는 것을요. 어린 시절의 상상이 모래사나이와 코펠리우스를 연관시킨 것이고, 당신 아버지와 그는 밤마다 다른 사람 모르게 연금술 실험을 했던 것뿐이랍니다. 당신 아버지는 부주의한 사고로 돌아가신 것뿐예요. 당신은 진실과 사실을 말하는 나를 언짢게 생각할지 모르지만, 나타나엘, 우리 자신 속에는 우리를 파멸시키는 어두운 힘에 대한 예감이 깃들 수 있어요.

나타나엘,
무의식에 내재한
파멸의 힘

우리 자신도 모르게 내면에 들어와 우리의 생각을 단단히 옭아맨 채 파멸의 길로 이끄는 끔찍한 힘이지요. 이상한 착각과 환영이 우리를 지옥이나 천국으로 이끌기도 하는 것처럼요. 나타나엘, 이제 부디 그들을 마음속에서 쫓아버리세요."

셋째 편지, 다시 나타나엘이 친구 로타르에게.

"로타르, 그토록 아름답고 빛나는 정신을 지닌 내 사랑 클라라가 그같이 생각을 하다니 믿을 수 없어. 너와 클라라는 나를 우울한 몽상 가쯤으로 생각하나본데 결코 아냐. 요즘 스팔란차니라는 물리학 교수의 강의를 듣고 있는데, 그에게는 올림피아라는 아주 아름다운 딸이 있어. 그 교수는 그녀를 가둬놓고 있어 도통 아무도 그녀에게 접근하지 못한다네. 하긴 지금으로선 다 필요 없는 얘기일 뿐이지. 클라라의 이성적인 편지 때문에 다소 언짢아지긴 했지만 그래도 클라라를 사랑하네."

2부의 서술자의 글

"독자여! 이 편지들이 오고간 이후 젊은 대학생 나타나엘에게 일어난 일들보다 더 기이한 일은 세상에 결코 없을 것이네. 나는 나타나엘의 불운하고 불가해한 이야기를 전하기 위해 오래 고민하고 괴로워했지. 나타나엘과 클라라는 서로를 깊이 사랑해 약혼까지 한 연인이지만 나타나엘의 대학 때문에 멀리 떨어져 지내고 있었네. 클라라는

생기 넘치고 부드러우며 밝고 예리한데다가 이성적이면서도 천진난
만한 대단히 매력적인 여성이었지. 그들의 사랑은 변함없었지만 나타
나엘의 성품이 변해가는 것도 어쩔 수 없었네. 침울하고 이상한 행동
을 했고 모래사나이 코펠리우스가 나타나 자신의 사랑을 방해할 것이
라며 헛소리를 했지. 클라라는 나타나엘에게 그의 존재를 믿는 한 그
의 사악한 존재성은 계속될 테니 마음에서 그를 내쫓으라고 애원했지
만 나타나엘은 내내 그 환영과 망상에 사로잡혀 있었네.

　나타나엘은 스팔란차니 교수의 집에서 그의 딸 올림피아가 늘 혼
자 앉아 있는 모습을 보게 되었지. 아름다운 그녀는 늘 똑같은 자세로
앉아 나타나엘 쪽만 바라보고 있었는데 그런 올림피아에게 나타나엘
은 사랑을 느꼈지. 어느 날 안경과 망원경을 파는 상인 코폴라가 찾아
오자 나타나엘은 그를 모래사나이라고 확신하면서 공포감 속에서 망
원경을 하나 산다네. 그 렌즈를 통해 바라본 올림피아는 더없이 아름
다웠고 나타나엘은 불길한 예감을 지우지 못하면서도 그녀에게 빠져
들었지.

　스팔란차니 교수가 연 파티에서 나타나엘은 올림피아의 뻣뻣하고
부자연스러운 모습이 그녀가 긴장한 탓이라고만 생각할 뿐 별다른 생
각을 하지 못한 채 그녀에게 매료되었네. 아무도 그녀와 춤을 추려 하
지 않았기에 나타나엘은 그녀를 독차지했지. 나무인형 같은 올림피아
에게 빠진 나타나엘을 보고 한 친구가 안타까워하지만 오히려 나타나
엘은 그 친구를 비난했네. 나타나엘은 그날 이후에도 매일매일 올림

피아에게 자신이 쓴 글을 읽어주고 사랑을 쏟지만 그녀는 그저 망연한 눈으로 그를 바라보았을 뿐이네.

올림피아에게 청혼을 하러 간 나타나엘은 스팔란차니 교수와 상인 코폴라가 광분해 싸우고 있는 현장에서 처참하게 부서진 올림피아를 보게 되었지. 그리고 그녀의 얼굴에서 눈이 없어지고 검은 구멍만 남아 있는 것을 보고 충격에 빠졌네. 20년간 걸려 만든 자동인형을 빼앗겼다고 악을 쓰던 교수가 바닥에 떨어진 눈알을 집어 나타나엘에게 던지는데, 그 순간 나타나엘은 광기에 사로잡혀 미친 듯 포효하다가 결국 정신병원에 끌려갔네.

나타나엘은 깊고 심한 고통과 병에서 깨어나 변치 않는 연인 클라라와 친구 로타르 곁으로 돌아왔네. 나타나엘은 패악과 마성魔性에서 벗어난 것을 스스로 인정하면서 클라라와 결혼하기로 마음먹었네. 그러던 어느 날, 나타나엘은 클라라와 탑에 올랐다가 무의식적으로 망원경을 꺼내는데, 그 순간 갑자기 눈을 희번덕거리고 성난 짐승처럼 울부짖으면서 광분해 클라라를 죽이려고 했네. 그리곤 환영 속에 저 아래의 군중 속에서 코펠리우스를 발견하고는 난간 아래로 몸을 던져 비참한 죽음에 이르고 말았다네.

나타나엘,
무의식에 내재한
파멸의 힘

우리 안에 존재하는 어두운 파멸의 힘

불안과 두려움에 빠져 있을 때는 주변이 온통 어두운 그림자처럼 느껴지고, 좋은 징조와 예감을 느낄 때는 모든 일이 밝고 선명하게 느껴진다. 하지만 이 모든 게 실은 우리 마음에 달려 있다는 것도 알고 있다. 내 안에는 여러 개의 자아가 있어 서로 밀고 당기면서 생각을 만들고 마음을 세우고 행동을 취한다. 내 안의 자아들이 늘 서로 잘 견제하고 조화를 이루기란 물론 쉬운 일은 아니다. 오래 억눌러온 추하고 어두운 생각이 느닷없이 솟구칠 때도 있고 예기치 않은 행동이 불쑥 나와 당혹스러울 때도 있다.

내 안의 자아들이 싸우고 길항하며 성숙해지거나 파멸하는 내용을 그린 작품들은 많다. 명석하고 자애로운 의사와 포악한 살인마가 한 사람에게 공존하는 『지킬박사와 하이드』, 자기 안에 잠재하는 폭력적이고 음울한 자아를 그린 『검은고양이』, 눈앞의 현실이 버거워 차라리 다른 존재가 되고 싶은 불안한 욕망에 벌레가 되어버린 『변신』, 자기와 똑같은 인간을 만들지만 그 추악함 때문에 경멸하다가 그로 인해 결국 죽음에 이른 『프랑켄슈타인』 등은 모두 인간에게 잠재된 또 다른 자아의 무의식적 욕망이 환상적 상상의 불길한 이야기들로 재탄생한 예이다.

누구나 불안정하고 미성숙한 자아를 딛고 성장해 현실에 안착하려고 애쓴다. 어린 시절 들었던 무서운 이야기쯤은 기억하든 잊어버리든 극복해가게 마련이다. 설령 공포스러운 이야기가 기억 속에 각인되었다 해도 그 공포 때문에 자기 삶을 비현실적인 환상에 던져 파괴적인 힘에 굴복하지는 않으리라 스스로 믿는 것이다.

『모래사나이』의 나타나엘은 어릴 적부터 비극적인 환영과 공포에 사로잡혔다. 순수하고 섬약했던 어린 시절에 들은 모래사나이의 이야기 때문에 그의 유년과 청춘은 온통 끔찍한 마력의 환상에서 헤어 나오지 못했다. 유독 그에게 몽상가적인 기질이 많았을 수도 있고 현실적인 감각이 부족했을 수도 있다. 또 모래사나이에 대한 공포에 떨고 있을 때 아버지를 잃은 고통을 겪었기 때문에 쉽게 치유될 수 없는 트라우마가 되어버렸을지도 모른다. 하지만 나타나엘은 이성적이고 분별 있는 판단을 할 기회와 시간이 없지 않았음에도 불구하고 자기 안의 환영에 갇혀 벗어나지 못했다.

자신을 가둔 환상에서 헤어나오려 하지 않는 나타나엘에게 클라라는 사랑과 심혈을 기울여 얘기한다. "우리 자신 속에 우리를 파멸시키는 어두운 힘에 대한 예감이 깃들 수 있다는 것을 믿지 않으요?" "우리를 단단히 옭아매어 생각지도 않았던 파멸의 길로 이끄는 어두운 힘이 있다면, 그것은 우리 자신처럼 우리 내면에서 형성된 것이에요" 그리고 "우리 스스로 몰두한 어두운 정신적인 힘은 우리 자신의 환영이며, 그 영향력이 우리를 지옥으로 떨어뜨리기도 하고 천국으로 끌어올리기도 해요." 그러나 클라라의 이 진심어린 이야기에도 불구하고 나타나엘은 어두운 힘의 늪에 빠져 자기 안의 곧은 자아를 끌어올리지 못하고 결국 모든 것을 잃는다.

나타나엘의 공포에는 또 다른 이유도 있다. 그것은 "눈眼"을 잃을지도 모른다는 거세의 두려움이었다. 하지만 모래사나이가 눈을 빼갈지도 모른다는 극도의 두려움은 오히려 나타나엘로 하여금 눈이 있어도 아무것도 보지도 판단하지도 못하게 했다. 이 소설에는 눈의 상징들로 눈알, 안경, 망원경, 렌즈 등이 변용해 등장한다. 이들은 나타나엘의 눈을 위협하고 눈으로 볼 수 없는 환영의 세계에 사로잡히게 하며 렌즈 속의 광기에 휩싸이게 한다. 눈을 잃어 버릴까봐 그토록 두려워했던 강박증이 오히려 그를 환상과 망상의 편집증에 가두어 앞을 전연 볼 수 없게 만들어버린 것이다.

환영에 사로잡혀 바로보지 못하는 나타나엘의 어두운 눈은 클라라와 올림피아를 바라보는 시선에서 잘 드러난다. 나타나엘은 지혜롭고 따뜻하며 삶의 생기로 가득 찬 클라라를 진심으로 사랑하면서도 클라라의 이성적인 분별력과 명석한 생각을 혼쾌히 받아들이지 못한다. 자기만의 세계에 갇혀 클라라의 사랑과 믿음을 바로보지 못한 것이다. 올림피아는 클라라와 정반대다. 올림피아는 노 교수의 야망으로 만들어진 기계인형에 불과했지만 나타나엘은 망원경 렌즈를 통해서 바라본 올림피아의 아름다움에 눈이 먼다. 인형에 불과한 그녀의 수동적인 자세를 수줍음으로 착각하고 마음이 통하지 않는데도 일방적인 사랑을 쏟는다. 올림피아가 따뜻한 피를 지닌 인간이 아니라는 사실을 그의 눈은 보지 못했다.

　　클라라와 올림피아를 대조적으로 표현한 문장이 있다. "삶을 명쾌한 깊이로 파악하는 사람들은 차분하고 이성적이며 천진난만한 클라라를 매우 사랑했다"와 "올림피아는 이상하게 경직되어 있고 영혼이 없는 것 같았어. 그녀의 얼굴과 몸매는 아름답지만 살아있는 존재인 양 행동할 뿐 실제로 살아있는 존재로 보이지 않았어"라는 부분이다. 하지만 자신만의 렌즈로 세상을 보는 나타나엘은 말한다. "클라라는 생명도 없는 저주받은 자동인형이야!" "오직 올림피아 그대만이 나를 완전히 이해합니다." 나타나엘은 육체의 눈은 빼앗기지 않았을지 몰라도 진실을 바라보는 눈은 일찍이 빼앗겼던 것이다.

　　이 소설의 기이한 매력과 혼란스러운 공포는 어느 순간 불현듯 떠오르곤 할 것이다. 광기에 사로잡혀 끝내 벗어나지 못한 나타나엘의 모습에 온전히 공감할 수는 없지만 내 안의 광기와 혼돈, 불안한 자아의 극복과 성장에 대해 다시 생각해보게 할 것이다. 호프만은 환상과 현실을 넘나드는 낯선 상상과 독특한 서술 시점으로 우리 안에 존재하는 어두운 파멸의 힘과 정체성의 분열, 그리고 파국에 이르는 불가해한 욕망을 비극적으로 표현해 우리 내면의 빛과 그늘을 다시 생각하게 한다.

낭만주의 환상문학의 대부

에른스트 테오도르 아마데우스 호프만Ernst Theodor Amadeus Hoffmann은 1776년 독일 쾨니히스베르크에서 태어났다. 어린 시절부터 작곡과 그림에 재능과 흥미를 보였으며, 16세에 대학에 입학해 법률을 전공했고 열아홉의 나이에 사법고시에 합격한다. 1800년대 초 음악 모임을 만들어 오페라를 공연하고 오페라 작품을 작곡했으며, 볼프강 아마데우스 모차르트를 깊이 존경해 자신의 이름에서 빌헬름을 빼고 아마데우스를 넣는다. 나폴레옹이 독일을 점령하면서 호프만은 법관에서 해직되었다가 해방 후 복직되는데, 독일이 여러 연방국으로 나뉘어 자유주의 운동의 전개와 억압을 겪는 혼란 속에서 호프만은 법관으로서 자유주의 운동을 수호한다. 1810년대 호프만은 본격적인 소설 집필에 들어가 문학 동아리 '세라피온의 밤'을 결성한 후 왕성한 창작활동을 한다.

악마의 묘약을 마신 수도사가 자기 안의 광기에 지배당해 선악의 이중 인간을 드러낸다는 환상소설 『악마의 묘약』(1815), 최고 보석세공사의 집착과 욕망을 둘러싼 연쇄살인을 쫓는 스퀴데리 부인 이야기 『스퀴데리 양』(1819), 자신을 브람빌라 공주가 사랑하는 왕자라고 믿으며 자신의 또 다른 자아와 싸우는 환상동화적 소설 『브람빌라 공주』(1820), 어린 시절 누구나 읽었을 동화이자 차이코프스키의 발레극 〈호두까기 인형〉의 원작인 『호두까기 인형과 쥐의 왕』(1816) 등이 호프만의 잘 알려진 대표작이다. 어느 작품에서나 호프만은 환상과 현실을 넘나드는 자유분방한 상상력과 인간 내면에 잠재된 어둠과 밝음을 드러낸다.

호프만은 뛰어난 법률가이면서 동시에 자유로운 예술가였다. 그는 언뜻 상반되어 보이는 두 직업 사이에서 갈등하기보다 법관의 논리적이고 합리적이며 객관적인 모습과 예술가의 환상적이고 낭만적이며 창의적인 세계를 멋지게 영위했다. 그의 소설에 등장하는 이중적 자아의 분열, 현실과 환상의 넘나듦은 어쩌면 이 같은 그의 실제 삶에서 얻어진 것일 수 있다. 호프만의 이 신기하고 흥미진진한 일생은 오펜바흐에 의해 〈호프만 이야기〉라는 오페라로 작곡된 바 있다.

이후 많은 작가들이 호프만의 영향을 받았다고 알려져 있다. 공포와 추리소설의 대가인 애드가 알렌 포, 러시아 문학의 환상성을 대표하는 고골리, 사회현실에 기반을 두되 환상을 넘나드는 찰스 디킨즈, 사실주의와 환상성을 결합한 발자크 등이 대표적인 작가들이다. 호프만의 작품이 지닌 현대성은 최근 문학에 미친 영향 때문에 새롭게 주목받고 있다. 환상문학의 선두적인 자취뿐 아니라 최초로 기계인간을 등장시킨 상상력의 선견을 호프만의 작품에서 볼 수 있다는 점이다. 최근에는 로봇과 안드로이드와 복제인간 등이 깊이 있는 성찰적인 주제로 다루어지고 있지만, 이미 200년 전 호프만 소설에 등장한 올림피아가 바로 그들의 효시라고 할 수 있다.

나타나엘,
무의식에 내재한
파멸의 힘

『모래사나이』가 실린 호프만의 소설집에는 『적막한 집』이라는 소설이 함께 실려 있다. 『적막한 집』의 주인공 테오도르는 『모래사나이』의 나타나엘처럼 유년시절에 들었던 거울 이야기의 공포 때문에 성장해서도 광기와 분열을 겪는다. 하지만 나타나엘이 파국에 이른 것과 달리 테오도르는 스스로를 치유하고 영혼의 안정을 되찾는다. 테오도르는 다른 사람의 진심과 경험을 새겨듣고 환상과 자기 주관 사이에서 균형을 찾으려 애쓴다. 자신의 환영에 갇혀 늪에 빠지지 않고 애써 현실에 발을 내딛음으로써 안착한 것이다.

　이 작품에는 호프만의 실제 경험이 드러나기도 하는데 실제로 주인공 테오도르는 호프만의 이름이기도 하다. 독일 낭만주의 최고 작가이자 환상과 공포의 전율을 그린 환상문학의 대부인 호프만 역시 현실과 환상 사이에서 갈등하면서 오직 환상으로 내닫는 것을 스스로도 경계했던 것 같다. 더없이 음울하고 오싹하고 고통스러운 『모래사나이』를 읽고 이어서 『적막한 집』을 함께 읽는다면, 자아 혹은 자기 정체성의 불화와 화해를 동시에 치러낼 수 있을 것이다.

사랑하는 나타나엘, 우리 내면에 그렇게 적대적이고 음흉하게 그물을 쳐서 우리를 단단히 옭아매어 생각지도 않았던 파멸의 길로 이끄는 어두운 힘이 있다면, 그것은 우리 내면에서 형성된 것이에요. 그래야만 우리가 그 힘의 존재를 믿고 그 힘이 비밀스러운 과제를 이루도록 마음의 자리를 내줄 테니까요. 하지만 우리가 낯설고 적대적인 힘을 제대로 인식하고 우리의 소명이 인도하는 길을 따라 침착한 걸음으로 밝은 생활의 확고한 지각을 갖고 간다면, 결국 그 두려운 힘은 스스로 헛되이 추구하는 싸움에서 패배하고 말 거예요.

나타나엘은 무의식적으로 호주머니를 더듬었다. 그는 코폴라의 망원경을 꺼내서 옆쪽을 보았다. 클라라가 렌즈 앞에 있었다! 갑자기 그의 맥박과 혈관에서 경련이 일어났다. 죽은 사람처럼 창백한 얼굴로 그는 클라라를 응시했다. 그러나 곧 눈에서 불꽃을 튀기며 눈알을 이리저리 회번덕거렸다. 그는 성난 짐승처럼 무섭게 울부짖었다. 그리고 허공에 높이 뛰어올라 소름끼치는 소리로 웃으며 날카로운 목소리로 소리쳤다. "나무인형이여, 춤추어라! 나무인형이여, 춤추어라!" 그리고 거세게 클라라를 붙잡더니 탑 아래로 내던지려 했다.

나타나엘,
무의식에 내재한
파멸의 힘

빅 피쉬

감독 | 팀 버튼

팀 버튼의 영화는 상상과 환상으로 가득한 판타지 세계다. 그의 영화를 향해 '기괴한 환상'이라는 표현을 쓰기도 하지만 '비현실적으로 현실적인 환상'이라는 표현이 더 어울릴 듯하다. 『모래사나이』의 나타나엘이 끝내 자기파멸적인 환상에 빠진 것에 비해 팀 버튼 영화 속 인물들은 외로운 괴짜이기는 하지만 현실과 환상의 경계에서 자멸하거나 함몰되지 않는다. 영화 〈빅 피쉬〉는 그의 영화 가운데 가장 밝고 따뜻한 동화적 상상력으로 가득하다. 첫 부분과 끝 부분에 죽음에 대한 성찰을 담고 있어 여운 또한 길다.

아버지 에드워드 블룸은 매일 밤 어린 아들 윌리엄의 침대머리에 앉아 이야기를 들려준다. 어린 아들은 흥미진진한 모험으로 가득한 아버지의 체험 섞인 이야기들을 들으며 성장하지만, 점점 그 이야기들을 견디지 못한다. 아버지의 이야기가 허풍과 과장으로 가득 찬 허황한 거짓말일 뿐이라고 생각하게 된 것이다. 다 자란 아들은 말한다. "단 한 번이라도 진실을 보여주세요." 아버지는 답한다. "진실은 재미가 없잖니." 아들은 마침내 집을 떠나 사실만을 추구하는 기자가 된다. 아버지는 상상주의자, 아들은 사실주의자로 나뉘는 순간이다.

3년 동안 집을 떠나 있던 아들은 아버지의 병이 위중하다는 연락을 받고 아내와 함께 고향으로 돌아온다. 아버지와 아들은 거짓말처럼 단숨에 화해하고, 아버지는 아들을 보자마자 이야기의 힘을 발휘한다. 그러면서 기자가 된 아들에게 말한다. "우리는 이야기꾼이잖니, 난 말로, 넌 글로." 그리고 아버지의 이야기는 다시 시작된다. 뼈가 쉬지 않고 자라는 급속성장병에 걸려 이 어항처럼 좁은 마을을 떠났다는 것, 거인을 만나 그와 함께 도시에 갔다는 것, 가는 길에 유령마을을 만났고 거기서 아름다운 소녀를 만났다는 것, 한 여인을 사랑해 그녀를 얻기 위해 3년을 서커스단에서 일했는데 이미 약혼한 여자였다는 것, 하지만 그 약혼자가 급작스레 죽어 그녀를 얻을 수 있었다는 것……

아들은 아버지를 바라보며 다시 생각하게 된다. 아버지의 얘기대로 기적처럼 만나 지금껏 변함없이 사랑하며 살아온 어머니와 아버지의 진심을 진작부터 이해하고 속 깊게 소통하는 아내의 모습을 보고 아버지의 진실을 좀 더 알고 싶어진 것이다. 가족의 주치의가 해준 얘기에 더 자극을 받는다. "네가 어떻게 태어났느냐고? 조금의 후유증도 없이 건강하게 태어났다. 끝." 당황한 그에게 의사는 다시 묻는다. 네가 원한 것이 이것 아니었냐고, 하지만 아버지는 너에 대한 애정을 담아 상상 속의 그런 이야기들을 만들어왔던 것이라고.

아들은 아버지의 젊은 시절 자취를 좇으면서 도저히 있을 수 없는 일이라고 생각했던 그 이야기들이 실은 진실이었다는 것을 알게 된다. 거짓이었던 것이 아니라 사실을 좀 더 흥미진진하게 만든 무용담이거나 상상을 입힌 진실들이었던 것이다. 아들은 그동안 진실과 사실을 혼동하고 있었음을 깨닫는다. 명백한 사실은 딱딱하고 무미건조한 것, 하지만 진실은 그 같은 사실에 상상이나 환상을 덧씌운 보드랍고 따뜻한 것이었음을 알게 된다. 아버지의 표현대로 "그래야 재미있잖니, 그래야 삶이 행복하잖니" 였음을 이해하게 된 것이다.

어떤 상상과 환상은 우리를 어둠과 불행으로 몰아가고 어떤 상상과 환상은 우리를 즐거움과 행복으로 데려간다. 『모래사나이』에서 나타나엘의 환상은 인간에게 내재된 자기 안의 파괴적인 충동과 사실에 대한 오독 때문에 파멸적인 것으로 치달았지만, 영화 〈빅 피쉬〉의 환상은 생에 대한 따듯한 상상으로 나아간다. 사실이라는 딱딱한 뼈에 입힌 물렁하고 따뜻한 상상과 환상의 살집.

죽음이 눈앞에 다가온 아버지는 아들에게 말한다. 자신의 죽음에 대한 이야기를 상상해서 들려달라고. 아들은 아버지에게 평생 들어온 이야기처럼 아버지의 죽음을 둘러싼 사람과 시간과 공간과 상황을 상상해 멋진 이야기를 만든다. 죽음은 명백한 사실이지만 아들이 이야기해주는 상상 속의 진실을 통해 죽음에 다가가는 아버지는 두려움 없이 행복하다. 마침내 크고 미끈한 물고기가 되어 깊은 물속으로 유영해 들어가는 빅 피쉬, 그것은 아버지의 모습이자 아버지가 평생 낚으려 애쓴 인생의 월척이었다.

월경(越境)하는 (traverse)

사람들

poesson d'or

라　　　　일　　　　라
진.흙.탕.의. 세.계.를.
건　.너　.는　.　법

르 클레지오의
『황금물고기』(1997)

오 물고기여, 작은 황금물고기여!

눈부신 비늘, 투명하게 부서지는 물방울! 부드럽게 흔들리는 물 풀을 가르는 싱싱한 지느러미! 『황금 물고기』라는 매력적인 제목은 푸른 강물을 가로지르는 아름다운 물고기를 상상하게 한다. 영원히 꺼지지 않을 단단하고도 고결한 광채! 거침없는 자유로움, 순수한 생명력, 황금물고기를 따라가면 신비한 마법의 땅에 도착할 수 있지 않을까?

그런데 독자의 이런 행복한 상상과는 전연 다르게 『황금물고기』 첫 장을 펼치면, 이런 프롤로그가 먼저 눈을 사로잡는다.

오, 물고기여, 작은 황금물고기여, 조심하라
세상에는 너를 노리는 올가미와 그물이 수없이 많으니

이 서문에서 금방 눈치챌 수 있듯이, 황금물고기는 신비에 찬 동화가 아니다. 거센 탁류에 휩쓸린 여리고 힘없는 소녀의 이야기이다. 북아프리카의 가난한 한 마을에서 어린 흑인 여자아이가 갑자기 유괴된다. 고향도 이름도 모르는 채로 아이는 아랍 여인에게 팔리게 된다. 그때부터 소녀의 길고 험난한 표류가 시작된다. 세상 사람들은 모두 이 소녀를 소유하거나 지배하려 한다. 정신적·육체적인 폭력과 억압이 끝도 없이 소녀를 괴롭힌다.

작은 물고기는 빛남과 어두움, 생명과 죽음, 사랑과 폭력, 순수와 타락이 혼재되어 있는 험난한 세상을 건너야 하는 고달픈 생명의 상징으로 등장한다. 올가미와 그물, 무자비한 폭력, 비열함과 탐욕으로 얽혀 있는 세상의 탁류를 헤치며 여린 생명은 어떻게 자신을 찾아갈 것인가? 아프리카에서 시작하여 아랍, 에스파냐, 프랑스, 미국, 그리고 다시 아프리카로 이어지는 그녀의 길고 긴 여정을 따라가 보자.

검은 피부에 깡마른 몸매, 겉보기에는 빛나는 구석이라고는 전혀 없을 것 같은 소녀에게 작가는 왜 '황금물고기' 라는 이름을 붙여주었을까? 탁류 속에서도 빛을 잃지 않는 눈부신 황금의 지느러미를 과연 우리도 발견할 수 있을까?

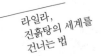

라일라,
진흙탕의 세계를
건너는 법

라일라 이야기

나는 대여섯 살 때 유괴당했다. 햇살이 눈부시고 먼지가 날리던 텅 빈 거리, 푸른 하늘, 검은 새의 울음소리, 갑자기 한 남자의 손이 나를 커다란 자루 속에 내던졌다. 랄라 아스마라는 여성이 나를 샀다. 밤에 왔다고 하여 나의 이름은 '라일라'가 되었다. 내가 누구인지 어디서 왔는지 전혀 알 수가 없었다. 트럭에 치여 한쪽 귀가 먼 후로 바깥세상이 더욱 무서워졌다. 랄라 아스마의 푸른 대문 집에서 청소를 하고 빨래를 하며 살았다. 그녀는 글을 가르쳐주었고 나는 그녀를 할머니라고 생각했다. 평화로운 시절이었다. 할머니가 갑작스럽게 죽은 후에 아들 부부의 폭력을 견디지 못하고 거리로 뛰쳐나왔다. 산파인 자밀라와 그녀의 여섯 공주들이 사는 여인숙에서 지내게 되었다. 남들은 창녀라며 손가락질을 하지만, 나에게 그녀들은 아름답고 친절한 공주였다. 나는 그곳에서 일찍이 인생의 교훈을 익혔다. 공주들을 만나러 온 남자들의 지갑을 털고, 쇼핑센터에서 도둑질을 하기도 하면서 자유를 실컷 즐겼다. 친절한 자밀라는 나를 기숙학교에 넣기도 했고, 아스마의 아들 부부가 나를 또 다시 구속하려고 했지만, 모든 종류의 규율에 불복하고자 하는 욕망이 내 안에서 꿈틀거림을 느꼈다. 세상사람들이 아무리 학대를 하고 굶기고 때로는 육체를 강탈하려 해도, 절대로 빼앗기지 않아야 할 것들이 있다는 것을 어렴풋

이 느끼고 있었다.

자밀라의 집이 철거를 당하면서 강 건너의 천막촌에서 살게 되었다. 자밀라의 여인숙에서 친해진 타가드리와 후리야와 함께 살았는데, 그녀들은 가난한 와중에도 내가 공부를 하기를 원했다. 나는 마을 도서관에서서 닥치는 대로 책을 읽고, 문화원에 다니며 독일어와 영어를 배웠다. 어디를 가나 남자들은 나를 유혹했고, 그들에게 몸을 맡기면 금방 편안한 삶이 시작될 것 같았다. 하지만 그것은 또 하나의 감옥이었으며, 결코 내가 원하는 것이 아니었다. 다른 삶이 필요했다. 나는 후리야와 함께 밀항선을 탔고 에스파냐를 거쳐서 가까스로 프랑스에 도착했다.

파리에서 병원 잡역부로 일하면서 많은 친구를 만났다. 뒷골목의 흑인들이었다. 불법 체류자로 경찰에 쫓기는 불안한 생활이었지만, 친구들이 연주하는 아프리카 음악은 새로운 기쁨을 일깨워주었다. 파리에서도 사람들은 나를 그물에 가두려 했다. 친절로 가장한 유혹의 끈끈이를 내밀고 내가 들러붙기를 기다렸다. 그것을 잘못 붙잡는다면 나는 다시 노예가 되고 말 것이다. 급류를 거슬러 오르는 물고기처럼 여러 곳을 누비며 살고 싶을 뿐이었다. 힘겨운 파리 생활에 몸과 마음이 깊은 병을 앓았고, 노노는 그런 나를 위로해주었다. 권투 선수 지망생인 이 가난한 흑인만은 나를 구속하려 하지 않았다. 그와 처음으로 사랑을 나누었고, 조금씩 삶의 의욕을 다시 찾아 나갔다.

흑인 친구들과 지내면서 우리가 자기 땅에서 유배당한 자들이라는 것을 마음 깊이 느꼈다. 벽들로 가로 막힌 이 도시를 벗어나고 싶다는 생각이 간절했다. 세네갈 출신의 대학생인 하킴은 내가 대학 입학시험을 볼 수 있도록 공부를 도와주었고, 그의 할아버지는 죽은 손녀의 여권을 내게 선물로 주었다. 할아버지가 말한 아프리카의 땅, 내 조상들이 살았다는 아프리카의 마을이 내 가슴속에서 살아나고 있었다. 미지의 그 땅을 품고 나는 파리의 뒷골목을 배회했다.

아이티에서 온 시몬느에게서 아프리카의 음악을 본격적으로 배웠다. 내 심장, 내 핏줄 속에서 잃어버린 고향의 소리가 느껴졌다. 하킴의 할아버지가 남겨준 여권으로 미국으로 향했다. 보스턴과 시카고를 전전하며 호텔에서 피아노를 치고 노래를 부르는 일을 했다. 빌리 할러데이를 부르기도 했고, 시몬즈에게 배운 노래를 하기도 했으며, 나만의 노래를 부르기도 했다. 내 안에서 새로운 소리가 울려나왔다. 농장의 노예들이 불렀을 그 노래, 지난 수 년 동안 내가 듣고 싶었던 바로 그 노래였으며, 내 동맥 속에 따뜻한 피가 흐르고 있음을 깨닫게 하는 노래였다. 나를 가둔 검은 색 자루, 나를 그물로 잡으려 한 세상의 많은 사람들을 잊게 하는 그런 노래였다.

장 빌랑을 만났고 그와 결혼을 하고 싶어지기도 했지만, 방랑을 멈출 수는 없었다. 장의 아기를 임신했지만, 먼 여행길에서 결국 유산을 했고 고통의 맨 밑바닥을 경험했다. 그리고 어둠의 동굴에서 가까스로 벗어나 다시 바람소리를 따라 길을 나섰다.

드디어 여행의 끝에 이르렀다. 햇살이 하얗게 부서지는 황량한 거

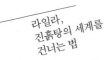

리, 사막이 시작되는 그곳, 내가 태어난 아프리카의 땅에 섰다. 이제 나는 자유로우며 다시 모든 것을 할 수 있으리라.

여성 영웅의 귀환

작은 물고기처럼 미약한 존재이지만, 삶에 대한 강인한 의지로 세파를 이겨 나가는 여성의 이야기는 우리에게 매우 익숙하다. 서역국을 여행하여 부모를 살릴 약을 구해오는 바리공주나, 인당수에 몸을 던졌다가 용궁을 거쳐 중국의 왕비가 되어 아버지의 눈을 뜨게 하는 심청, 가난 속에서도 자식을 훌륭한 사람으로 키워낸 수많은 한국 어머니들, 생각해보면 이들도 모두 라일라 같은 황금물고기가 아니었을까?

그런데 바리공주나 심청의 이야기가 자기희생을 통해서 대의를 완성하는 데 초점이 있다면, 『황금물고기』에서는 어린 물고기를 휩쓸어가는 탁류의 정체에 주목하면서 이 작은 생명이 어떻게 자기 생의 주인이 되는가를 세밀하게 보여준다.

라일라는 이중적 고통에 시달리는 약자이다. 먼저 그녀는 흑인이기에 고통을 당한다. 북아프리카가 고향이지만, 마을이 분쟁에 휩쓸리면서 인신매매를 당하게 되고 그 이후로 세계 곳곳을 떠돌게 된다. 아랍과 프랑스, 그리고 미국을 전전하면서 그녀는 유곽, 천막촌, 햇볕

이 들지 않는 지하의 동굴 같은 방, 지하철역, 구제소, 빈민가 등에서 생활한다. 그곳에서 비슷한 처지에 있는 가난한 흑인들을 만난다. 그들은 화려한 도시의 뒤편에서 불법체류자이며 이방인으로, 부랑자이며 약물중독자로 쫓기며 살아간다. 라일라의 눈에 비친 도시는 탐욕과 폭력으로 물들어 있으며 약자를 육체적 정신적으로 억압하는 공간이다. 병든 서구사회의 욕망과 뿌리 뽑혀 사는 흑인들의 문제가 무관하지 않음을 소설은 곳곳에서 암시한다. 라일라는 자기나 누구인지 어디서 왔는지 전혀 알지 못했지만, 점차로 스스로가 "자기 땅에서 유배당한 자"임을 자각하게 된다. "내게는 나의 춤을/못된 흑인의 춤을/내게는 나의 춤을/족쇄를 깨는 춤/감옥을 날려버리는 춤을"이라고 시를 읊는 장면에서 그녀가 방랑을 통해서 고통받는 아프리카인으로서의 자기 정체성을 찾아가는 것을 확인할 수 있다.

두 번째로 라일라는 여성이기에 고통을 당한다. 라일라는 납치를 당한 이후에도 감금과 성폭력 등의 위협에 계속 시달렸다. 그들은 이 어린 소녀를 노예, 하녀, 못된 마녀, 창녀라고 제멋대로 부르며 병적인 욕망을 채우려고 한다. 그럴 때마다 궁지에 처한 라일라를 도와주는 사람은 같은 처지에 있는 학대받는 여성들이었다. "우리는 우리가 누구인지 몰라, 우리 몸이 우리의 것이 아닌 거야"라며 그녀들은 라일라를 감싸준다. 라일라와 그녀의 친구들은 자신의 운명을 스스로 결정하지 못하고 살아야 하는 착취받는 여성 약자를 상징한다. 그녀들의 눈물겨운 우정과 연대는 읽는 이의 가슴을 뭉클하게 한다.

라일라,
진흙탕의 세계를
건너는 법

이처럼 라일라는 이중으로 고통을 당하며 "제복을 입고 권총을 지니고 있는 힘센 남자들 앞에서 자신이 아주 작고 하찮은 물고기라고 생각"할 수밖에 없었다. 하지만 그녀는 가장 어두운 곳에서도 인간에 대한 천진무구한 사랑과 희망을 잃지 않는 남다른 심성의 소유자였다. 창녀, 노인, 천대받는 여성들에게서도 라일라는 아름다움을 발견하고, 그녀들을 공주, 여왕 여신이라고 찬미했다. 무엇보다도 라일라는 자유를 갈망했기에, 나쁜 남성들의 성적 유혹에 절대로 타협하지 않았으며, 자신을 지배하려는 모든 올가미들을 단호히 거부하고 항상 어려운 모험을 선택했다. 사랑에서도 능동적이었다. 노노나 장발랑과의 사랑은 자기 의지에 의해 선택한 것이었다. 그녀는 어떤 상황에서도 자기 생의 주인으로서 살고자 했다.

따라서 그 어떤 그물도 라일라를 구속할 수 없었고, 어떤 올가미도 그녀를 멈추게 할 수 없었다. 올가미에 갇힌 작은 물고기는 험난한 세파를 거슬러서 자기 생명의 근원으로 돌아온다. 그 시원의 땅은 메마른 대지, 뜨거운 햇살, 바람, 북소리, 시바의 여신 등으로 상징되는 세계이다. 화려하지만 인간 생명을 고갈시켜버리는 서구세계와 달리 이곳은 '암몬 조개의 화석'처럼 단단하고 견고한 생명의 기억을 간직한 곳이다. 라일라의 황금빛 지느러미가 비로소 태양 아래 찬란한 빛을 발하는 그러한 세계이다.

라일라는 이제 이 땅에서 새로운 뿌리를 내리고 자신을 닮은 건강한 생명의 씨앗을 퍼트릴 것이다. 아프리카의 메마른 대지에 우뚝 선

라일라는 자유의지로 존재의 고귀함을 끝끝내 지켜낸 새로운 여성 영웅으로 빛난다.

라일라의 여정을 따라가 보면, 그녀의 모습에 한국의 어머니나 누이들의 얼굴이 계속 겹쳐져 짠한 마음이 든다. 그만큼 공감이 가는 애틋한 주인공이다. 공감의 한편으로는 우리를 가두는 올가미와 그물을 떠올리면서, 그것을 뚫고 나아갈 힘찬 지느러미가 있는지를 아프게 반성해보게 된다.

삶의 진실을 찾아가는 여행자의 기록

J.M.G.르 클레지오(1940~)의 이름 앞에는 항상 '프랑스 문단의 살아있는 신화'라는 말이 따라붙는다. 신화는 1963년 23세의 젊은 나이에 『조서』라는 작품으로 데뷔하면서 르노드 상을 받은 사건에서 시작되었다. 금발의 미남이며, 훤칠한 키에 과묵한 이 청년은 문단 안팎의 화려한 조명을 받으며 순식간에 스타로 떠올랐다. 하지만 곧 자취를 감추고 낯선 땅을 찾아다니는 편력의 인생을 살아간다. 그 과정에서 40여 편의 방대한 작품을 꾸준히 발표했다. 프랑스적인 실험정신을 바탕으로 서구문명을 비판하였고, 시적이고 서정적인 문체로 인간의 건강한 삶을 탐구했다. 2008년 노벨문학상 수상으로 클레지오의 신화는 절정에 다다랐다. 한국에서도 그 신화는 건재한데 20여

편의 작품이 한국어로 번역되어 있을 정도로 독자층이 두텁다. 한국어와 한국문화를 사랑하는 지한파 작가로도 알려져 있다.

그런데 유명세에 비하면 그의 사생활은 그다지 알려져 있지 않다. 영국인 아버지와 프랑스인 어머니 사이에서 태어났지만, 조상이 살았던 인도양의 모리스 섬을 마음의 고향으로 삼았다. 소설을 쓰기 시작하면서 멕시코, 파나마, 과테말라, 태국 등을 떠돌았고, 파나마의 원주민들과 토굴에서 오래 생활하기도 했다. 하나의 국적이나 문명에 자신을 가두지 않고, 인간과 자연의 건강한 아름다움이 살아있는 새로운 땅을 찾아 클레지오는 끊임없이 표류하였다.

"세상에 대한 질문을 던지기 위해 소설을 쓴다"는 작가의 말에서도 알 수 있듯이 그의 작품세계는 인간의 삶에 대한 근원적인 질문과 대답의 과정이었다. 초기에는 병든 서구사회를 예리한 눈으로 관찰하고 해부했다. 데뷔작인 『조서』는 이러한 질문에 대한 일종의 보고서였다. 현실에 적응하지 못하고 해안의 빈집에 유폐되어 있는 한 남자의 심리와 행동을 따라가면서 황폐화된 서구문명과 그 안에서 소외되는 인간을 극사실주의적으로 치밀하게 묘사해내고 있다. 서구문명의 정체성을 탐구하는 작업은 『열병』(1965), 『홍수』(1966) 등으로 이어진다.

중기의 대표작인 『사막』(1980)은 북아프리카 사하라 사막 부족의 후예인 소녀 랄라가 프랑스의 도시 빈민가에서 살아가는 이야기이다. 고향을 잃고 뿌리가 뽑힌 사람들을 탐구하는 이 소설은 사실과 환상을 오가는 매우 아름다운 작품이다. 작가의 시선이 서구의 제국주의적 팽창에 의해서 고통을 당했던 땅에 이르렀고, 그 땅에서 인간에 대한 새로운 진실을 찾아가고 있음을 확인할 수 있다.

『황금물고기』는 1997년 발표된 작품으로 발표와 동시에 오랫동안 프랑스에서 베스트셀러를 기록한 작품이다. 르 클레지오의 후기 작품세계의 경향을 잘 보여주는 대표작으로, 르 클레지오의 여정이 궁극적으로 향하는 곳을 암시해준다. 서구, 도시, 물질, 지배, 대립의 세계를 표류하여, 자연, 여성, 대지, 태양, 음악, 생명으로 상징되는 세계로 작가의 여행은 계속되고 있다.

탁류를 헤치는 황금물고기의 이미지를 마음속에서 그려보면서, 『사막』을 재구성해서 쓴 동화 『발라아빌루』의 한 부분을 음미해보자. '사랑의 노래'에 대한 아름다운 동화이다. 황금빛 지느러미처럼 눈부신 그 노래를 상상해보면, 우리 몸을 묶고 있는 올가미와 밧줄도 스르륵 풀리지 않을까?

하늘의 노래가 온 숲에 울려퍼지자 짐승들은 귀를 기울이며 양처럼 순해졌지. 노래 소리가 성난 짐승들을 감동시켜 영혼을 흔들어놓았기 때문이야. 랄라도 취한 듯 그 노래에 귀를 기울였어. 그랬더니 금방 몸을 묶은 밧줄이 스르르 풀리는 거야. 그녀는 걸어가기 시작했어.

　　　　　　　　　　　　　　－르 클레지오의 동화 〈발라아빌루〉 중에서

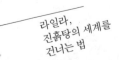
라일라,
진흙탕의 세계를
건너는 법

라일라야, 너는 아직 어리니까 조금씩 세상을 알아나가기 시작할 거다. 그러면서 이 세상에는 도처에 아름다운 것들이 많다는 것을 알게 될 테고, 멀리까지 그것들을 찾아 나서게 될 거야.

저 멀리 길이 끝나는 곳, 마지막 오두막집 앞에, 사막이 시작되는 그곳에 검은 옷을 입은 한 노파가 텅 빈 마당으로 통하는 문을 등지고 등받이 없는 걸상에 앉아 있다. 그녀의 얼굴은 불에 탄 가죽처럼 까맣고 주름투성이다. 그녀는 자기 쪽으로 다가가는 나를 빤히 바라본다. 그녀의 눈빛은 돌처럼 냉혹하다. 그녀는 장에게 줄 암몬조개 화석만큼이나 오래되고 단단해 보인다. 그녀는 진정한 히랄족, 초승달 부족의 여인이다. 나는 그 늙은 여인 옆에 앉았다.

더 이상 갈 필요가 없다. 이제 나는 마침내 나의 여행의 끝에 다다랐음을 안다. 어느 다른 곳이 아니라 바로 이곳이다…… 이곳에서 나는 사막 먼지에 손을 올려놓으며, 나는 내가 태어난 땅을 만진다. 내 어머니의 손을 만진다.

영화와 함께 읽기

나는, 인어공주

감독 | 안나 멜리키얀

    사랑하는 왕자를 바라보면서 포말로 사라져 가는 안데르센의 〈인어공주〉는 사랑의 운명, 또는 여성의 운명에 대한 깊은 영감을 주었다. 비극적이고 원형적인 이 이야기를 뒤따라 인어공주의 서사는 계속되어왔다.

    할리우드에서 안데르센의 이야기를 충실하게 따르되, 호기심에 찬 밝고 긍정적인 인어공주를 등장시킨다(〈리틀 머메이드〉, 1989). 탐스럽고 붉은 머리카락의 아리엘은 비극적 운명을 역전하여 행복한 결말을 성취한다. 그런가 하면 지브리에서는 사랑스러운 물고기 소녀 포뇨를 만들어냈다(〈벼랑 위의 포뇨〉, 2007). 포뇨의 모험과 우정은 너무도 귀엽고 발랄해서 원래의 인어공주에게 드리운 비극적 숙명을 깨끗이 벗어 던진 듯하다.

    애니메이션의 인어공주들이 점점 행복해지고 있는 듯하지만, 그녀들의 근원적인 운명은 비슷하다. 그녀들의 고향은 바다이다. 바다의 딸들답게 그녀들은 사랑에 목마른 척박한 곳을 찾아가 생명수로 적셔준다. 이를 위해서 그녀들은 바다에서 뭍으로 나가야만 한다. 삶의 장소를 극단적으로 바꾸어서라도 이루고 싶은 소망이 있다는 것은, 그녀들의 삶이 결코 순탄하지 않을 것임을 짐작하게 한다.

라일라,
진흙탕의 세계를
건너는 법

〈나는, 인어공주〉는 현재의 모스크바라는 현실공간에서 노동하고 사랑하고 좌절하는 10대 여성을 등장시켜 '인어공주'를 현실로 불러들인다. 알리샤는 바다 속에서 잉태된 아이이기에 스스로 인어공주라고 생각하며 살아간다. 발레리나가 되고 싶은 꿈도 꾸지만, 아빠에게 버림받고 남자에 목말라 하는 가난한 엄마는 어린 딸의 꿈에 신경 쓸 겨를이 없다. 아무리 소망을 품어도 아무 일도 일어나지 않는 현실이 지긋지긋해진 꼬마 알리샤는 어느 날부터 스스로 입을 다물어 말을 하지 않게 되고, 장애인 학교에 보내져 소녀시절을 보낸다.

17세가 되어 가족은 바닷가 집을 떠나 모스크바로 이주한다. 엄마는 대형 슈퍼마켓에서 종업원으로 일하고 알리샤는 화장실 청소에 봉투 붙이는 일, 광고 간판을 온몸에 쓰고 거리에서 홍보하는 일 등을 전전하면서 살아간다. 어느 날 강물로 뛰어든 샤샤를 구해주고, 잘생긴 외모에 반해서 그를 사랑하게 된다. 샤샤는 타고난 사기꾼 기질로 달의 땅을 분양하면서 호화롭게 살지만 삶은 무미건조하기만 하다. 알리샤는 초록색으로 머리를 염색하고 그의 주위를 떠돌지만, 샤샤는 알리샤에게 전혀 관심이 없다. 자기에게 함부로 대하고 다른 여자를 탐하는 샤샤에게 배신감을 느끼기도 하지만 알리샤의 사랑은 그치지 않는다. 샤샤가 사고를 당하는 암시를 받고, 알리샤는 비행기를 타려는 샤샤를 말려 그의 목숨을 구하지만, 알리샤에게는 또 다른 비극이 기다리고 있다.

영화에는 사실주의적인 묘사와 판타지가 교차해서 나타난다. 가난한 모녀가 일용노동자로 살아가야 하는 거대도시의 현실은 극도로 사실적인 반면, 인어공주이며 발레리나이고 싶은 소녀, 소망하는 것을 이루는 마법을 믿는 소녀의 내면은 환상적이다. 그럼에도 영화의 본령은 인어공주의 원래 운명을 재확인하는 데에서 크게 벗어나지 않아, 사랑에 빠져 목소리를 잃고 배신당하고 죽음에 이르는 비극은 되풀이된다.

안데르센의 인어공주가 왕자의 성으로 온 대신, 알리샤는 소비 자본으로 흥청거리는 모스크바의 한가운데로 온다. 소녀는 이곳에서 굳이 말을 할 필요가 없다. 아무도 소녀의 말 따위는 들어주지 않기 때문이다. 소녀는 때로는 휴대폰 모형을 뒤집어쓰고, 때로는 생맥주잔 모형을 뒤집어쓰고, 거리를 부유하면서 작은 구멍으로 세계를 엿볼 뿐이다. 심지어 모스크바 왕자님은 말만 번지르르한 사기꾼이다. 그래도 그를 사랑하고 구원한다.

바다에서 모스크바에 이르는 알리샤의 길은 수많은 인어공주들이 걸어온 길이기도 한다. 『황금물고기』에서 라일라의 길은 아프리카 대륙과 유럽, 아메리카를 떠돌고 있다. 후기 자본주의 사회에서의 이산의 길을 가는 라일라 또한 인어공주의 후예이다. 팔랑팔랑 휘날리는 알리샤의 초록빛 머리카락과 통통 튀는 발걸음은 그녀의 운명과 무관하게 건강하고 밝다. 열심히 뛰어다니며 일하고, 아파트 창문을 가린 거대한 광고판을 찢어내어 세상을 내다보면서, 모스크바의 인어공주는 스스로 선택한 세계를 간절하게 사랑하려 했다.

소망을 가진 소녀들은 자신들의 바다에서 용감하게 걸어 나온다. 거센 흙탕물이, 거대한 대륙이, 거친 사막이 그녀들을 기다리고 있다. 오늘도 대륙을 횡단하는 인어공주들에게 따뜻한 안부를.

라일라,
진흙탕의 세계를
건너는 법

T 부 인
느.림.의. 속.도.를. 아.는.
사 .랑 .의 . 고 .수

밀란 쿤데라의
『느림』(1993)

어찌하여 느림의 즐거움은 사라져버렸는가?

　산보散步는 느림으로 이루어진 아름다운 창조물이다. 속도를 추구하는 자들에게는 속보速步가 있을지언정 산보란 없다. 느릿한 산책자의 발걸음은 생을 사유하고 살아가는 일의 의미를 새긴다. 그 길에서 어떤 시인은 낙엽 지는 모습에서 부드럽고 안락한 낙법落法을 배운다고 하고, 어떤 시인은 사과가 떨어져 천천히 굴러 편안히 눕는 모습에 경외감을 느낀다고 하며, 어떤 소설가는 자동차가 아닌 자전거를 타고 여행할 때 매순간 자신의 온몸으로 떠받치는 무게와 속도를 즐길 수 있다고 말한다. 모두 자신의 생을 산보할 줄 아는 이들이 읽어낸 느림의 명상들이다.

　속도를 숭배하며 조금이라도 더 빨리 가기 위해 안간힘을 쓰는 요즘, 오히려 느림을 더 절실히 이야기해야 하는지 모른다. 하루에 한 번이라도 하늘을 맘껏 올려다 보는 데 시간을 흘려 써도 좋으련만 각박하게 지내느라 그것조차 하지 못한다. 우리 모두 더 빨리 가려고 속도를 갈망하며 미친 듯 살아가는 이유가 실은 훗날 여유롭고 느리게 살아가기 위해서라고 한다. 언젠가 느리게 살기 위해 지금 빠르게 살아야 한다는 역설과 모순 속에 우리는 살고 있다.

밀란 쿤데라는 『느림』에서 이야기한다. 속도의 엑스터시를 멈추고 느림을 즐길 줄 아는 자만이 자기 인생의 시간을 의식하면서 살 수 있다고. 소설 맨 첫머리에서 화자는 뒤에서 달려오는 자동차들을 사이드미러로 바라보고 있다. 그들은 모두 앞차를 추월할 기미를 엿보면서 추월하지 못해 안달을 하며 앞차들을 저주하고 있다. 모두 기계의 속도에 자기 존재를 위임한 채 본래의 목적을 잃고 그저 속도의 엑스터시에 몰입하고 있는 것이다. 화자는 생각한다. 꽉 막힌 채 서 있는 길 위에서 저 뒤차의 운전자는 왜 옆에 탄 여인에게 재미있는 얘기를 들려주려 하지 않을까, 그는 왜 그녀의 무릎에 다정하게 손을 얹고 천천히 차를 몰려 하지 않을까.

그 운전자처럼 속도에 길들여진 우리도 비슷하게 살고 있기는 마찬가지일 것이다. 빨리 켜지지 않는 컴퓨터를 증오하며 자판을 두드리고, 편지가 오는 시간을 설레며 기다리기는커녕 문자 답장을 빨리 하지 않는 친구를 원망하며 휴대전화를 거칠게 만지작거린다. 빠른 것만 정상이고 느린 것은 모두 비정상인 요즘, 빠르기만 해서는 생각이나 명상이 고일 새 없고 삶의 철학 또한 생겨날 틈이 없는데도 말이다.

밀란 쿤데라가 말하듯, 느림의 정도는 기억의 강도에 비례하고, 빠름의 정도는 망각의 강도에 비례한다. 느리게 다가간 것은 오래도록 기억되고 기억에 각인된 것은 천천히 이루어진 것이게 마련이며, 빨리 다가간 것은 쉽게 잊히고 쉽게 망각되는 것은 대개 서둘러 이루어진 것들이라는 뜻이다. 그뿐인가. 쿤데라는 덧붙인다. 연인 사이의 내밀한 열정과 관능적인 분위기 또한 템포의 느림에서 생겨난다고 말이다. 연애의 욕망 또한 속전속결로 빠르기만 해서는 두 사람의 마음과 몸이 온전히 달아오를 수가 없다고 말이다.

아, 어찌하여 느림의 즐거움은 사라져버렸는가?

T부인과 젊은 기사 이야기

『느림』은 일관된 서사로 진행된다기보다 마치 이 얘기 저 얘기가 풀린 실타래처럼 흩어져 있는 것처럼 보인다. 느릿느릿 즐기며 읽어나가기보다 명료한 줄거리를 원하는 독자들에게는 오히려 난해한 독서가 될 수도 있다.

이 소설은 세 층위로 이루어져 있다. 첫째는 화자이자 소설가인 '나'와 아내 베라의 이야기로, 이들이 등장하는 장면은 많지 않지만 '나'의 시선과 목소리가 소설을 지배한다. 둘째는 이들 부부와 같은 호텔에 묵게 된 곤충학회 사람들 퐁트벵, 벵상, 베르크, 곤충학자 그리고 임마쿨라타와 쥘리의 이야기로, 가장 큰 비중을 차지하는 20세기 사람들의 이야기이다. 셋째는 화자가 상상하는 소설 『내일은 없다』에 등장하는 T부인과 젊은 기사의 이야기로, 가장 핵심적인 내용을 이루는 18세기의 주인공들의 이야기이다. 이 세 층위의 이야기가 시공간을 넘나들며 전개된다.

화자인 '나'와 아내 베라는 프랑스를 여행하던 중 오래된 옛 성을 개조해서 만든 한 호텔에 묵게 된다. '나'는 이 호텔에서 열린 곤충학회에 참가한 사람들의 희한하고 속물적인 모습을 구경하는 한편, 옛 성의 고아한 자취가 짙은 이곳에서 2백 년 전의 소설 『내일은 없다』에 등장하는 관능적이고 우아했던 연인들의 이야기를 꿈처럼 떠올린다.

화자가 상상하는 비방 드농의 소설 『내일은 없다』는 18세기의 낭만주의 소설로, 주인공은 T부인과 그의 정부情婦인 젊은 기사다. T부인은 남편이 있고 다른 정부도 있으며 그 젊은 기사 또한 애인이 있지만, 우연히 만난 그날 두 사람은 서로에게 끌린다. 하지만 사랑의 고수인 T부인은 결코 서두르지 않는다. 그들의 사랑이 로맨틱하고 관능적이고 격정적일 수 있었던 것은 그들의 말과 행위가 아끼듯 조금씩 천천히 진행되었기 때문이다. 흔들리는 마차 안에서 서로에게 조금씩 가닿고, 팔짱을 낀 채 산책을 하며 얘기를 나누고, 마음이 달아오를 때면 다시 걷다가, 어느 사이 키스를 하고, 키스가 자꾸 이어지면 애써 멈추고, 그렇게 달빛 가득한 강과 나무들의 속살거림을 온 몸과 마음으로 함께 느낀다. 무엇보다 T부인과 젊은 기사에게 대화란 시간을 때우는 의례적인 행위가 아니라 자신들의 시간을 조직하고 시간을 지배하는 최고의 행위가 된다.

그리고 이어서 이들과 대조적인 곤충학회 사람들의 이야기가 이어진다. 베르크, 퐁트벵, 뱅상이 등장한다. 우선 지식인 베르크, 그는 현대의 대중 앞에서 어떻게 행동해야 주목받을 수 있는지 잘 알고 처신하는 이른바 "춤꾼"으로 추상적인 대중들에게 자신을 전시하는 노출광이다. 다음은 역사학자 퐁트벵, 그는 어디에도 얽매이지 않는 자유로운 영혼가로 대화의 완급을 조절해 청중을 사로잡는 뜸을 들일 줄 아는 "뜸의 거장"이다. 다음은 곤충학자 뱅상, 그는 퐁트벵을 흠모하면서도 베르크에 가까운, 천성이 얕고 경박한 속물적인 인물이다.

이들의 시끌벅적한 대화에 이어 다시 T부인과 젊은 기사가 등장한다. T부인은 매우 아끼면서 입맞춤을 허락하는데, 키스가 뜨겁게 이어지자 분연히 몸을 일으킨다. 젊은 기사와의 사랑을 최고조로 이끌기 위해 그녀는 파란을, 긴장을, 서스펜스를 만들어 섬세하게, 우아하게, 자연스럽게 상황을 끌어간다. 마음과 몸의 열정을 가능한 오랫동안 연장시키는 것, 화자는 이를 '예술'이라고 표현한다. T부인과 젊은 기사의 사랑에는 광기도 광란도 몰이성도 자아의 망각도 없다. T부인은 느림의 지혜와 감속의 기법을 다해 젊은 기사를 정자 안으

로 이끌어 사랑을 나눈다. 하지만 그녀는 다시 사랑을 멈추고 산책을 하자고 한다. 그리고 마침내 젊은 기사를 자신의 밀실로 이끈다. 그들은 애써 심장 박동을 누르면서 밤새 오랫동안 사랑을 나눈다.

한편 현실에서는 드디어 곤충학회가 시작된다. 앞뒤 분간 없이 나서는 베르크와 뱅상은 상황을 엉망으로 만든다. 청중 앞에 나서길 좋아하는 베르크는 여전히 허황한 헛소리들을 늘어놓아 빈축을 사고, 자신에게 유일하게 찬사를 보내는 여자친구 임마쿨라타에게 "이 늙은 똥갈보야!"라며 심한 욕설을 퍼붓는다. 뱅상 또한 과장된 허튼 소리로 관심을 끌려다가 모욕을 당하지만, 쥘리라는 아가씨를 만나 어이없는 행동을 하며 모욕의 악몽을 잊으려 한다. 쥘리를 정복한다는 어리석은 기분에 취해 키스와 애무를 퍼붓다가 뱅상은 엉뚱한 생각에 사로잡힌다. 그녀의 똥구멍을 상상한 것이다! 뱅상은 내내 그녀의 똥구멍 생각에만 사로잡히고 쥘리는 천박한 말로 그를 부추긴다. 그리고는 둘 다 옷을 다 벗어던지고 수영장으로 뛰어들어 상소리를 지르며 뛰어다니다 급기야 성교를 벌인다. 결국 일파만파 엉뚱하고도 난잡한 지경에 이른다.

이야기는 클라이맥스로 치닫는다. 밤새도록 T부인과 사랑을 나누고 밀실을 빠져나온 젊은 기사는 정원에서 T부인의 진짜 정부인 후작을 만난다. 후작은 기사에게 T부인이 남편에게 자신들의 관계를 의심받지 않기 위해 젊은 기사를 이용한 것뿐이라며 그를 조롱한다. T부인은 사랑스럽고 정숙하고 완벽한 여성이며 그녀의 유일한 약점은 몸이 차다는 것뿐이라고 덧붙인다. 젊은 기사는 순간 당혹스러워 하지만 그녀의 진심과 자신의 진실을 헤아린다. 그리고 후작의 말과 달리 그녀의 몸이 한없이 뜨거웠던 것을 기억한다.

마지막 장면이다. 200여 년의 시간을 훌쩍 건너 호텔 안뜰에서 18세기의 젊은 기사와 20세기의 벵상이 만난다. 20세기의 벵상은 저쪽에서 다가오는 더없이 진지한 눈빛을 가진 18세기의 젊은 기사를 바라본다. 먼저 벵상이 경망스럽게 말한다. "난 지금 기막힌 하룻밤을 보낸 참이라네. 기묘한, 매우 기묘한, 믿을 수 없는 하룻밤." 순간, 젊은 기사도 생각한다. "기막힌 하룻밤", 정작 중요한 것은 후작의 말 따위가 아니라 자신이 겪은 그 밤의 아름다움이었음을.

너스레를 떨지만 지난밤의 악몽을 빨리 잊고 싶은 벵상은 오토바이를 향한 강렬한 욕구를 느껴 단호한 걸음으로 서둘러 가고, 전날 밤의 기억을 오래 기억하고 싶은 젊은 기사는 손가락에 남은 사랑의 체취를 아끼며 천천히 마차 쪽으로 걸어간다. 오토바이의 광폭한 속도에서 모든 것을 잊고 싶어 하는 벵상, 마차를 향해 걷지만 점점 느리게 걸어가는 젊은 기사……. 오래 기억하고 싶은 일을 회상할 때에는 자신도 모르게 발걸음을 늦추고, 잊고 싶은 일이 떠올랐을 때에는 자신도 모르게 발걸음이 빨라지는 이치이다. 느림의 정도는 기억의 강도에 정비례하고, 빠름의 정도는 망각의 강도에 정비례한다. 그래서 화자는 젊은 기사의 점점 느려지는 걸음걸이, 그 화려한 느림 속에서 행복의 징표를 엿본다.

T부인,
느림의 속도를 아는
사랑의 고수

욕망의 아취, 욕정의 속취

『느림』은 정좌하고 앉아 읽기에는 어울리지 않는 소설이다. 조금은 방만해보이는 자세로 비스듬히 앉아서 읽어도 좋다. T부인과 젊은 기사의 애정 행각을 읽을 때는 조금씩 달아오르는 긴장에 침을 삼키기도 할 것이고, 벵상의 머릿속을 가득 채운 "똥구멍"이란 말이 그의 입 밖으로 튀어나올 때에는 폭소를 터뜨리기도 할 것이다. "종종 당신은 언젠가는 단 한 마디도 진지하지 않은 그런 소설을 쓰고 싶다고 말했어요, 당신의 즐거움을 위한 거대한 장난질을." 소설 속에서 아내가 화자에게 하는 말이다. 즐거움을 위한 거대한 장난질, 이는 소설 『느림』을 가장 잘 요약해주는 말이기도 하다.

『느림』은 번잡한 삶에 불쑥 끼어든 농담 같은 소설이다. 천천히 느리게 살아보라고 말하지는 않지만 바쁘고 분주한 삶들을 멀찍이서 바라보다가 유쾌하게 뒤통수를 한 대 치는 것 같기도 하다. 이야기의 인과성이나 내용의 전개가 빨리 찾아지지 않는다고 불평하는 사람은 즐거움을 위한 거대한 장난질을 함께 누리지 못하는 사람이라고 할 수 있다.

작가는 아름다운 '옛 성城'을 개조해서 만든 '호텔'을 배경으로 18세기 욕망의 아취雅趣와 20세기 욕정의 속취俗趣를 이야기한다. 『느림』이라는 소설 속에 『내일은 없다』라는 18세기 소설을 끼워 넣어,

과거에 이 성에서 사랑을 나눴던 연인들의 이야기와 현재 호텔에 묵고 있는 사람들의 이야기를 대비한다. 이곳은 고성古城과 호텔, 옛날과 현재, 과거의 연인과 현재의 남녀, 현실과 상상을 모두 담은 다층적 시공간이 된다. 정자와 숲길과 밀실은 과거 연인들의 공간이고, 학회장과 객실과 수영장은 현재 등장인물들의 공간이며, 안뜰은 과거와 현재가 만나는 상징적인 공간이다.

이 소설에서 중요한 것은 사랑의 욕망이 성취되는 속도다. 현재의 모습은 속취로, 과거의 모습은 아취로 대비되는데, 현대인들의 사랑과 욕정은 속도의 엑스터시만 좇는 성교에 지나지 않으며, 그것은 오래 전 T부인과 젊은 기사가 나눈 단 한 번의 입맞춤보다도 못한 것이 된다. 화자의 말처럼, 요즘 들어 늘 입에 오르내리는 오르가즘이라는 말은 실리와 효율이 극대화된 성교일 뿐이며, 소설 속에서 뱅상이 외치는 "너 하고 싶니, 나도 하고 싶어, 그럼 시간 낭비하지 말자구!"라고 외치는 욕정은 쾌락의 진수를 모르는 천한 행각일 뿐이다.

정복욕을 과시하며 속도를 숭배하는 천박한 언행은 매번 희화화되고 조롱당한다. 뱅상과 쥘리는 서로에게 정복 대상이 되어 공공장소인 수영장에서 벌거벗은 채 뛰어다니고, 베르크는 짝사랑했던 옛 여자친구에게 남들 앞에서 복수라도 하듯 "늙은 똥갈보야"라는 끔찍한 욕설을 퍼붓는다. 이들의 엉뚱한 행동은 그날 밤 수영장을 난교 파티 장소로 만들어버리는 기상천외한 추잡한 일로 번진다. 속도의 완급, 타인에 대한 배려, 사랑과 욕망의 점화, 그 어느 하나 조절할 줄 모르는 이들이 벌인 그야말로 "기가 막힌 밤"의 해프닝일 뿐이었다.

　18세기의 연인들은 달랐다. 이들은 느림의 지혜와 감속의 기법을 다해 자신들의 욕망을 숨 막히는 긴장으로 이끈다. 이들은 입맞춤도 포옹도 애무도 아꼈기에 점점 더 애달았고 마침내 사랑의 밀도를 절정으로 이끌었다. 사랑과 욕망에 이르는 속도, 템포의 느림을 조절하는 "예술"을 행한 T부인은 정신이 아뜩하도록 사랑의 클라이맥스에 다다르는 속도를 제어할 줄 알았다. 일견 부도덕해 보이는 T부인의 사랑모험은 저 20세기 청춘남녀들, 즉 뱅상과 쥘리, 베르크와 임마쿨라타가 벌인 사랑보다 오히려 사랑과 욕망에 대해 도덕적인, 아니 도덕의 금기에서조차 해방된 사랑과 욕망의 순정한 쾌락을 보여준다. 화자는 말한다. "남편에게 거짓말했고, 정부였던 후작에게 거짓말했고, 젊은 기사에게 거짓말했던 T부인이야말로 사랑을 모험한 모럴의 화신"이라고, 그녀야말로 도덕적 금기의 안개에서 벗어난 유토피아적 쾌락을 아는 자라고. 그녀와 깊고 그윽한 사랑을 밤새 나눈 젊은 기사는 손가락에 남은 T부인의 체취를 아끼듯 꼭 쥔 채 느릿느릿 마차에 올라타며 나른한 혼몽 속에서 애틋하게 그녀를 그린다.

　물론 18세기와 20세기가 극단적으로 대조되는 것만은 아니다. 퐁트벵은 20세기 인물이지만 18세기적 인물이기도 해서 베르크나 뱅상과 달리 속도를 제어하고 조절할 줄 안다. 이는 "뜸을 들인다"는 그의 행동으로 상징된다. 퐁트벵의 "뜸"은 말하고 행동할 때 일정 시간을 두는 방식이다. 그는 청중을 사로잡아 자신의 생각을 전달하는 속도를 창조할 줄 안다. 즉, 사람들은 퐁트벵이 뜸을 들이는 시간 동안 그의 말을 기다리게 되고, 그가 낮고 감미로운 목소리로 이야기를 이어가는 순간, 열광한다. 이는 퐁트벵이 시간의 속도를 아는 역사학자이기 때문이기도 하지만 느림의 묘를 발휘하는 예술을 알았기 때문이다. 절정에 이르는 호흡을 조절할 줄 모르고 그저 내닫는 베르크와 뱅상에 비해 퐁트벵은 속도를 휘어잡아 자신의 시간으로 창조한다. 20세기의 인물 퐁트벵 역시 느림의 예술을 아는 진정한 "뜸의 거장"이었던 것이다.

"화려한 느림"이라는 말도 새길 만하다. 느림은 게으름이 아니고 빠름은 부지런함이 아니다. 느림은 빠름에 비해 우아하고 기품이 있다. 속도의 엑스터시, 속도의 욕망, 망각의 욕망에 브레이크를 걸 줄 아는 사람만이 느림의 지혜와 감속의 기법으로 자신의 시간을 격조 있게 창조할 수 있다. 생에 대한 진지한 사유는 느림에서 시작되며, 사유가 없는 삶은 공허한 추상일 뿐이다. 진정한 느림은 시간을 붙잡아 자신의 시간으로 창조하는 것을 말한다. 『느리게 산다는 것의 의미』에서 피에르 쌍소는 "느림은 부드럽고 우아하고 배려 깊은 삶의 방식" 그리고 "나 자신을 잊어버리지 않을 능력"이라고 표현한다.

모든 움직임을 느린 시선으로 붙잡으면 아름답다. 물방울이 떨어지는 모습을 느린 시선으로 잡으면 아름다운 왕관 현상이 보이고, 사람들이 걷고 뛰는 일상적인 모습도 느린 시선으로 잡으면 춤을 추는 것처럼 보인다. 서로 다른 우주를 지닌 두 사람이 만나 사랑을 하게 될 때, 두 사람의 공기가 섞이는 데만도 얼마나 많은 시간이 필요할 것인가. 그러니 시간과 사람과 세계 속으로 좀 더 천천히, 차근차근, 우아하게 다가가 들어서도 좋을 것이다. 정복욕과 과시욕으로 팽창했던 지난밤을 떨치려 속도의 엑스터시에 몸을 맡긴 채 오토바이를 타고 떠나버린 20세기의 벵상, 아름다운 지난밤을 기억하며 사랑을 연장하기 위해 화려한 느림의 잔영 속에 천천히 마차로 걸어가는 18세기의 젊은 기사, 그들의 뒷모습은 삶의 속도를 다시 생각하게 한다.

즐거움을 위한 거대한 장난질

밀란 쿤데라(1929~)는 카프카와 더불어 프라하를 떠오르게 하는 가장 대표적인 작가이다. 쿤데라는 체코의 브르노에서 태어났다. 그의 아버지는 야나체크 음악원의 교수이자 저명한 음악가였는데 쿤데라 역시 아버지에게 피아노와 음악이론을 배워 훗날 소설의 아이디어로 삼기도 했다. 카렐대학에서 문학과 미학을 전공하던 쿤데라는 프라하의 공연예술아카데미의 영화학부로 옮겨 영화와 희곡을 배운다. 체코 공산당에 영향을 받은 동시대 젊은이들처럼 쿤데라도 1948년 공산당에 입당해 사회주의 운동에 열의를 보였다. 『농담』(1968)은 체코 사회주의의 전체주의적 특성을 풍자한 소설로, 경직된 체제 속에서 농담조로 사회주의 이념가를 조롱한 말 한 마디 실수 때문에 파란만장한 삶을 살게 되는 한 남자의 이야기다.

'인간의 얼굴을 한 사회주의'라는 행동 강령 아래 언론 및 집회와 출판이 자유화되는 등 체코의 민주자유화운동인 '프라하의 봄'이 일어나지만, 이 움직임이 동유럽 국가에 영향을 미칠 것을 두려워한 소련은 1968년 체코를 침공하여 자유화 물결을 탄압했고 민주화운동을 일시에 저지하며 개혁파 지도자들을 숙청했다. 쿤데라 역시 이때 블랙리스트에 올라 모든 직위에서 해제되고 집필은 금지되었으며 저서는 압수당했다.

쿤데라는 1975년 프랑스로 망명한다. 여기서 그는 체코 시민들이 소련 체제에 저항하는 이야기 『웃음과 망각의 책』(1975)을 집필하고 세계적인 대표작 『참을 수 없는 존재의 가벼움』(1984)을 발표한다. 이 소설은 네 명의 젊은이, 테레사와 토마스와 사비나와 프란츠가 사랑의 진지함과 가벼움, 정신과 육체의 가벼움과 무거움, 개인과 역사 등을 관통하며 자기 정체성을 고통스럽게 세워 나가는 매력적인 소설이다. 이 소설 역시 프라하의 봄을 역사적 배경으로 삼고 있는데, 주인공들의 사랑과 운명이 정치적 현실의 억압 속에서 마멸되어가는 부분과 주인공들이 예상치 못한 죽음에 맞닥뜨리는 마지막 부분을 읽을 때 한참 통증을 느끼게 된다. 『참을 수 없는 존재의 가벼움』은 『타임』지에 의해 1980년대 세계 10대 소설로 꼽힌 바 있으며, 1988년 필립 카우프만에 의해 영화화되어 〈프라하의 봄〉으로 개봉되었다.

그의 대표작들이 프라하의 봄이라는 역사적 사건에서 비롯되고

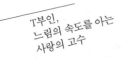
T부인,
느림의 속도를 아는
사랑의 고수

있음에도 불구하고 쿤데라는 자신을 정치적 혹은 반체제적 작가로 인정하는 것을 거부한다. 그는 소설의 고정관념을 깨는 자유롭고 다채로운 형식, 넘치는 위트와 격조 있는 문장, 해학과 지성의 조화, 현실의 삶을 관통하는 단단한 자기철학 등에 중점을 둔다. 그는 자유로운 사색과 상상력, 특히 '무책임할 정도로 자유로운' 정신을 최고의 가치로 극찬하는데, 『농담』, 『느림』, 『정체성』, 『참을 수 없는 존재의 가벼움』, 『불멸』 등 그의 어느 작품을 떠올려도 선뜻 동의하게 된다.

쿤데라는 자신의 사적인 삶에 대한 정보가 밖으로 나가는 것을 엄격히 통제하는 것으로도 유명하다. 가장 최근에 펴낸 책에 쓰여진 그의 이력은 심지어 단 두 문장, "체코슬로바키아에서 태어났다. 1975년 프랑스에 정착했다"일 정도다. 그는 체코에서 쫓겨난 자신을 받아들여 작가로 정착하고 성공하게 한 프랑스를 '작가로서의 조국'이라고 부른다. 그러면서 자신을 '작가crivain'가 아닌 '소설가romancier'라고 칭하는데, 다른 어떤 예술이 아니라 소설만이 유일하게 삶에 의미를 주는 것이기 때문이라고 설명한다. 최근 펴낸 『커튼—소설을 둘러싼 일곱 가지 이야기』에서 쿤데라는 이미 주어진 선先해석의 커튼을 찢어버리고 새로운 세계를 활짝 여는 전연 낯선 기법으로 쓰여진 소설이야말로 소설이 예술임을 증명하는 것이라고 역설한다. 새로운 발상으로 '즐거움을 위한 거대한 장난질' 같은 소설을 쓴 『느림』의 화자 역시 소설의 낡은 커튼들을 찢고 새로운 소설 세계를 열어온 밀란 쿤데라와 가장 가까운 모습일 것이다.

오토바이 위에 몸을 구부리고 있는 사람은 오직 제 현재 순간에만 집중할 수 있을 뿐이다. 그는 과거나 미래로부터 단절된 한 조각 시간에 매달린다. 그는 시간의 연속에서 빠져나와 있다. 그는 시간의 바깥에 있다. 달리 말해서, 그는 엑스터시 상태에 있다. 그런 상태에서는 자신의 나이, 자신의 아내, 자신의 아이들, 자신의 근심거리 따위를 전혀 알지 못하며, 따라서 그는 두려울 게 없다, 두려움의 원천은 미래에 있고, 미래로부터 해방된 자는 아무것도 겁날 게 없는 까닭이다.

나는 마차 쪽으로 천천히 가는 나의 기사를 좀 더 바라보고 싶다. 그의 걸음걸이의 리듬을 음미해보고 싶다. 그가 앞으로 나아갈수록, 그의 걸음걸이들은 느려진다. 저 느림 안에서, 나는 행복의 어떤 징표를 알아보는 듯하다.

웬 사내가 길을 걸어가고 있다. 문득, 그가 뭔가를 회상하고자 하는데 기억이 나지 않는다. 그 순간 기계적으로 그는 자신의 발걸음을 늦춘다. 반면, 자신이 방금 겪은 어떤 끔찍한 사고를 잊어버리고자 하는 자는, 시간상 아직도 자기와 너무나 가까운, 자신의 현재 위

T부인,
느림의 속도를 아는
사랑의 고수

치로부터 어서 빨리 멀어지고 싶다는 듯 자기도 모르게 걸음을 빨리
한다.

어찌하여 느림의 즐거움은 사라져버렸는가? 아, 어디에 있는가, 옛
날의 그 한량들은? 민요들 속의 그 게으른 주인공들, 이 방앗간 저
방앗간을 어슬렁거리며 총총한 별 아래 잠자던 그 방랑객들은? 시
골길, 초원, 숲속의 빈터, 자연과 더불어 사라져버렸는가? 한 체코
격언은 그들의 그 고요한 한가로움을 하나의 은유로써 이렇게 정의
하고 있다. 그들은 신의 창窓들을 관조하고 있다고. 신의 창들을 관
조하는 자는 따분하지 않다. 그는 행복하다.

비포 선라이즈

원작, 감독 ┃ 리차드 링클레이터

영화 〈비포 선라이즈〉와 〈비포 선셋〉은 자그마치 9년이라는 세월을 가뿐히 잇는 것처럼 보인다. 실제로도 9년 만에 같은 감독과 같은 배우가 모여 만든 이 두 편의 영화는 시간이 사랑을 무뎌지게 하고 마모시키는 위력을 지닌 것만은 아님을 보여준다. 시간의 결이 사랑 속에 새기는 무늬, 나이 들어가는 일의 아름다움, 의연하고 부드럽게 생겨진 얼굴과 마음의 주름살, 그리고 일상이 쌓여 인생이 되어가는 방식을 섬세하게 보여준다.

이십 대의 청춘남녀 제시와 셀린느는 우연히 기차에서 만나 하루의 여행에 동행한다. 셀린느는 부다페스트에서 할머니와 지내다가 파리에 있는 대학으로 돌아가는 길이고, 제시는 실연의 상처를 안고 미국행 비행기를 타기 위해 비엔나로 가는 길이다. 소년처럼 천진한 열정으로 가득한 제시, 당당하고 사려 깊고 주관이 뚜렷한 셀린느. 이들은 길지 않은 시간 동안 대화와 소통의 희열을 공유하며 서로에게 강하게 이끌린다.

헤어지기가 아쉬운 두 사람은 비엔나에서 함께 내려 이야기를 좀 더 이어 가기로 한다. 그들은 비엔나 거리를 구석구석 걸으며 끊임없이 얘기를 나눈다. 삶과 죽음, 결혼과 직업, 사랑과 성, 부모와 자녀, 여자와 남자, 젊음과 미래, 인생과 종교 등 그들을 둘러싼 모든 것에 대해 얘기를 나누며 더할 나위 없는 교감을 느낀다. 그들이 나누는 진지한 대화는 일상적이고 철학적이며, 현실과 이상의 경계를 오가되 순수하고 사랑스럽다.

전쟁을 싫어하고 대중매체와 파시즘을 비판하며 투쟁과 혁명을 신뢰하며 모험가와 탐험가가 되기를 꿈꾸는 셀린느, 그녀는 아름답고 지적이며 진지하고 발랄하다. 스스로를 낙오자라고 말하지만 삶을 긍정적으로 신뢰하는 제시, 그는 순수하고 열정적이다. 셀린느는 자신의 삶을 '노파가 추억하는 삶'이라고 묘사하고, 제시는 자신의 인생을 '꼬마가 인생을 연기하는 삶'이라고 표현한다. 그들은 거리에서 여러 사람들을 만난다. 자신들이 출연하는 연극에 오라고 표를 주는 젊은이들, 무덤에 누운 열세 살짜리 여자아이, 즉석에서 시를 써서 읽어주는 다뉴브 강가의 시인, 손금을 봐주며 '두 분은 별이에요'라고 말해주는 점쟁이…….

하루 동안 최고의 밀도로 여행을 함께 한 두 사람, 가장 아름다운 장면은 비엔나의 한 음악감상실에서 둘이 서로의 옆모습을 훔쳐보면서 시선을 비껴가며 호감을 느끼고 설레는 장면이다. 셀린느와 제시는 대화에서 교감과 사랑을 느끼지만 자신의 마음을 내놓고 드러내지는 못한다. 사랑이 시작되었지만 내일 새벽 해가 뜨기 전에 각자 자신이 돌아갈 곳으로 꼭 가야만 하고 결국은 헤어져야 할 것을 알고 있기 때문이다. 성인답게 이성적으로 헤어지자고, 모든 관계가 꼭 영원해야만 하는 것은 아니라고, 우리의 미래는 우리도 모르는 것이라고 서로 위로하듯 얘기하면서 그들은 헤어진다. 그리고 마지막 순간, 그들은 약속한다. 우리가 처음 만난 6월 16일로부터 6개월 후 이곳에서 다시 만나자고. 그들이 그날 그곳에서 다시 만났는지 하루의 풋사랑에 그치고 말았는지, 영화는 후일담을 말해주지 않는다.

놀라운 것은 9년 후의 이야기 〈비포 선셋〉이다. 하루라는 시간이 사랑을 시작하기에는 충분한 시간이지만, 그 사랑을 그대로 뜨겁고 순수하게 지니기에 9년은 분명 긴 시간이다. 하지만 그들은 9년 동안 서로를 열렬히 그리워하다가 9년 만에 극적으로 해후한다. 다시 만났을 때 그들의 심장은 그날처럼 뛰었을까, 숨이 멎듯 심장이 멈췄을까?

다시 만난 그들은 얘기한다. 삶은 사람과의 만남들로 이루어지는 것이라고, 행복은 소유하는 것이 아니라 행동하는 것이라고, 삶의 모든 순간에는 다른 순간들이 늘 겹쳐 있다고, 9년 전 그날 모든 것을 바쳐 사랑했기 때문에 그날 이후 다른 사람을 사랑할 심장이 식어버렸다고……. 환경운동가로 일하고 있는 셀린느와 작가가 된 제시. 제시는 여전히 자신을 생생히 기억하고 사랑하는 그녀 때문에, 셀린느는 자신과의 하루 여행을 멋진 소설로 써서 작가가 되어 파리에 온 그 때문에, 사랑과 고통과 희열이 뒤섞이는 시간을 보낸다. 그들은 파리의 골목들을 걸으며 길고 긴 얘기를 나누고 내내 기쁨과 설렘을 느낀다. 하지만 비포 선셋, 이번에는 해가 지기 전에 헤어져야 한다.

9년 만의 만남이라면 그것은 사랑을 견고하게 하는 느림의 미학에 관한 시간이라기보다 망각과 추억에 어울리는 시간일지 모른다. 하지만 그들은 다시 만나 여전히 그날처럼 사랑한다. 해가 뜨기 전에 헤어져야 했던 그날처럼 이제 그들은 해가 지기 전에 헤어져야 한다. 그들의 사랑은 어떻게 될까, 9년 동안 벼리고 달인 사랑은……. 셀린느는 〈비포 선라이즈〉에서 말했다. "사람들은 아무리 사랑해도 시간이 지나면 권태를 느끼고 지친다고 하지. 난 한 사람의 모든 것을 알게 되고 이해하게 되어야 사랑하게 된다고 생각해. 그러니까 진정한 사랑을 하기 위해서는 오랜 시간이 걸릴

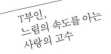

T부인,
느림의 속도를 아는
사랑의 고수

거야." 사랑을 이루는 데 9년이라는 시간은 황홀한 느림의 시간, 심장의 박
동과 미동을 다스리는 리듬의 시간이 될 수도 있음을 이 영화는 보여준다.

방 드 르 디
문.명.의. 얼.굴. 저.편

미셀 투르니에의
『방드르디, 태평양의 끝』(1964)

18세기의 로빈슨 크루소, 무인도를 개척하다

멋진 범선을 타고 항해하다가 돌연 태풍을 만난다. 배는 산산조각이 나고 홀로 낯선 해변에서 눈을 뜬다. 무인도, 아무도 살지 않는 야생의 섬에서 살아남아야 하는 낯선 운명과 대면한다. 당신은 이 고독한 섬에서 맨 먼저 무엇을 할 것인가?

1659년, 대서양 카리브 해의 어느 섬에 난파당한 영국인 로빈슨 크루소는 씩씩하게 몸을 일으켜 무인도를 개척해간다. 로빈슨은 절대 고독을 극복하면서 근면함과 신앙심으로 야만의 섬을 작은 영국으로 변화시킨다. 그는 노예인 프라이데이의 왕이었으며, 풍요로운 섬의 영주였다. 28년 만에 배가 와서 로빈슨은 드디어 섬에서 나가게 되고, 문명세계로 성공적으로 귀환한다. 다니엘 디포Daniel Defoe (1660~1731)가 1719년에 출판한 『로빈슨 크루소』는 출판 당시부터 베스트

셀러로 이름을 날렸으며, 최초의 근대소설이자 성서 이후 가장 빈번하게 번역 출판된 작품이라는 화려한 명성을 얻는다.

로빈슨 크루소라는 인물형은 이후로도 철학과 사회학, 경제학, 문학 등 다양한 분야에 지속적으로 영감을 주었다. 루소Jean-Jacques Rousseau(1712~1778)는 그의 유명한 저서 『에밀』에서 아이를 양육할 때는 책을 읽히지 말고 자연상태에서 키워야 하나, 어릴 때 읽혀야 할 단 한 권의 책이 있다면 바로 『로빈슨 크루소』라고 했다. 로빈슨의 이야기를 고독한 개인이 야만성을 극복하고 인간으로서 성장해가는 교육적 모델이라고 평가한 것이다. 마르크스Karl Marx(1712~1778)는 『자본론』에서 능력과 노동을 들인 만큼 상품의 가치가 결정된다는 노동가치설을 설명하는 예로 로빈슨 크루소를 들고 있다. 또 많은 경제학자들이 노동을 통해 잉여가치를 창출하고 자본을 축적하는 부르주아의 탄생을 로빈슨의 모델을 통해서 설명하고 있다.

로빈슨 크루소의 모티프를 변용한 작품들도 있다. 쥘 베른은 『15소년 표류기』에서 개인이 아닌 다수의 소년들이 무인도에서 자연과 싸우며 살아남는 이야기를 그리고 있으며, 윌리엄 골딩의 『파리대왕』에서는 조난당한 소년들을 통해 인간의 악마적 본성을 관찰해낸다. 이브 없는 아담이었던 로빈슨에게 짝을 만들어주어 낭만적 사랑에 대한 상상을 한껏 자극한 영화도 있다. 영화 〈푸른 산호초Blue Lagoon〉(1980)에서는 소년과 소녀가 아름다운 무인도에서 살아남아 사랑과 성에 눈떠 가는 스토리가 낭만적으로 펼쳐진다. 로빈슨 크루

소의 줄거리를 현대적으로 각색한 영화인 〈캐스트 어웨이Cast Away〉
(2000)에서는 일 분 일 초를 다투며 살아가는 샐러리맨이 야생의 무인
도에 내던져져 고독을 견디며 생존하는 과정을 리얼하게 재현한다.

인간은 왜 무인도에서의 모험을 꿈꾸는 것일까? 제도와 질서, 복
잡한 인간관계를 홀홀 털어버리고 벌거벗은 나와 대면하고 싶은 욕
망에서일까? 아니면 아무도 방해하지 않는 나만의 세계에서 창조주
의 역할을 해보고 싶기 때문일까? 18세기에 다니엘 디포는 이성의 힘
으로 야만의 자연을 개척하고 지배하는 고독한 근대인을 무인도의 왕
으로 세웠다.

그런데 20세기 중반, 로빈슨 크루소가 다시 새롭게 탄생하였다.
프랑스의 작가 미셸 트루니에(1924~)가 창조해낸 로빈슨은 대서양
이 아닌 태평양의 한 섬에 난파된다. 이번에는 프라이데이 대신 방드
르디(프랑스어로 금요일이라는 뜻)가 등장한다. 주인공들과 이야기의
기본 틀은 디포의 작품과 같지만, 그들의 관계와 섬 생활은 전혀 다
르다. 20세기가 탄생시킨 새로운 로빈슨 크루소는 무인도에서 어떤
선택을 할까?

방드르디와 크루소 이야기

미셸 투르니에가 1964년에 발표한 『방드르디, 태평양의 끝』은 다

니엘 디포의 로빈슨 크루소를 완전히 다시 새로 쓴 작품이다.

이 작품의 주인공인 영국인 로빈슨 크루소는 1759년(디포의 로빈
슨보다 100년 후에) 항해 중에 태풍을 만나 낯선 모래톱으로 밀려온다.
무인도에 혼자 살아남았음을 깨달은 그는 구조를 애타게 기다리지만
소용이 없다. 마음을 고쳐먹고 이 탄식의 섬을 탈출할 계획을 세운
로빈슨은 오랜 시간에 걸쳐 '탈출호' 라는 이름의 배 한 척을 만든다.
각고의 노력 끝에 배가 완성되지만, 그는 배를 바다까지 끌고 갈 방
법이 없음을 깨닫는다. 극도의 피로와 분노는 삶의 의욕을 송두리째
빼앗아가고 만다.

모기떼가 득실거리고 멧돼지 떼가 우글거리는 더러운 진창에 로
빈슨은 쓰러지듯 눕는다. 아무것이나 닥치는 대로 먹고 그대로 배설
하고, 배설물 사이를 뒹굴며 그는 동물 상태로 퇴화해갔다. 온몸이
오물 뒤범벅이 되며 의식은 몽롱해져간다. 환상이 보이고 그는 점점
미쳐가고 있음을 느낀다. 광활한 바다가 자신을 광기의 심연으로 밀
어내고 있음을 깨닫는 순간, 그는 미지의 섬에서 운명을 다시 거머쥐
어야 함을 생각하며, 몸을 일으켜 섬 한가운데로 걸어들어 간다.

무기력한 상실의 시간에서 벗어나 개척과 지배의 시대가 열린다.
로빈슨은 섬을 탐험하며 자신에게 필요한 재원들을 파악한다. 난파
한 배에서 필요한 물건을 모두 실어와 섬의 한가운데에 있는 동굴에
옮겨놓는다. 의복, 은식기, 거울 등 인간사회의 유물적 가치를 지닌
물건은 하나도 남김없이 저장한다. 만약을 대비해 가장 은밀한 동굴

의 중앙에 화약을 숨겨두고, 항해일지에 일상과 내적 명상과 과거의 추억 등 모든 것을 기록하기 시작한다. 그는 섬의 지도를 완성하고, 정열적인 이탈리아 여성과의 추억을 상기시키는 스페란차라는 밝은 이름을 섬에 붙여준다.

로빈슨은 스페란차에 도덕적 질서를 부여하여 야만의 섬을 조직하고 정돈하고자 한다. 낙원을 소유한 아담처럼 그는 스페란차의 주인으로서 섬을 지배해 나간다. 무인도의 왕들이 그랬듯이 그는 씨를 뿌리고 근면하게 노동을 하고 집을 지었다. 규칙을 정해 생산과 소비를 조절했으며, 섬의 자원을 골고루 개발하기 위해 가축을 기르고 양봉과 양식을 하고 마른 과일, 잼, 훈제고기, 치즈 등의 저장식품을 만들어 비축한다. 또 섬을 합리적 질서에 의해 다스리기 위해 각종 도량형의 표준 기구들을 정비하고, 물시계를 만들어 일과표를 정하고, 섬을 통치하는 법을 제정하고 스스로 총통의 자리에 오른다.

그런데 야만의 섬을 개척하여 작은 문명세계를 재건하는 왕좌에 올랐다 할지라도, 그는 여전히 처절하게 혼자였다. 타자와의 교류가 전혀 없는 절대고독은 정체성에 혼란을 가져왔으며, 때로는 착시와 환상을 일으켰다. 섬을 통제하고 자신을 규율에 가둘수록 무엇인가 스스로가 비인간화되어 간다는 느낌에 로빈슨은 불안했다.

그러던 어느 날 물시계가 멈추어버리는 사건이 일어난다. 인공적으로 부여한 시간의 통제가 사라져버린 그 정적의 짧은 한순간에 로빈슨은 말할 수 없는 희열과 자유를 경험한다. 통제의 대상이기만 했

던 섬 안에 숨겨진 비밀스러운 세계를 어렴풋하게 느낀 것이다.

로빈슨의 탐험은 이제 섬 안의 또 다른 세계를 향한다. 화약을 저장해놓은 섬 중앙의 커다란 동굴이 섬의 어떤 비밀을 간직하고 있다는 생각을 하기 시작한다. 그는 동굴의 가장 안쪽까지 들어가, 절대적인 고요가 깃들어 있는 암흑 속 동굴의 가장 깊숙한 곳에서 한 사람이 겨우 들어갈 만한 좁은 구멍을 발견한다. 마치 어머니의 자궁 같기도 한 그곳에 벌거벗은 채로 들어가 태아처럼 몸을 웅크리고 비밀스러운 평화에 잠겨든다. 로빈슨은 이제 섬의 양분을 받아먹고 자라나는 태아이며, 스페란차는 그의 생명을 키우는 자궁이자 어머니가 된다.

동굴에서의 묵상은 섬과 로빈슨의 관계를 점점 변화시킨다. 그동안 힘써온 경작, 목축, 건설, 행정 등의 문명화작업이 너무 외면적이고 공허하다는 생각을 한다. 애써 가꾸어놓은 논이며 저수지, 수확을 해서 헛간에 쌓아놓은 밀과 보리도 그의 근원적인 고독을 치유해 줄 수 있는 것이 아님을 느낀다.

하지만 스페란차는 달랐다. 어머니인 섬은 이제는 더 나아가 관능적인 애인으로 살아난다. 스페란차의 초원에 있는 부드러운 장밋빛 골짜기를 그는 특히 사랑했다. 그곳에 누워 거대한 대지의 몸을 껴안고 대지의 부식토에 온몸을 담그면 스페란차는 그에 응답하여 생명과 죽음의 냄새가 가득한 신비로운 자연의 입김을 그에게 뿜어주었다. 스페란차는 달콤하게 그에게 말을 걸고, 그가 부르는 사랑의 시에 환호하며 대답을 하기도 한다. 대지와의 황홀한 혼인! 생명과 죽음을 관장하는 대지와의 완전한 결합을 통해 로빈슨은 인간적 경계를 넘어서 자연의 일부가 되어갔다. 로빈슨의 내부에서 총통과는 전연 다른 인간이 꿈틀거리고 있었다.

이때 섬에 새로운 인간이 나타난다. 섬에 야만인들의 배가 잠깐 들르고, 제물이었던 15세 인디언 혼혈 소년을 로빈슨이 구해주게 된다. 자신의 문명에 비하여 지독하게 열등한 잡종인 이 혼혈아를 로빈슨은 자기가 만들어 놓은 질서정연한 체제의 노예로 예속시키기로 한다. 그리고 완벽한 인간일 수 없는 이 야만인에게 사람의 이름도 물건의 이름도 아닌 방드르디(금요일)라는 이름을 붙여준다.

방드르디는 주인에게 순종적인 노예였지만, 동시에 설명할 수 없는 낯선 에너지를 내뿜는 자유로운 생명이었다. 겉으로는 로빈슨에게 절대 순종하고 있었지만, 근원적인 면에서 로빈슨을 서서히 허물어뜨리고 있었다. 방드르디는 돌연히 폭소를 터트리는가 하면 기상천외의 행동을 하면서 섬의 질서를 뒤죽박죽으로 만들어놓는다. 방드르디의 웃음은 거짓된 심각성을 조롱하는 듯했고, 천진무구한 행동은 과장되어 있는 섬의 권위를 뒤집어놓는다. 때로는 아주 야만적이면서도 어느 순간에는 작은 생명에 대해서도 더할 수 없이 헌신적인 이 노예에게서 로빈슨은 인간의 질서로 규정할 수 없는 동물적인 특성과 순수한 생명의 에너지를 발견한다.

어느 날 방드르디의 실수로 저장해놓은 폭약이 죄다 폭발해버리

방드르디,
문명의 얼굴
저편

는 대재난이 일어나고, 섬의 문명은 완전히 산산조각이 난다. 폐허에서 로빈슨은 모든 것이 섬에 막 도착했을 때와 같아졌음을 깨닫고 오히려 홀가분함을 느낀다. 땅의 질서에 얽매어 있던 로빈슨은 이제 방드르디의 인도에 따라서 태양과 공기로 상징되는 자유로운 세계를 향유하는 인간으로 차츰 변화된다. 알몸으로 햇볕에 나가 아무 일도 하지 않고 노는 법을 방드르디에게 배운다. 방드르디는 숫염소 앙도아르와 결투를 하여 그 껍질로 연을 만들어 날리고, 그 뼈로 악기를 만든다. 검은 염소가 금빛 나는 새(연)로 변신하고, 공기와 결합하여 아름답게 노래하는 악기로 화하는 것을 보면서 로빈슨은 문명에 대한 무거운 욕망을 떨쳐버리고 영혼이 가벼워지는 경험을 한다. 스페란차는 이제 개척해야 할 황무지가 아니었으며, 방드르디는 계몽시켜야 할 야만인이 아니다. 방드르디에 동화됨으로써 자연인 로빈슨이 새롭게 탄생한다.

로빈슨이 섬에 온 지 28년 2개월째 되는 날, 화이트버드라는 영국 배가 스페란차에 상륙한다. 방드르디는 멋진 돛을 올린 범선의 출현에 극도로 흥분을 하지만, 로빈슨의 섬에서의 자신의 삶과 변화를 반추하면서 고요한 행복이 무시무시한 시련을 겪게 되는 것은 아닐까 불안해한다. 그리고 뱃사람들을 관찰하면서 다시는 저 타락한 시간의 소용돌이로 돌아갈 수 없다고 생각한다. 그는 과거도 없고 미래도 없이 매일 아침이 최초의 시작인 스페란차에서 방드르디와 남기로 결정한다.

화이트버드호가 떠나갔을 때, 로빈슨은 날개를 동경하는 방드르디가 하얀 돛에 매혹되어 배를 타고 떠나버렸음을 알게 된다. 하지만 또 하나의 소년이 나타난다. 화이트버드호의 수부였던 어린 소년이 선원들의 학대를 견디지 못하고 도망쳐 섬에 남은 것이다. 로빈슨은 그에게 죄디(목요일)라는 이름을 주고 그와 함께 하늘과 땅을 울리며 빛나는 꽃잎으로 피어나는 눈부신 태양을 황홀하게 바라본다.

'제국의 문명' 에서 '자연' 으로

다니엘 디포의 로빈슨 크루소가 인간의 이성과 문명의 힘으로 야만의 세계를 개척하는 이야기였다면, 미셸 투르니에의 로빈슨 크루소는 야만과 문명에 대한 인간의 집착이 얼마나 헛된 것인가를 깨달아가며 거꾸로 문명에 대한 자연의 승리를 그려내는 이야기이다.

같은 주인공들의 이야기가 이토록 다른 결말에 다다른 이유는 무엇일까? 서구열강들이 경쟁적으로 식민지를 확장해가며 제국의 시대로 돌진하던 18세기와 서구중심의 문명의식에 대한 통렬한 반성이 시작되던 20세기의 시대정신의 차이가 여기에 반영되어 있다.

다니엘 디포 로빈슨은 처절하게 고독한 인간이었지만, 고독을 이겨내고 청교도적인 노동 윤리를 실현하면서 새로운 세계(산업사회)의 탄생을 예고한다. 개인의 발견과 이성의 승리로 집약되는 18세기를

방드르디,
문명의 얼굴
저편

대표하는 '새로운 인간형'으로서 로빈슨 크루소는 하나의 상징이 된다. 무인도는 영국의 제국주의적 로망이 깃든 미지의 땅이었으며, 절대개인으로서의 자신의 가능성에 도전하고자 했던 근대 서구인의 야심만만한 무대였던 것이다.

하지만 서구인들은 세계사의 무대에 폭력과 광기로 점철된 야만의 역사를 아로새기고 만다. 제국주의와 1, 2차 세계대전을 거치면서 인간이 수립한 문명이 얼마나 비인간적으로 타락할 수 있는가를 보여준 것이다. 따라서 문명의 가면을 쓴 야만성에 대한 근본적인 반성이 제기되며, 오만한 서구문명에 대한 통렬한 비판의 목소리가 높아졌다. 서구문명은 인간의 순수성과 생명의 아름다움을 오히려 타락시키지 않았는가? 문명사회의 억압적 질서에서 인간은 진정으로 행복할 수 있는가? 전 시대를 풍미했던 디포의 로빈슨이 다시 태어나야 하는 이유는 이렇게 분명하다.

미셸투르니에는 '로빈슨' 대신 '방드르디'를 책의 제목으로 내세운다. 프라이데이가 야만의 상징으로서 계몽의 대상이었던 것과 달리, 방드르디는 로빈슨에게 문명적 질서의 헛됨을 깨닫게 하면서 그를 새로운 세계로 이끄는 적극적 역할을 한다.

로빈슨과 스페란차의 관계는 계속 변화해간다. 탄식의 대상에서 통치의 대상으로, 그리고 따뜻한 어머니에서 요염한 애인으로, 로빈슨에게 스페란차는 뜨겁고 아름다운 생명으로 살아났다. 로빈슨의 내부에서 이렇게 비밀스럽게 움직이던 감정과 충동은 방드르디에 의해 본격적으로 촉발된다. 방드르디는 로빈슨이 스스로를 가두는 굴레를 벗고 스페란차의 일부로 동화되는 법을 가르쳐준다.

"해여, 나를 방드르디와 닮게 해다오. 웃음으로 활짝 피고, 송두리째 웃음을 위해 빚어진 방드르디의 얼굴을 나에게 다오"라고 외치면서, 로빈슨은 암흑의 대지에서 웅크리고 있던 유충이었던 자신이 금가루로 반짝이는 빛나는 나방과 같은 태양의 존재로 비상함을 느낀다. 현실의 독자가 이해하기에는 로빈슨이 느끼는 감정이나 변화의 과정이 다소 추상적이지만, 이런 은유적 이미지들은 이성의 시대가 상실한 원시적 충동을 되살리는 역할을 효과적으로 해내고 있다.

스페란차가 있는 '태평양의 끝'이란 어디일까? 이곳은 '문명 vs 야만'이라는 고정관념이 해체되는 세계를 의미한다. 시간, 제도, 발전에 대한 강박관념과 편견 등 인간을 억압하는 모든 굴레가 사라진 공간이며 인간의 원시적 생명력을 회복시켜주는 곳이다. 이렇게 20세기의 로빈슨은 문명세계가 잃어버린 낯선 영역으로 독자를 이끌고 있다.

현대적 신화의 창조자

미셀 투르니에는 1924년 파리에서 태어났다. 철학교수가 되겠다는 것이 유년시절부터의 꿈이었다. 프랑스의 소르본느와 독일의 튀

방드르디,
문명의 얼굴
저편

빙겐 대학에서 철학을 공부하면서, 물질적 상상력에 대한 이론을 펼친 가스통 바슐라르, 문명에 대한 비판적 성찰을 하는 레비스트로스 등의 학자들에게 영향을 받았다. 교수자격시험에 실패하는 바람에 인생의 진로를 수정하고, 독일문학 작품을 프랑스어로 번역하는 일을 시작하면서 소설과 본격적으로 조우하기 시작했다. 방송사와 출판사에서 일하면서 마흔네 살이 되어 첫 소설을 발표하게 되는데, 그것이 출간되자마자 폭발적인 반응을 얻게 된 『방드르디, 태평양의 끝』이다. 비록 데뷔는 늦었지만 이 처녀작으로 일거에 유명작가가 되었다. 『마왕』(1970), 『메테오르』(1975), 『질과 잔』(1983), 『황금물방울』(1986) 등의 중요한 소설을 지속적으로 발표하며 현대 프랑스를 대표하는 작가로 활약하고 있다.

그 밖에도 많은 단편집, 산문집을 발표했는데 그의 작품은 한국에도 활발하게 번역되어 널리 읽히고 있다. 특히 철학의 향기와 문학적 감수성, 촌철살인의 유머가 함께 빚어내는 그의 개성적인 산문들은 독자들의 많은 사랑을 받고 있다.

투르니에는 신화란 "모든 사람들이 알고 있는 근원적인 이야기"라고 말한다. 전래동화나 성서, 그리고 설화 등은 앞서 살아간 사람들의 정신의 자취이며 그들이 꿈꾸는 근원적 세계를 상징하는 신화이다. 그는 이런 신화들을 가져와 새롭게 변형시켜 20세기의 인류가 꿈꾸는 새로운 신화를 창조함으로써, 현대적 신화의 창조자라는 별명을 얻었다.

신화라는 말과 걸맞게 그의 작품에는 상징과 은유, 알레고리와 화려한 수사, 천문과 우주의 대한 상상력이 가득하여 현학적이고 난해한 느낌을 주기도 한다. 하지만 그의 작품세계가 지속적으로 추구하는 것은 천진무구한 아이들의 세계이다. "열두 살이야말로 인생의 최고 황금기"라는 작가의 말처럼 그의 소설의 주인공들은 아이이거나, 또는 아이의 세계로 동화해가는 어른들이다.

스페란차의 컴컴한 동굴에서 양수 안의 태아처럼 웅크리고 있던 로빈슨을 떠올려 보자. 동굴은 얼마나 고요했으며, 그는 얼마나 평화로웠을까? 자연을 정복하게 개발하고 통치하는 어른들의 세계, 분열과 갈등으로 얼룩진 세계에서 미셸 투르니에는 치유의 신화를 쓰고자 한다. 그 신화에는 생명의 출발지인 어머니 대지로 귀환하고자 하는 소망이, 상처받지 않은 유년의 천진하고 행복한 시간으로 돌아가고자 하는 인류의 꿈이 담겨 있다.

밑줄 긋기

로빈슨은 구더기를 씹는 방드르디를 보고 느끼는 구역질 등 백인 특유의 신경반응이 과연 최종적이고 고귀한 문명의 보증인 것인지, 아니면 반대로 새로운 삶에 접어들기 위하여 언젠가는 팽개쳐버리지 않으면 안 될 죽은 찌꺼기인지를 자문해보았다.

로빈슨은 절벽에 매달려 느끼는 현기증이 오로지 땅에만 한사코 매달리려는 인간의 마음에 쏠린 지상적 매혹에 지나지 않는다는 것을 깨달았다. 하늘을 향하여 얼굴을 들면서 로빈슨은 저 혼돈의 무덤들이 부르는 달콤한 목소리에 비하여 저녁의 마지막 햇빛에 물든 구름 사이로 의좋게 날고 있는 앨버트로스 한 쌍의 권유가 더 중요할 수 있다고 느꼈다.

따뜻한 바람에 나뭇잎이 가볍게 떨렸다. 로빈슨은 생각했다. 나뭇잎은 나무의 허파, 허파 그 자체인 나무, 그러니까 바람은 나무의 숨결. 그는 바깥으로 활짝 펼쳐진 자기 자신의 여러 허파들로 꿈을 꾸었다. 자홍색 살로 된 숲이요, 장밋빛 잔가지들과 점액성의 스펀지가 달린 살아있는 산호초들. 이것이 바로 그의 허파들이었다.

폭발로 인해 달력 대용의 돛이 파괴된 이후, 나는 시간을 고려할 필요를 느끼지 않았다. 물시계가 산산조각나버리는 순간에 시간도 움직이지 않고 굳어버렸다. 그 순간부터 우리, 방드르디와 나는 영원 속에 자리잡은 것이 아닐까?

방드르디,
문명의 얼굴
저편

<티 어 타 닉> 감 독 직 품

8807 YHJ

아바타

12월, 새로운 세계가 열린다

아바타

감독 | 제임스 카메론

영화는 '이곳'이 아닌 '저곳─유토피아'를 꿈꾸는 인간의 오래된 소망을 극적으로 보여준다. '이곳'과 다른 '저곳'은 나신의 소년과 소녀가 아담과 이브처럼 살아가는 태평양의 푸르른 섬이기도 하고(〈푸른 산호초〉), 서부 개척자들의 발길이 닿기 전, 버펄로와 수족이 평화롭게 살아가던 인디언의 땅이기도 한다(〈늑대와 춤을〉). 그리고 21세기의 청산은 지구에서 4.4광년이나 떨어진 판도라 행성이다.

에너지 고갈 문제를 해결하기 위해 지구인들은 행성 판도라를 개발해서 대체자원인 언옵타늄을 얻으려 한다. 그러나 판도라의 대기에는 독성이 있는 데다가, 토착민인 나비족도 걸림돌이다. 과학자들은 나비족의 육체에 인간의 의식이 결합된 새로운 하이브리드 생명체인 아바타를 만들어 낸다. 전직 해병대원인 제이크는 아바타가 되어 나비족에 침투해 정보를 얻어내고 그들을 설득시키는 역할을 맡는다. 그런데 아바타가 된 제이크는 그들에게 점점 동화되고, 판도라의 자연과 삶의 방식에 매료된다. 또 나비족의 여성 네이트리를 사랑하게 된다. 나비족의 생활 터전을 파괴하려는 지구개발대와 나비족의 갈등이 극심해지면서 전쟁이 임박해온다. 제이크는 지구인으로서의 정체성을 버리고 나비족을 선택하게 되고, 전설의 새인 이크란을 타고 선두에 선다. 판도라의 모든 생명체들이 하나가 되어 대전쟁을 치르고, 결국 지구개발대를 몰아낸다. 제이크는 땅의 신 에이와의 힘을 빌려 인간의 몸을 버리고 아바타가 아닌 진짜 나비족으로 다시 태어난다.

미국의 서부개척사와 베트남 전쟁과 이라크 전쟁을 비판하는 메시지를 바탕에 깔고, 정복과 개발의 역사에 문제제기를 하는 〈아바타〉의 이야기는 무척 익숙하다. 그리고 스토리가 동화적이고 단순하기에 오히려 아무런 부담감 없이 3D 화면 가득히 펼쳐지는 아름답고도 실감나는 영상에 몰입할 수 있게 된다. 3미터가 넘는 늘씬한 육체에 투명하고도 맑은 눈빛을 한 나비족은 매혹적이다. 육체적으로는 강하고 정서적으로 풍요로운 이 푸른 생명체는 유토피아를 SF적 상상력으로 재현한 것이다. 하반신이 불구인 제이크는 아바타가 되어서는 판도라의 대지를 자유롭게 뛰고 심지어는 훨훨 날아다닌다. 숨 막히는 인간의 경쟁사회와 달리, 판도라에는 공동체적 연대가 살아있고, 모든 사물이 서로 완전하게 공감한다. 지구인들의 회색빛 기계와 달리 판도라의 생명체들은 원색으로 찬란하게 빛난다. 판도라는 푸른 산호초이며, 인디언의 잃어버린 대지이고, 로빈슨 크루소가 사랑하는 스페란차이다.

영화를 보는 내내 지구인이 아닌 나비족에게 오히려 공감하며 그들의 승리를 간절히 바라게 되는 것은 유토피아에 대한 영원한 동경 때문이리라. 문제는 '이곳'에서 '저곳'으로 옮겨가는 방법이다. 로빈슨은 문명적인 삶의 방식을 완전히 버리는 존재의 대전환을 통해서 비로소 스페란차와 하나가 된다. 제이크는 과학기술에 힘입어 아바타로 변신하며, 마지막에는 판도라 행성의 신비한 힘에 의해서 나비족이 된다. 계몽, 개발, 정복, 기술 등으로 압축되는 현대문명의 일방적이고 폭력적인 패러다임에서 벗어날 때 '저곳'에 도달할 수 있다는 것이 결론이다. 하지만 정작 이런 메시지를 전하는 〈아바타〉가 엄청난 자본이 만들어낸 3D 테크놀로지의 산물이라는 사실은 참으로 아이러니하다. 기계문명을 혐오하면서도 그것을 탐닉하며 살아갈 수밖에 없는 것이 현대인의 피할 수 없는 운명일까?

　태평양의 섬은 멀기만 하고, 판도라 행성은 더더욱 멀다. 어디로도 떠날 수 없는 보통의 지구인들은 그래서 또다시 '저곳'이 간절하다.

청 년 과 　 노 인

서.로. 등.을. 기.댈. 때

가오싱젠의
『버스정류장』(1983)

버스 혹은 고도^{Godot}를 기다리며

이른 아침 버스정류장에서 그날 하루 치러내야 할 일들을 생각하면 머리가 묵직하기도 하지만, 마음에 둔 그 사람이나 친구를 우연히 만나기라도 하면 버스정류장은 금세 황홀한 공간이 된다. 어쩌다 가끔은 날이 어둑해지는 것도 모른 채 버스정류장에 하염없이 서 있게 될 때도 있다. 버스가 지나가고 또 지나가도, 생각에 깊이 빠진 몸은 쉬이 움직이지 않는다. 버스정류장은 숱한 상상과 상념을 불러일으킨다. 인연을 만들기도 하고 기억과 회상을 만들기도 한다. 저마다 사연을 가진 사람들이 모이는 곳이기에 세상살이가 이루어지기도 한다. 드라마나 영화에서 버스정류장이나 지하철역 혹은 기차역이 의미 있는 상징으로 즐겨 등장하는 것도 이 때문이다.

중국 작가 가오싱젠의 희곡 『버스정류장』(1983)에서도 이런 상황은 비슷하게 이어진다. 버스정류장에 띄엄띄엄 사람들이 모여든다. 버스를 타고 가려는 곳은 삶의 목표처럼 저마다 다르지만, 일단 버스를 타야 하는 것은 이들의 공동 목표다. 하지만 이 익숙한 버스정류장 풍경에 의외의 상황이 벌어진다. 버스가 단 한 대도, 애타게 기다리는 오랜 시간 동안 단 한 대도 이 버스정류장에 멈추어 서질 않는 것이다. 그러는 동안 실제인지 환상인지 수십 년의 시간이 흘러간다.

기다리던 버스가 멈춰 서지 않아 초조하고 화났던 경험이 있다면 이 작품에서처럼 긴 시간 동안 꼼짝없이 버스를 기다려야 하는 혹독함은 가히 짐작할 수 있을 것이다. 물론 정류장의 사람들도 상황이 이렇게 될 줄은 짐작하지 못했다. 버스란 기다리다보면 으레 오는 것이고 승객을 태워 원하는 곳에 데려다준 후 또 그저 익숙한 뒷모습을 보이며 무심히 달려가는 그런 것이었기 때문이다. 운 좋게 뒷자리에 라도 앉아 생각을 좀 더 편히 이어갈 수 있기를 바랄 뿐, 설마 이렇게 길고 오랜 시간 동안 버스가 정류장에 멈춰 서지 않으리라고는, 더욱이 그 긴 시간 내내 버스를 기다리게 되리라고는 상상조차 하지 않았을 것이다.

버스정류장에 모여든 그들은 처음에는 서로를 견제하거나 서로에게 호기심을 갖기도 한다. 버스를 기다리면서 그들은 사회에 대한 불만도 얘기하고 일상적인 고통도 늘어놓고 세대 간에 공방도 한다. 조금씩 더 속 깊은 얘기를 하게 되면서 가족에 대한 애증, 연애에 대한 불안, 미래에 대한 두려움도 말하게 된다. 그러면서 그들 사이에는 긴

청년과 노인,
서로 등을
기댈 때

장과 권력이 생기기도 하지만 조금씩 더 이해하게 되고 또 결코 오지 않는 버스를 기다리는 어이없는 사건을 겪으면서 동지의식도 갖게 된다. 그리고 그 긴 시간 동안 그들은 자신의 삶을 돌아보게 되고 새로운 다짐도 하게 되고 서로에게 연정과 호감을 갖게 되기도 한다.

버스는 끝까지 오지 않는다. 더불어 모든 것이 달라진다. 오지 않는 버스를 기다리는 시간 동안 사람들은 모처럼 자기 자신에 대해 깊이 생각하게 되고 절망과 자학을 거쳐 새로운 여지를 품게 된다. 기다림의 시간을 함께 겪으면서 이들은 서로 말을 건네고 손을 잡게 된다. 그리고 마침내, 첫 장면에서 버스정류장에 제각기 모여들었던 사람들은 끝 장면에서 서로 부축하고 짐을 나누어 들며 모두 함께 버스정류장을 떠난다.

사무엘 베케트의 희곡 『고도를 기다리며En Attendant Godot』를 인상 깊게 읽은 독자들이라면 결코 오지 않는 고도를 기다리면서 늘 한 자리에서 뜻 없는 이야기를 나누며 시간을 견디던 블라디미르와 에스트라공을 떠올릴 것이다. 고도가 오지 않을 것을 알면서도 그들은 간절하게 고도를 기다린다. 그리고 그들은 고도를 기다리는 그 시간 동안이 바로 인생을 살아가는 시간이라는 것을 알게 된다. 때로 불가해한 대화를 이어가면서 또 때로는 미치도록 지루해하면서, 그들은 끝까지 고도를 기다린다.

기다리는 동안의 모습들은 두 작품이 유사하지만, 고도를 기다리던 두 사람에 비해 『버스정류장』의 여덟 사람은 버스를 기다리는 동안 한결 분주하고 바쁘다. 그 시간 동안 자신의 삶을 생각하면서 후회하고 고통스러워하고 울고 자탄하고 그리워한다. 그러다 그들은 서로를 북돋우며 자기 인생의 미래 시간으로 나아갈 힘을 찾는다. 자기 안의 우물을 깊이 들여다본 후 서로의 생을 품어줄 힘도 얻는다. 어느덧 버스정류장은 그들에게 생애 최고의 철학적인 장소가 된다.

청년과 노인, 버스정류장 사람들 이야기

교외의 어느 버스정류장, 글씨가 지워져 잘 보이지 않는 팻말이 하나 서 있고 그 앞에 승객들이 줄을 서서 버스를 기다리고 있다. 그들은 모두 여덟 명, '말 없는 사람' '노인' '아가씨' '덜렁이 청년' '안경잡이' '아이엄마' '숙련공' '마주임'이다. 그들의 나이는 10대부터 20, 30, 40, 50, 60대까지 고루 섞여 있다.

첫 장면에서 '말 없는 사람'과 '노인'이 등장한다. 노인은 처음 보는 '말 없는 사람'을 붙들고 사회에서 벌어지는 부조리들에 대해 불평불만을 늘어놓지만, '말 없는 사람'은 그저 아무 말이 없다. 이어서 '아가씨'와 '덜렁이 청년'이 등장한다. 노인과 청년은 처음부터 괜히 하찮은 시비를 다투다가 말싸움을 한다. 잇달아 '아이엄마'와 '안경잡이' 그리고 '숙련공'이 등장한다. 그들은 멀리서 다가오는 버스 소리가 들리자 줄을 서라고 서로 외치는데, 그 사이 버스는 정류장을 지나쳐 휑하니 가버린다. 버스가 그렇게 지나가 버리자 그들은 서로를 탓한다.

다음 버스가 다가오자 그들을 미리 줄을 서지만 버스는 그냥 지나가 버린다. 화가 난 청년이 줄에서 뛰쳐나가자 안경잡이는 그와 몸싸움을 벌이고, 사람들은 발을 구르며 저마다 시내에 꼭 나가야 하는 사정들을 얘기한다. 문화센터에 장기를 두러, 애인을 만나러, 남편과 아이를 보러, 일을 하러, 그들은 각자의 다급한 사연을 안고 시내에 들어가기 위해 애타게 버스를 기다린다.

이번엔 빈 버스가 다가온다. 그들은 똑바로 줄을 서서 기다리는데 마지막 등장인물인 '마주임'이 나타나 슬쩍 맨 앞에 선다. 버스는 역시 그냥 지나쳐 간다. 모두들 뒤엉켜 아우성을 치며 버스를 따라가지만 소용없다. 아이엄마는 집에 가서 사랑하는 아이에게 밥을 해주어야 하기 때문에, 아가씨는 가로등 아래에서 만나기로 한 그 남자 때문에 초조해지기 시작한다.

그렇게 버스를 기다리던 그들은 시계를 보고 소스라치게 놀란다. 그 사이 벌써 일 년이라는 시간이 흘러간 것이다! 누군가의 시계는 망가지고 누군가의 시계는 멈춰 섰으며 누군가의 시계는 심지어 '13월 48일'을 가리키고 있다.

이제 그들은 몸은 지쳤으나 마음은 오히려 가라앉는다. 아이엄마는 엄마를 기다릴 아이 때문에 애가 타고, 아가씨는 이제 어떤 인연도 만날 수 없을 것이라며 울음을 터뜨린다. 노인은 장기판의 최고수

와 만나 벌이기로 한 평생 숙원의 내기를 놓쳐 탄식하고, 안경잡이는 대학입시를 치를 마지막 기회를 잃었다며 망연자실해한다. 그곳을 떠나야 할지 그냥 머물러 있어야 할지 서로 눈치를 살피지만 아무도 선뜻 자리를 뜨지 못한다. 불안해하며 우왕좌왕하는 사이 밤이 된다.

다시 버스 소리가 들린다. 버스 소리가 점점 커지고 빛이 밝아지자 모두들 맨몸으로 뛰어나가 차를 막아서기로 모의한다. 버스가 다가오자 차를 세우라고 소리 지르며 몸으로 막아서지만, 버스는 경적을 울리며 사람들을 위협하고 공포에 몰아넣으며 멈추지 않고 달려가 버린다. 이어서 여러 대의 버스가 연달아 지나가지만 어느 차도 멈춰 서지 않는다. 이제 그들의 분노는 점점 구차하고 옹색해진다.

그 순간 안경잡이와 아가씨는 시계를 보며 또 놀라는데, 순식간에 1년, 아니 2년 8개월, 아니 5년 6개월……, 시간이 미친 듯이 흘러가고 있다. 그들이 모여들어 시계를 들여다보는 사이 시간은 6년, 7년, 8년, 9년, 10년이 흘러간다.

아이엄마는 평생 남편과 아이를 기다리다 지친 자신의 인생을 한탄하며 울고, 마주임은 거문고 타고 장기 두며 집에서 편히 지내고 싶다고 탄식한다. 안경잡이는 삶이 우리를 내몰아쳤다면서 고통스러워하고, 숙련공은 자신의 예술적 기술을 더 펼칠 수 없게 되었다며 슬퍼한다. 아가씨는 고대하던 애인을 다시는 만날 수 없게 되었다며 눈물 흘리고, 그 틈에도 어른들을 무시하던 청년은 숙련공에게 혼쭐이 나 울고 있다. 얘기 끝에 그들은 걸어서라도 시내에 가자고 다짐

하지만 결국에는 또 다시 망설이고 머뭇거린다. 그러나 곧, 삶은 의미 있는 것이라고, 죽지 못해 사는 삶은 무의미하고 무료할 뿐이라고 중얼거리면서 그들은 모두 무엇엔가 홀린 듯 제자리걸음으로 빙빙 돈다.

갑작스레 비가 내리자 그들은 마침 숙련공이 갖고 있던 방수천 밑에서 함께 비를 긋는다. 억수로 쏟아지는 빗속에서 각자 생각에 잠긴다. 아가씨는 찬 비바람 속에서도 따듯한 마음으로 안경잡이에게 희망을 주고, 안경잡이는 아가씨의 착하고 부드러운 아름다움을 새삼 발견하고 힘을 얻는다. 노인은 청년을 야단치지 않고 세상사를 얘기해주며, 청년 역시 다소곳해져서 숙련공에게 제자가 필요하지 않은지 묻는다. 그들은 이렇게 서로 마음이 통하는 세상이 그립다며 서로 등을 기댄 채 따듯한 체온과 마음으로 의지한다.

이제 눈과 비가 그치고 하늘이 밝아온다. 그들은 걸어서 시내로 들어가기로 마음먹는다. 함께 방수천을 걷고 서로 부축한다. 정류장 팻말을 다시 보게 되는데, 그 팻말에는 이미 정류장 이름도 없고 정류장이 없어졌다는 공고가 붙어 있던 흔적만 남아 있다. 이런 연유도 모른채 마냥 버스를 기다린 자신들을 탓하면서 그들은 서로 위로한다.

마지막 장면에서 그들은 모두 작품 속 자신의 배역에서 벗어나 혼잣말을 늘어놓는다. 아가씨를 연기한 배우俳優는 왜 이들이 시내로 빨리 가지 않는지 안타까워하고, 마주임을 연기한 배우는 쓸데없이 이렇게 기다리며 인생을 보낸 것을 한탄하고, 숙련공을 연기한 배우는 기다리는 일이란 결코 쓸데없는 것이 아니라고 강변한다. 아이엄마를 연기한 배우는 아이를 잘 길러내야 하는 엄마의 역할이 힘겹다고 얘기하고, 노인을 연기한 배우는 관객을 움직이기 어렵다는 점에서 희극이 비극보다 어렵다고 얘기하며, 청년을 연기한 배우는 이들에게 버스를 기다리기보다 그냥 가자고 얘기하고, 안경잡이를 연기한 배우는 이들이 정말 가고 싶은 것이 아닌지도 모른다고 얘기한다.

다시 번잡한 차 소리가 들리면서 무대는 밝아지고 이들은 다시 각자의 배역으로 돌아간다. 그리고 마침내, 서로를 도와 짐을 들어주고 부축하면서 함께 길을 떠난다.

"서로 등을 기대요, 이렇게 하니 좀 따듯하네요."

버스는 옴니버스omnibus의 줄임말이다. 옴니는 '모두'를 뜻하는 라틴어에서 나온 접두어이며 버스는 여러 사람이 함께 탈 수 있는 자동차 혹은 공공公共의 교통기관을 뜻한다. 그래서 버스와 버스정류장은 여러 사람이 모여 사는 사회를 축소한 시공간이 된다.

이 작품의 공간적 배경은 "교외의 한 버스정류장"이다. 버스정류장의 사람들은 교외에 살면서 도시와 시내로 나가기 위해 버스를 기다리고 있다. 이 작품은 1983년에 발표되었는데 이 당시 중국은 개혁개방정책으로 막 고도경제성장을 이루기 시작해 시대적 명암을 동시에 지닌 때였다. 개발이라는 빛과 불균형적 발전이나 계층 간의 대립이라는 어둠을 피할 수 없었던 때이기도 했다. 당대 사회상황이 이 작품에 전면으로 등장하지는 않지만 그 당시 복합적인 특성이 함축되어 있음을 그들의 대화에서 실감할 수 있다.

『버스정류장』은 독특한 희곡 작품이다. 작품 속의 배우가 관객에게 직접 질문을 하기도 하고, 배우들이 자신의 배역에서 벗어나 자신의 개인적인 생각을 덧붙이거나 뭔가 묻기도 한다. 가령, 노인으로 분장한 배우가 "다들 희극이 비극보다 연기하기 어렵대요. 비극이야, 해놓고 관객이 울지 않으면, 배우라도 울면 되죠. 그런데 희극은? 그렇질 못해. 관객이 웃지 않으면, 자기가 무대 위에서 혼자 즐거워할 수는 없거든." 이렇게 말하는 식이다. 또 눈길을 끄는 것은 여러 배우가 동시에 대사를 하는 다성부이다.

청년:　들어봐요, 강에 물이 불었군…….
아가씨:　　　그냥 이렇게 앉아 있어요…….
안경잡이:　　　　이렇게 있으니 괜찮은데…….

청년:　……이럴 땐 물고기 몇 마리쯤 문제없을 텐데…….
아가씨:　비야 내려라! 내려! 바람도 차고 쓸쓸해…….
안경잡이:　　안개 자욱한, 논과 밭, 맞은 편 산도,

청년과 노인,
서로 등을
기댈 때

청년:	……영감님.
아가씨:	오히려 마음은 따스한 걸…….
안경잡이:	미래의 인생길도 모두 아련해.

이 세 사람의 대사는 동시에 들리는 대화이면서 각각 독백을 이어가는 것이기도 하다. 독립된 선율이 여러 성부로 이루어지는 다성부 음악(polyphony)처럼 등장인물은 대사를 저마다 동시에 읊는다. 남녀의 음성, 엇박자, 높고 낮은 음색, 혼잣말과 대화 등으로 이루어져 마치 협주곡 같은 느낌으로 들리는 이 기법을 작가는 '음악성을 갖춘 서술'이라고 표현한다. 다성부는 이 작품이 개인적인 삶보다는 서로 등을 기대고 사는 공동체적 삶을 추구하는 것과 소통하는 서술방식이라 할 수 있다.

등장하는 인물 여덟 명은 모두 주인공이다. 10대부터 60대까지 다양한 이들은 세대별 인식과 세대 차이도 드러내지만, 달리 보면 한 사람의 인생이 각 나이대로 나뉘어 등장하는 것으로 볼 수도 있다. 철없이 안하무인격이지만 경쾌하게 세상을 이해하는 19세 청년, 이제 막 연애를 시작한 가슴 설레는 28세 아가씨, 끝까지 인생에 도전하겠다며 버스를 기다리는 내내 영어공부에 매달리는 30세 안경잡이, 말없이 있다가 어느새 혼자 걸어 시내로 가버린 중년의 말 없는 사람, 사랑하는 남편과 아이만 생각하는 40세 아이엄마, 자신의 목공기술을 예술로 생각하고 매진하는 45세 숙련공, 기다림을 포기하고 싶지만 막상 용기를 내지 못하는 50세 마주임, 사사건건 지적하고 가르치지만 일생을 건 장기 내기에 대한 미련을 못 버린 60세 노인이 바로 그들이자 그이다. 이들은 오지 않는 버스를 기다리며 버스정류장을 떠나지 못한 채 시간과 세월과 인생을 보낸다.

그들은 멈춰 서지 않는 버스를 긴 시간 기다리면서, 기다리는 일이 결국은 살아가는 일이라는 것을 깨닫는다. 버스를 타고 시내에 나가 그동안 꿈꾸고 바라왔던 것을 이루리라 마음먹지만 모든 것이 늘 마음처럼 이루어지지는 않는다는 것도 실감한다. 목표와 꿈을 실현시켜줄 버스는 마치 속절없이 흘러가 버리는 시간처럼 우리를 태우지 않고 자꾸 지나쳐버리고, 버스를 탈 수 있으리라는 확신이 불안해도 우리는 쉽사리 정류장을 떠나지 못한다. 그 꿈을 이루기 위해 애태우면서 1년, 2년 8개월, 5년 6개월, 아니 10년 너머의 세월을 보내지만 그 꿈이 이루어질지는 끝내 알 수 없다. 정류장의 사람들은 "우린 운명적으로 한도 끝도 없이 기다려야 하나 봐, 그러다 우린 늙어버리니……"라고 탄식하지만 어느 누구도 기다림의 희망과 절망 사이를 훌쩍 벗어날 도리는 없다.

오지 않는 버스를 기다리는 동안 자신의 삶에 대한 회한과 고통으로 쓸쓸해하던 그들의 상황은 갑자기 내린 비로 인해 반전된다. 자신이 꿈꾸어온 삶에 대한 좌절과 슬픔을 다른 이들과 함께 비를 피하는 방수천 아래에서 더불어 극복해가는 것이다. 삶의 목표를 이루는 것만큼 그런 꿈을 꿀 수 있는 삶이 가치 있다는 것, 진정 의미 있는 것은 그 꿈을 향해 내딛는 현실적인 발걸음이라는 것, 또 다른 이들과 따뜻한 등을 맞대고 체온을 나누는 삶이야말로 힘 있고 만족한 생이라는 것을 깨닫는다. 외롭고 불안한 존재감에도 불구하고 그들은 자기중심적이었던 모습을 조금씩 벗고 다른 사람과 부대끼며 소통하게 된다.

『고도를 기다리며』가 기다림을 통해 개인적인 실존의 문제를 심화하고 있다면, 『버스정류장』은 개인적 문제를 넘어 타인의 삶을 함께 바라볼 수 있는 상황을 보여 준다. 오지 않는 고도를 기다리며 기다림의 절망과 극한을 견디는 허무, 타인과의 절대적인 소통이란 불가능하다는 인식, 그럼에도 불구하고 기다림이 바로 삶이라는 것이 사무엘 베케트의 인식이라면, 시간은 마치 버스처럼 멈추지 않고 달려가 버리는 것, 하지만 시간이라는 불가항력 속에서 마모되어가는 삶을 끌어안고 살아가야 하는 것이 인생이며, 기약 없는 희망일지라도 등을 기댄 다른 이들과 따뜻하게 나아가면 희망을 이룰 수 있으리라는 것이 가오싱젠의 인식이다.

기다림을 통해 삶을 인식하는 철학은 두 작품이 유사하지만 한 지점에서 나뉜다. 베케트는 삶은 부조리한 것이기에 인간은 던져진 이 세계에서 자기 자신이 의미를 결정하고 그것에 자신의 삶을 바칠 수밖에 없으며 자신의 결단대로 매순간을 살아가야 한다고 말하고 있다면, 가오싱젠은 삶이 부조리하다는 것에 적극 동의하면서도 어쩌면 고독한 개인이 아닌 여럿이라면 설령 그들이 좀 불안하고 서투를 지라도 다른 방식으로 좀 더 적극적으로 삶을 열어나갈 수도 있다고 얘기하고 있다.

실험극과 리얼리즘 사이

가오싱젠(高行健)을 중국의 작가라고 단언하기는 어렵다. 그는 중국에서 출생했고 중국에서 소설과 평론과 희곡을 발표했지만, 중국은 그를 반체제 인사로 규정하고 그의 모든 작품을 금서로 묶었다. 더욱이 2000년에 가오싱젠이 노벨문학상을 받았을 때에도 중국은 그를 자국의 작가로 인정하지 않았으며, 가오싱젠 또한 "내게 있어 중국은 읽고 지나간 책의 한 페이지, 과거일 뿐"이라고 얘기한다.

가오싱젠(1940~)은 중국 강서성 간저우에서 태어났다. 그는 베이징외국어대학에서 프랑스문학을 전공했으며 그 당시 사무엘 베케트, 브레히트, 이오네스코 등의 작품을 번역하면서 유럽의 문학을 중국에 알렸다. 또 부조리문학에 깊은 관심을 가지면서 이를 기반으로 자신의 문학이론과 작품세계를 세워갔다.

1982년 첫 희곡 『절대신호』를 무대에 올려 성공을 거두는데, 이 작품은 베이징인민예술극원에서 공연된 최초의 실험극이었다. 이어서 1983년 『버스정류장』을 공연해 명성을 얻지만, 중국 당국으로부터 '서양문학과 공모한 정신적인 공해'라는 심한 비판을 받았다. 더욱이 1984년 중국공산당은 개혁과 개방으로 사회기강이 흔들리고 있다고 규제를 펼치는데, '반정신오염운동'으로 실험극의 비주류 성향을 지적했고 그 반사회주의적 문학인 오염원의 대표작으로 『버스정류장』을 지목했다.

이후 가오싱젠의 모든 작품은 출판을 금지당하고 작품 공연 또한 금지되었다. 가오싱젠은 「현대연극이 추구하는 것」이라는 글을 통해 자신의 문학관을 명료하게 밝힌 후 1989년 천안문 사건 이후 중국공산당을 탈당해 프랑스로 망명했다. 이후 그는 프랑스 국적을 취득해 현재 프랑스 파리에 거주하고 있으며, 중국어와 프랑스어로 작품을 쓰면서 작가뿐 아니라 화가, 감독, 제작자로 활동하고 있다.

가오싱젠은 『영혼의 산』이라는 대표작품으로 2000년에 노벨문학상을 받았다. 이 작품은 『버스정류장』이 당국의 비판을 받은 직후 작가가 여행을 떠나 이곳저곳을 떠돌면서 자아정체성을 찾아가는 과정을 그린 자전적인 작품이다. 『영혼의 산』이 노벨문학상을 받았을 때 스웨덴 한림원은 "이 작품은 보편적인 가치를 담고 있으며 신랄한 통찰, 참신한 언어로 중국 소설과 희곡의 새 지평을 열었다"고 평가했지만 막상 본국은 자국의 문학으로 이 작품을 받아들이지 않았고 출판도 공연도 철저히 금지했다. 중국은 오히려 가오싱젠의 작품이 진정한 중국인 문학이 아니라고 주장하고 있으며 가오싱젠 역시 자신을 '중국인 피가 흐르는 프랑스 국민이자, 세계인'이라고 자칭하고 있다.

가오싱젠은 중국의 문화대혁명과 천안문 사건 등 중국 현대사를 관통해오면서 금서 규정, 망명, 노벨상 수상 등 삶의 굴곡들을 거쳤다. 설령 그가 중국의 주류 문학과는 거리가 있는 이단아이자 중국의 사회주의 리얼리즘과 불화를 면치 못한 작가일지라도, 그의 실험적 작품세계와 자유주의적 태도에는 분명 리얼리즘의 태도가 근기根氣로 자리하고 있다. 가오싱젠을 둘러싼 숱한 논쟁은 작가와 조국, 작품과 이데올로기라는 문제를 다시 생각해보게 한다. 불안하고 외로웠던 버스정류장에서 마침내 서로 따뜻하게 등을 기대게 해주었던 작가의 힘은 그것을 넘어서고 있는데 말이다.

밑줄 긋기

안으로 다가와요.
가까이 붙어요.
모두 서로 등을 기대요.
이렇게 하니 좀 따듯하네요.
난 간질거릴 것 같아.
누가 간지럼이라도 태우나? (사람들은 더 가까이 기댄다)

차는 오지 않을 거야. (결심한 듯) 가자, 그 사람처럼. 정류장에서 바
보처럼 기다리는 시간에 어떤 이는 벌써 시내에 들어갔을 뿐 아니
라, 멋진 일까지 한바탕 해냈을 거야. 더 기다릴 것 없어!

만약 모두 이렇게 가깝고, 마음이 통하면 얼마나 좋아.

오늘이 지나도 또 오늘이 있고, 미래는 영원히 미래지.

바그다드 카페

감독 | 퍼시 애들론

카페와 버스정류장은 닮았다. 낯선 사람들이 한 공간에 모여 비슷한 공기를 나눈다는 점에서 그렇다. 어떤 생각에 빠져 있거나 서로를 힐긋거리기도 하면서 잠깐이나마 유사가족이 된다. 영화 속의 바그다드 카페는 미국 라스베가스 근처의 황량한 사막 한가운데에 있다. 바그다드는 이라크의 수도이고 원제인 〈아웃 오브 로젠하임〉의 로젠하임은 독일의 지명이지만 이 영화에 〈바그다드 카페〉라는 제목은 더없이 어울린다.

야스민은 남편과 미국을 여행하는 중이다. 하지만 첫 장면에서 그녀는 사막 한가운데에서 남편에게 버려진다. 아니, 스스로 남편을 버린 것처럼 보이기도 한다. 한두 장면만 보아도 야스민의 남편은 상종하기 힘든 인간이다. 길에서 오줌을 갈기고 문을 발로 냅다 걷어차고 아내와 그녀의 여행 가방을 사막 한가운데 내던지고 횅하니 가버린다. 몸집이 뚱뚱하고 그다지 예쁠 것도 없고 호감을 주는 모습도 아닌 중년의 야스민은 남편의 뺨을 한 차례 시원하게 때리고는 차에서 내려 씩씩하게 사막을 걷는다. 황량한 모래바람만 날리는 사막, 하지만 이곳이 그녀에게 새로운 낙원이 된다.

그녀가 걸어서 당도한 곳은 바그다드 카페다. 그런데 이 카페에 있는 사람들은 주인이건 손님이건 모두 심드렁하고 뻣뻣하고 거칠고 무심하다. 우선 카페의 여주인 브렌다, 그녀는 비쩍 마른 흑인여성인데 카페와 모텔의 고된 일을 도맡아 해내느라 지쳐 신경질과 고함으로 하루를 다 보낸다. 그녀의 착하고 무능한 남편은 브렌다 등쌀에 집을 나가지만 늘 집 주변에 머물면서 "오, 브렌다, 내 사랑"을 읊으며 그녀를 지켜본다. 카페 근처에 사는 루디는 하릴없이 건들대며 그림을 그리는 보헤미안인데 유일하게 야스민에게 친밀한 관심을 보인다. 브렌다의 딸은 철없이 매일 남자들과 어울려 놀러 다니고, 브렌다의 아들 살라모는 갓난아기를 가진 어린 싱글 대디인데 아무도 들어주지 않는 피아노만 내내 치고 있다. 아무 생각 없는 무표정한 종업원, 그는 요리 재료도 없고 커피포트 하나 없는 이 카페를 성실하게 지키고 있다. 드문드문 카페를 찾는 손님들에게 문신을 해주며 살아가는 아가씨 테비, 그리고 카페 앞에 텐트를 치고 살면서 매일 부메랑만 날리는 청년 에릭이 있다.

야스민이 우연히 찾아든 후 이 사막 같은 카페는 조금씩 변한다. 야스민과 그녀의 커피포트가 이곳에 입성하면서 사막의 카페는 이제 사막의 오아시스가 된다. 맹물처럼 싱겁던 이 카페의 커피도 야스민의 기호에 따라 진하고 향기로운 커피가 되고, 품 넓은 야스민의 모습처럼 사람들 사이에도 온기의 넉넉한 품이 생겨난다.

이 카페의 모텔에 방을 얻은 야스민은 가장 먼저 청소를 한다. 손댈 수 없이 엉망진창이었던 카페를 깨끗이 치우고 사무실까지 정리한다. 브렌다와 갈등이 없지 않지만 야스민은 오히려 그저 묵묵히 브렌다의 타박을 받는다. 아기를 낳지 못하는 야스민은 살라모의 갓난아기를 제 아기인 양 사랑하며 정성껏 돌봐준다. 아무도 들어주지 않아 그저 소음 같던 살라모의

피아노 연주를 귀 기울여 듣자, 살라모도 자신의 연주에 유일한 청중이 되어 준 그녀를 좋아하게 된다. 브렌다의 딸도 뚱뚱하고 낯선 야스민을 처음에는 무시하지만 곧 그녀의 살가움에 반해 따른다. 떠돌이 화가 루디는 한눈에 야스민의 진가를 알아본다. 뚱뚱하다고 놀림만 받아온 그녀의 몸이 아름답다며 그녀를 그리고 싶어 한다. 화가와 모델로 서로 시선을 주고받으면서 호감을 갖게 되고, 그녀는 루디의 시선 속에서 자신의 몸에 대해 자신감을 갖게 된다. 그리고 먼저 스스로 옷을 조금씩 더 벗어 보는데, 그 모습이 모두 아름답고 따뜻한 초상화와 누드화가 된다.

남편의 것과 뒤바뀐 여행가방 안에는 우연히 마술 세트가 들어 있었다. 야스민은 빈 모텔 방에 앉아 마술 연습을 한다. 그리고 이 마술 덕분에 그녀 주위에는 사람들이 모이게 되고 카페는 그 지역의 명소가 된다. 카페에는 손님이 북적이고 생기와 활력이 넘친다. 황량하기만 했던 사막에 아름다운 붉은 황혼이 생기고 무지개도 뜨고 부메랑이 날아가는 푸른 하늘도 펼쳐진다.

하지만 행복이 고조될 즈음, 관광비자가 만료되어 야스민은 독일로 쫓기듯 돌아간다. 결국 이방인일 수밖에 없었던 야스민, 그러나 로젠하임으로 돌아간 야스민보다 카페의 사람들이 더 울적해지고 카페는 쓸쓸해진다. 손님들은 더 이상 카페를 찾지 않으며 살라모의 피아노 소리도 다시 작아지고 침울해진다. 그들은 야스민의 초상화를 걸어놓고 야스민과 함께한 마술 같았던 시간을 그리워한다. 야스민 때문에 그들은 진짜 가족이 되었고 삶의 즐거움과 소통의 행복을 알게 되었던 것이다. 갓난아기의 울음소리와 피아노 소리가 아름답게 들리고 사람들이 모여 앉는 즐거움을 알게 해준 야스민, 과연 야스민은 바그다드 카페로 돌아올까?

청년과 노인,
서로 등을
기댈 때

얼마 후 야스민은 마술처럼 돌아온다. 자기 자신을 찾게 해주었고 자기 안에서 인생의 의미를 찾게 해준 이 바그다드 카페로 야스민은 되돌아온 것이다. 카페의 마술 쇼가 다시 시작되고, 이번엔 야스민과 옷을 나란히 맞춰 입은 브렌다도 피아노 소리에 맞춰 목소리를 높여 한껏 노래를 부른다. 야스민은 루디의 청혼을 받아들여 이곳에서 영원히 살기로 한다. 카페의 사람들만 새로운 삶을 찾은 것이 아니라 야스민 역시 미지의 이곳에 와서 자기 삶의 주인이 된다. 사막에 꽃을 피우는 일은 마법 같은 일, 하지만 야스민은 사막이 낙원이 될 수 있는 마법의 이치를 보여준다.

이 영화의 원제는 〈아웃 오브 로젠하임Out of Rosenheim〉이다. 야스민은 처음에는 여행 삼아 로젠하임을 떠났지만, 두 번째는 자신의 진짜 인생을 찾기 위해 로젠하임을 벗어났다. 처음 사막에 내던져졌을 때에는 뻣뻣한 모양의 어두운 색 옷을 입고 있었던 야스민, 다시 바그다드 카페로 돌아왔을 때 그녀는 날아갈 듯 가볍고 하얀 나풀거리는 옷을 입고 있었다.

싯 다 르 타

강.물.처.럼. 유.유.히.

흐.르.는. 삶.을. 찾.아

헤르만 헤세의
『싯다르타』(1922)

청춘의 동반자들

　한스 기벤라트, 싱클레어, 데미안, 나르치스, 골드문트, 크눌프, 싯다르타, 모두 헤르만 헤세의 소설에 등장하는 주인공들이다. 소리 내어 이 이름들을 부르면 청춘의 꿈과 좌절에 얽힌 아름답고도 눈물 겨운 이야기가 되살아날 것만 같다. 한국에 소개된 외국 작가 중에서 헤르만 헤세만큼 오랜 세월 사랑받아온 이도 없을 것이다. "새는 알을 깨고 나온다. 알은 세계이다" 라든가, "모든 인간의 생활은 자기 자신에게 향하는 길이며 시도이다"와 같은 명구는 헤세의 이름과 함께 독자들의 가슴속에서 살아 숨쉬고 있다.

　세계의 많은 젊은이들이 헤세의 작품을 읽으며 청춘을 보내고, 헤세의 주인공들과 함께 울고 웃으며 성장했다고 말해도 과언이 아닐 것이다. "나의 작품들은 인간의 개성이나 자아의 옹호이자 절규라고 볼 수 있다"라고 작가 스스로 말했듯이, 헤세의 작품은 대부분 한 인간이 정신적으로 성장해가는 과정을 진지하게 성찰하고 있다.

2차 대전이 끝나고 1950년대 접어들며 서구 사회에서는 광풍이라고 할 만한 헤세 붐이 일어났다. 젊은이들은 광적으로 헤세의 작품을 탐독했고, 헤세에 대한 연구도 성황을 이루었다. 미국의 대학가에는 데미안이나 싯다르타의 이름을 딴 술집이 우후죽순으로 생겨났고, 헤세의 소설에서 걸어나온 듯한 분위기의 청년들이 거리를 배회했다. 젊은 아웃사이더들은 열렬하게 헤세를 숭배했다. 폭력적인 현대문명과 거짓과 위선으로 점철된 기성의 세계에서 탈출하여 참다운 자기를 찾아가는 새로운 길을 헤세의 소설에서 발견했기 때문이었다. 그 중에서도 『싯다르타』는 인간의 정신적 성장 과정을 가장 총체적으로 보여주는 소설이다. 이 작품은 헤세 붐이 일어나기 훨씬 전인 1922년에 발표되었다. 1차 세계대전을 겪으며 서구사회는 깊은 상처를 입고 정신적으로 심각한 위기상황에 직면했다. 헤세는 상처받은 영혼을 치유하기 위해서 인도 여행을 하고 인도의 사상에 심취하게 된다. 전쟁과 폭력으로 얼룩진 세계에서 탈출하여 인간의 참된 본성을 찾고자 하는 작가의 탐구정신과, 구원에 대한 시대의 염원이 이 소설에는 담겨 있다. '한 인도의 시'라는 부제가 붙은 것에서 알 수 있듯이, 종교적 소재에 문학적이고 철학적인 상상력을 불어넣어 아름다운 비유와 심오한 상징이 가득한 시적 소설이 탄생하게 된다.

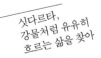

싯다르타 이야기

바라문의 아들인 싯다르타는 아름다운 영혼과 고매한 사상을 지닌 청년이었다. 단정하면서도 우아한 몸짓으로 사제들과 토론을 하는 싯다르타를 사람들은 사랑했으며, 그가 위대한 현인으로 성장하여 바라문의 우두머리가 될 것을 믿어 의심치 않았다. 하지만 정작 싯다르타는 늘 목마름에 시달렸다. 마음속에서는 끝없는 질문이 피어났다. 자신 속에 흐르고 있는 근원의 샘물을 찾고 싶었다. 언젠가 마을을 지나간 고행자들의 모습이 머릿속을 떠나지 않았다. 헐벗은 몸은 바싹 말라 있었고 앙상한 어깨는 먼지투성이가 되어 있었지만 그들은 세상과는 아무런 상관도 없다는 듯이 오로지 자기만의 세계를 걸어가고 있었다. 자신의 모든 것을 파괴한 자만이 얻을 수 있는 신비한 정열의 향기가 그들을 둘러싸고 있었다. 시위를 떠난 화살처럼 싯다르타의 마음은 이미 길을 떠나고 있었다. 싯다르타를 그 누구보다도 깊이 이해하고 사랑하는 친구 고빈다는 그를 뒤따르기로 한다. 두 젊은이는 고행하는 사문沙門이 되기 위해 출가를 한다.

화려한 옷은 벗어 거지에게 줘버리고 싯다르타는 낡은 베옷을 걸쳤다. 단식을 하며 자기를 버리기 위한 모진 고행을 시작했다. 사문의 스승들에게 배우고 또 배웠다. 마음속에 있는 모든 충동과 욕망을 버릴 수 있다면 생명의 비밀에 눈뜨게 되리라. 살갗을 파고드는 햇빛이나 앞을 볼 수 없이 쏟아지는 폭우 속에서도 싯다르타는 한 곳에 정좌하여 수련을 멈추지 않았다. 하지만 잠깐 번뇌로부터 이탈할 수는 있어도 그것이 깨달음의 본질이 될 수는 없었다. 깨달음이란 결코 배움을 통해서 얻을 수 없음을 이미 느끼고 있었다.

어느 날 세상의 번뇌를 극복한 고타마라는 부처가 나타났다는 소문을 듣게 된다. 깨달은 자의 설법을 듣기 위해서 구름처럼 사람들이 몰려들었고 이미 수많은 제자들이 부처를 따르고 있었다. 부처는 자유로우면서도 거룩하고 천진하면서도 신비스러운 미소를 띠고 있었다. 그의 눈빛은 자신의 가장 깊은 내면에 다다른 자만이 지닐 수 있는 진실함을 담고 있었다. 싯다르타는 고타마에게 깊이 감복하였으며 그가 해탈한 완성자임을 금방 알아보았다. 하지만, 고타마의 깨달음도 싯다르타를 붙잡을 수는 없었다. 해탈은 스스로의 생각과 침잠과 인식과 깨달음을 통해 이뤄지는 것이지, 결코 누구에게 배울 수 있는 것이 아니라는 생각 때문이었다. 해탈은 고독한 편력의 길에서 얻을 수 있다고 믿기에, 고타마의 제자가 된 친구 고빈다를 뒤로 하고 싯다르타는 다시 홀로 길을 떠난다.

한 걸음씩 길을 갈 때마다 새로운 세상이 펼쳐지고 있었다. 수풀 위로 떠오르는 태양, 야자나무 숲 너머로 지는 붉은 노을, 나무, 별, 짐승, 무지개, 바위, 아침 이슬…… 온갖 찬란한 생명들이 힘차게 숨쉬고 있었다. 시냇물과 새들의 노래 소리, 벌들의 윙윙거리는 소리가 천지를 울리고 있었다. 피안의 저곳을 추구하는 싯다르타의 눈에 처

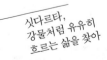

음으로 숨쉬고 노래하는 이 세상이 환하게 보이기 시작했다. 본질을 가리는 거짓이라고만 믿고 있었던 차안此岸의 세계가 그의 눈앞에서 천진난만하고 아름답게 빛나고 있었다. 짝을 부르는 원숭이의 울음 소리, 바람을 가득 품은 돛대, 교미하는 물고기들까지 세상의 모든 것들이 세찬 생명의 에너지를 내뿜고 있었다. 말로는 도저히 설명할 수 없고 몸소 체험해야 비로소 느낄 수 있는 세계가 싯다르타 앞에서 열리기 시작했다. 사색을 통해서만 세상을 보려 했던 그의 내면이 심하게 요동쳤다. 새로운 욕망들이 솟구쳐 오르며 감각으로 세상을 느껴 보라고 소리치고 있었다. 사색과 감각이 모두 자기 안에 함께 있으며, 그 어느 편도 경시되거나 과대평가될 수 없는 것이었다.

싯다르타는 감각으로 보고 느끼고 만질 수 있는 세상에 매혹되었다. 그는 넓은 강을 건너 큰 도시에 이르게 되었다. 도시의 입구에서 가마 한 채와 마주쳤는데, 거기에는 하얗고 긴 목덜미에 까만 머리를 높이 틀어올린 아름다운 여인이 타고 있었다. 부드럽게 이어지는 눈썹 아래에 영리해 보이는 눈이 반짝이고 있었고, 선홍빛 입술은 막 터질 듯한 무화과 열매처럼 달콤해 보였다. 그녀가 그 도시에서 가장 유명한 기생인 카말라인 것을 알아낸 싯다르타는 강물에 들어가 목욕을 하고 수염을 깎아 초라한 사문의 행색을 털어내고 카말라가 사는 정원을 찾아간다. 그리고 그녀에게 친구이자 스승이 되어달라고 청한다. 사색하고 단식하며 고행하는 삶을 살아왔지만 이제는 사람들의 세상을 배우고 싶다고 말한다. 싯다르타의 당당함과 특별함에

292
293

매혹된 카말라는 싯다르타를 새로운 세계로 이끌어주기로 한다. 그는 이제 보통의 사람들이 영위하는 일상으로, 그 번잡한 세속으로 들어간다. 카말라에게 사랑의 기교를 배우고, 상인인 카마스와미에게 장사로 돈 버는 법을 배웠다. 권력을 휘두르고, 하인을 부리고, 여자들과 즐기고, 향기로운 물로 목욕을 하고, 푹신한 침대에서 잠자는 법을 배웠다. 아름다운 옷과 좋은 음식이 넘쳐났고, 그는 바닥이 없는 심연 같은 쾌락의 늪으로 빠져들어 갔다. 사람들이 얼마나 단순한 것들에 울고 웃고 짐승 같은 욕망에 시달리며 살아가는가를 싯다르타는 보았다. 환멸과 사랑이 동시에 밀려왔다. 환락과 권력이 주는 기쁨이 클수록 싯다르타의 마음의 병은 깊어갔다. 싯다르타의 영혼 속에서 돌아가던 사색의 바퀴, 금욕의 바퀴, 분별의 바퀴가 점점 멈추고 있었다. 흘러가는 시간 속에서 싯다르타의 새로운 생활은 점점 빛을 잃어가며, 그는 우울하고 나태하고 불만스럽고 몰인정한 표정을 종종 짓게 되었다. 또 돈을 벌고 탕진하는 일을 거듭하면서, 자신이 그토록 어리석은 것이라고 혐오했던 탐욕과 불안에 시달리며 지쳐갔다.

카밀라와 사랑을 나누고 술에 취해 잠든 어느 날, 싯다르타는 격심한 구토를 느꼈다. 자기 몸에 배어 있는 환락의 냄새들이 너무 역겨워 더 이상 견딜 수가 없었다. 깊은 비애가 엄습해왔다. 이 무의미한 일상에서 벗어나야만 할 때라는 것을 그는 직감했다. 문을 잠그고 망고나무 아래에 정좌를 하고는 자신이 지금까지 걸어온 삶을 천천히 반추해갔다. 도시에서의 경험은 결국 내면의 소리를 더 잘 듣기 위한 한 순간의 유희가 아니었던가. 하지만 내면의 소리는 이미 오래전에 멈추어버리지 않았는가. 그는 유희의 시간이 이제 끝났다는 것을 느꼈다. 그러자 한순간의 망설임도 없이 일어서서 모든 것을 버리고 그 길로 도시를 영원히 떠났다.

비참하고 수치스러운 마음에 시달리며 발길을 옮기던 싯다르타는 언젠가 건넜던 그 강물에 다시 이르렀다. 초록빛의 강물에 몸을 던져 타락한 영혼을 영원히 끝장내버리고 싶은 충동이 밀려왔다. 바로 그때 섬광처럼 완전함을 뜻하는 "옴"이라는 말이 마음 깊은 곳에서 터져나왔다. 그 찰나에 싯다르타를 사로잡고 있던 온갖 미망이 풀리면서 싯다르타는 마음속에서 알 수 없는 기쁨이 샘솟는 것을 느꼈다. 싯다르타는 오래간만에 긴 단잠으로 빠져들어 갔고, 잠에서 깨었을 때는 그간의 시간이 전생의 일처럼 까마득했다. 자신을 둘러싼 모든 것이 낯설고 새롭게 보였다.

아래로, 아래로 내리막길을 따라 흘러가면서도 언제나 흥겨운 강물의 노래 소리가 들렸다. 저 강물처럼 나도 사문의 길을 벗어나 끝도 없는 내리막길을 달려왔지만, 그 절망의 내리막길을 통과하여 드디어 잠에서 깨어날 수 있지 않았는가. 그동안 두 눈과 가슴과 위胃, 모든 감각기관으로 겪은 세속을 절절하게 체험하면서, 세속을 욕망하던 자아는 어느덧 사라져버렸다. 이 자신을 억누르며 끝없는 금욕하며 불안해할 필요가 없다. 현명하고 고귀한 사문으로서 살기 위해

싯다르타,
강물처럼 유유히
흐르는 삶을 찾아

단식과 금욕을 하며 투쟁하던 그 교만한 자아는 이미 죽어버린 것이다. 탕아 싯다르타는 이미 죽고 이제 새로운 싯다르타가 여기 있다. 중요한 것은 오늘 이 자리에서 숨쉬고 있는 어린아이처럼 밝고 기쁨에 차 있는 자신이다. 다시 강물소리가 들렸다. 절망에 찬 싯다르타는 이미 강에 빠져버렸고 이제 새로운 싯다르타가 기쁘게 강물을 보고 있다.

평생을 강과 더불어 사색하며 살아온 뱃사공 바주데바의 조수 노릇을 하며 싯다르타의 새 생활이 시작되었다. 어떤 사람들에게 강물은 힘들게 건너야만 하는 장애물에 불과하지만, 강물의 소리를 듣는 사람에게는 성스러운 배움의 장이 된다. 싯다르타는 강에게 끊임없이 배웠다. 영혼을 열고 아무 편견도 격정도 없이 고요한 마음으로 경청하는 법도 배웠다. 강물은 상류의 원천에도 강어귀에도 폭포에도 나루터에도 바다에도 산에도, 도처에 동시에 존재한다. 강에는 현재만이 있고 과거도 미래도 없다. 그래서 강에는 시간이란 존재하지 않는다. 바라문의 아들에서 사문으로, 그리고 부와 권력을 휘두르는 세속인으로 싯다르타의 형상은 변해왔으나, 그 덧없는 형상 모두가 깨달음을 찾으려는 자기 자신이었다. 이것을 느끼는 현재의 순간에도 새로운 싯다르타가 태어나고 또다시 변화하고 있었다. 강물이 흐르고 흐르지만 항상 거기에 존재하듯이, 인생에서도 전생도 죽음도 결국 아무것도 아니다. 모든 것은 지금 존재하는 것이며 그 안에 과거와 미래를 다 지니고 있을 뿐이다.

나루터에 사는 두 뱃사공은 그렇게 사색하고 대화하고 노동하며 강물과 더불어 살아갔다. 두 현인이 나루터에 산다는 소문에 여행자들이 찾아오기도 했고, 두 뱃사공은 그들이 강을 건너게 해주기도 하고, 때로는 그들의 번민에 대해 경청하기도 했다. 어느 날, 카말라가 싯다르타의 아들을 데리고 나루에 나타난다. 부처 고타마의 임종을 보러 길을 떠난 그녀는 뱀에게 물려 싯다르타의 오두막에 실려온다. 그녀는 과거의 애인이 부처 고타마와 똑같은 성인이 되어 있음을 깨달으며 싯다르타의 보살핌 속에서 평화롭게 숨을 거둔다. 창백한 카말라의 얼굴을 바라보며 싯다르타는 그곳에서 눈부시게 젊은 그녀의 얼굴을 보았다. 또 자신의 주검이 되어 누워 있는 모습 또한 보았다. 생명의 불멸성이, 순간의 영원성이 거기에 있었다. 처음 만난 아들에 대한 맹목적인 사랑에 싯다르타는 또 한 번 격렬한 번뇌를 겪고 큰 상처를 입지만, 인간이 바로 그러한 욕망과 고통 때문에 견디고 사랑하며 살아간다는 것을 깨닫는다. 인간의 모든 욕망과 행동 하나하나가 생명이며, 불멸의 가치라는 것 또한 느낀다. 사람들의 성실하고 때로는 맹목적이고 끈질긴 삶 안에 이미 생명의 단일성을 실현되고 있었던 것이다.

강은 수증기가 되었다가 다시 비로 내리고, 샘물이 되고 또다시 강이 되어 새로운 목적지로 흘러갔다. 강물을 들여다보니 자신이 떠나온 아버지의 모습과, 자기 자신의 모습과 자기를 떠나버린 아들의 모습이 함께 어우러져 흘러갔다. 모든 소리, 모든 고통, 모든 그리움,

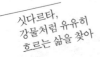

싯다르타,
강물처럼 유유히
흐르는 삶을 찾아

모든 번뇌, 모든 선과 악, 그 모든 것들이 하나가 되어 이 세상을 이루고 있었다. 강물은 끝없이 변화하면서도 영원히 지속되고 있었다. 세상의 모든 사물 또한 변화하지만 안에 모든 가능성을 함께 지니고 있었다. 윤회와 열반이 미혹과 진리가 번뇌와 해탈이 죄인과 브라만이 나누어져 있는 것이 아니라 개개의 내면에는 그것이 이미 내재되어 있기에 세상은 있는 그대로 신성하다는 것을 생각한다. 싯다르타는 세상의 모든 존재를 경외의 마음으로 바라보았다. 그의 얼굴에 자비롭고도 신성한 깨달음의 미소가 피어 올랐다.

붓다를 넘어선 새로운 인간 붓다

『싯다르타』는 2500여 년 전에 인도에서 자기 수행을 통해 붓다 Buddha(깨달은 자)가 된 석가모니(석가족 출신의 귀한 인물) 싯다르타를 모델로 한 소설이다. 불교를 소재로 삼고 있지만, 싯다르타라는 인물을 굳이 종교적 틀 안에서 볼 필요는 없다. 그는 안락한 삶에서 탈주하여 방랑을 자처한 모험가였으며, 진리와 자유의 세계를 찾아 헤매는 탐험가였다.

부유한 브라만(인도에서 가장 높은 계층. 주로 승려, 학자, 시인, 정치가의 역할을 함)의 아들인 싯다르타가 아버지의 반대를 무릅쓰고 고행자의 길을 떠나는 장면은 매우 인상적이다. 아버지를 설득하기 위해서 청년은 꿈쩍도 하지 않고 달빛 아래 선 채로 밤을 새운다. 고뇌의 밤을 보낸 아버지는 동이 트자 아들을 찾는다. 밤새 키가 훌쩍 커버린 듯한 싯다르타가, 아니 웬 낯선 젊은이가 자기 앞에 서 있다. 아버지는 아들이 이미 자기 품을 떠나버렸음을 깨닫는다. 시위를 떠난 화살처럼 싯다르타는 스스로의 힘으로 새로운 운명을 향해 돌진한다.

이 영민하고 예민한 청년은 무엇을 찾고자 했을까? 인생의 참의미인 '깨달음'을 얻기 위한 싯다르타의 고행이 시작된다. 대부분의 브라만들은 현인들에게 배우며 명상을 하면 깨달음을 얻을 수 있다고 믿었지만 싯다르타는 달랐다. 깨달음은 말로써 배울 수 있는 지식이 아니라 스스로 발견하고 체득하는 지혜였다. 그래서 싯다르타는 부처 고타마가 깨달은 자임을 알았지만, 그를 떠나 다시 방랑할 수밖에 없었다. 고행자의 생활을 할 때 싯다르타는 모든 번뇌를 잊기 위해 매섭게 정진했다. 육체적 고통, 굶주림, 갈증, 피로, 욕구 등의 모든 인간적 감각을 초탈하여 자아를 비우고 깨달음에 이르고자 했다.

그러나 과연 인간이 '욕망하는 자신'을 완전히 버릴 수 있을까? 아니 욕망을 억제하고 초월하는 경지가 인간이 궁극적으로 지향하는 깨달음의 경지일까? 사문 생활의 한계를 느낀 싯다르타는 향기롭고 화려한 카말라의 세계로 들어가 세속의 삶을 살게 된다. 거기에서 쾌락과 욕망이 사람을 얼마나 고통스럽게 하고, 초라하게 하는지를 처절하게 경험하게 된다. 이 처절한 경험으로 욕망의 허무함을 직접 체득할 수 있었다. 그는 한 발 더 나아가 욕망을 억누르는 것만이 능사

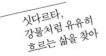

는 아니며, 오히려 욕망과 해탈 사이에서 헤매는 삶의 모든 국면을 받아들이는 것이 필요하다는 것을 깨닫게 된다. 브라만의 아들, 사문, 탕자, 뱃사공, 아들을 사랑하는 아버지, 깨달은 자……. 시간의 흐름에 따라 인간의 형상은 변화하지만, 그 어느 것도 싯다르타 자신이 아닌 것은 없다. 그 모든 순간의 존재들이 모두 자신이기에, 현재의 '나' 안에는 그 모든 것이 내재해 있다.

싯다르타가 이처럼 존재를 통합적으로 바라보게 된 것은 인간의 삶이 갖는 복잡다단함을 직접 경험했기 때문이다. 사람들은 오욕칠정五慾七情 때문에 영혼이 병들어 악행을 저지르지만, 동시에 이 오욕칠정이야말로 인간을 열심히 살게 하는 힘이었다. 인간은 너무나 양면적인 존재여서 한 인간의 내부에서는 정신과 육체, 선과 악, 이성과 욕망이 함께 들끓고 있었다. 사랑하고 집착하며 욕망에 시달리는 인간의 모습은 어리석으면서도 동시에 눈물겨운 것이었다. 인간에 대한 이런 깊은 이해와 통찰이야말로 시간을 초월하여 존재의 의미를 탐구하는 철학적 성찰의 기반이 된다.

싯다르타의 깨달음을 상징적으로 보여주는 것이 강물에 대한 비유이다. 강은 흘러가 버리는 것 같지만 항상 똑같은 모습대로 그 자리에 존재한다. 현재의 강은 과거나 미래의 강이 아니지만, 현재의 강은 과거나 미래의 강을 품고 있기도 하다. 인간의 생로병사는 어떠한가? 인간은 태어나 늙어 죽기에 그냥 허무한 존재인가? 생명은 끝없이 변화하기에 허무한 듯 보이지만, 그 안에는 모든 것이 함께 깃들어 있다. 이렇게 본다면 윤회와 열반, 번뇌와 해탈은 따로 나뉘어 있는 것이 아니었다. 완전히 신성한 것이 없듯이 완전히 죄악인 존재도 없다. 과거와 현재와 미래가 그림자처럼 하나의 존재 안에 깃들어 있듯이 사물에는 모든 가능성이 함께 있기에 현재 있는 상태 그대로 의미 있고 경이롭다.

싯다르타가 작은 돌멩이를 보며 생명의 원리를 깨닫는 장면이 있다. 눈앞에 돌멩이가 있기에 과거의 커다란 바위도 미래의 모래알도 존재할 수 있다. 따라서 돌멩이는 그 자체로 완전하다. 깨달은 자란 속세의 욕망을 대 배제해버리고 금욕으로 자신을 억누르는 사람이 아니다. 어느 한편에 치우치지 않고, 인간 내면에 있는 대립적 요소를 통합적으로 이해하는 것, 돌멩이 하나에서 우주를 통찰해내듯이 미물에서부터 인간까지 모든 대상의 현존을 무한히 긍정할 수 있는 자가 바로 인간 붓다가 달성한 깨달음의 경지라고 할 수 있다.

소설 속에서 싯다르타는 저 높은 곳에 있는 초월자라기보다는 매우 친근하고 구체적인 인간으로 다가온다. 부모를 거스르는 아들이기도 하고, 자신의 모든 것을 버리고 용감하게 고행의 길에 투신하는 젊은이며, 뜨겁게 사랑하고 욕망에 시달리는 남자이며, 아들에 대한 사랑에 눈 먼 아버지이기도 하며, 강물과 대화하며 사유하는 철학가이기도 하다. 영민한 감수성과 지성으로 때로는 무분별한 투신과 도전의식으로 인생의 의미를 하나하나 찾아가는 붓다 싯다르타의 길은 매우 인간적이고 철학적으로 느껴진다. 유한한 운명의 길에 내던져진 불완전한 청년은 사색과 경험을 거듭하며 자신과 세상을 깊이 이해하고 사랑하는 힘을 기르게 된다.

싯다르타가 보여주었듯이 삶의 길은 결국 고행자의 길에서 카말라의 정원을 지나며, 하나의 강물로 도도히 이어져 흘러간다. 흘러가버리는 삶이 허무하지 않는 것은 오늘 이 순간 안에 모든 것들이 응축되어 있기 때문이다. 싯다르타는 이 순간의 의미를 통찰해내고, 이 순간을 기뻐하고, 이 순간에서 충만한 가능성을 발견하며 인생의 유한함과 시간의 허무함을 월경越境해가는 지혜를 보여준다.

현대인의 정신적 스승

헤르만 헤세(1877~1962)는 독일에서 태어났지만, 일생의 대부분을 스위스에서 살았다. 선교사이자 출판업자인 아버지와 유명한 인도어문학자였던 외조부를 둔 덕분에 지적 자극을 많이 받으며 자라났다. 어린 시절에 이미 불경과 노자를 접할 만큼 동양에 대한 관심이 높았는데, 이러한 교양은 헤세가 정신세계에 관심을 갖게 된 바탕이 된다. 시인이 되고 싶었으나 가족들은 그를 신부나 학자로 만들고 싶어 수도원에 학교에 입학시킨다. 『수레바퀴 아래에서』는 작가의 이런 자전적 경험을 바탕으로 쓴 소설인데, 소설의 주인공 한스처럼 헤세는 수도원 생활에 적응하지 못하고 뛰쳐나와 심한 우울증을 앓았으며 방랑생활을 해야 했다.

짧았던 학교생활은 그에게 고통만을 주었다. 헤세는 고독의 세계에 투신하며 독학을 하며 글쓰기에 몰두한다. 한 인간은 어떻게 성장하며 성숙해가는지를 탐구하는 '영혼의 전기'를 쓰는 것이 헤세 문학의 여정이었다. 10대 소년인 싱클레어가 밝음과 어둠이 함께 있는 이중적 세계에서 고뇌하다가 친구인 데미안을 통해서 두 세계가 모두 신성한 것으로 인생의 양면성을 통합적으로 바라보아야 한다는 것을 깨달아가는 『데미안』, 정신의 구원을 추구하는 신부 나르치스와 충동적 열정으로 예술에 탐닉하는 골드문트의 삶의 여정을 그린 『지와 사랑』, 정신적 세계와 동물적 충동 사이에 분투하는 주인공 하리 할러가 강렬한 인상을 주는 『황야의 이리』, 그리고 만년의 장편인 『유리알 유희』에 이르기까지 헤세의 소설은 병든 세계와 모순에 찬 인생에서 어떻게 살아갈 것인가에 대한 주제를 탐구하고 있다.

1946년에 노벨상을 수상하고, 세계적으로 헤세 붐이 일었다는 사실을 보면 그는 화려한 명성을 날리며 유명인으로 살았을 것 같다. 하지만 헤세는 실제로 정치·사회적으로는 항상 고독한 아웃사이더였으며, 스위스의 시골에서 농사를 지으며 자연인으로서 살았다. 노벨상 수상식에 참석하지 않은 사건이나 집 앞에 항상 방문사절이라는 명패가 붙어 있었다는 이야기는 체제나 제도, 집단에 대해 헤세가 가진 거부감을 엿보게 한다.

헤세는 시대의 광풍을 묵묵히 견뎌내면서, 인간을 탐구하고 어떻

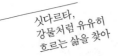

게 인간이 고매한 영혼을 지키며 자유롭게 살 것인가를 고민했다. 우리는 치우침 없이 세계를 바라볼 수 있는가? 우리의 영혼은 긍정적이고 자유로운가? 우리는 세상의 만물을 나 자신처럼 사랑할 수 있는가? 질주하는 21세기, 헤세는 고전적이면서도 근원적인 질문을 현대의 독자에게 던져준다.

그는 강물에게 쉴새없이 배웠다. 경청하는 법, 고요한 마음, 기다리는 영혼, 활짝 열린 영혼, 격정도 소원도 판단도 견해도 없이 귀를 기울이는 것을 배웠다.

그는 이 사랑이, 자기 아들에 대한 이 맹목적인 사랑이, 일종의 번뇌요, 매우 인간적인 것이라는 것을 느꼈다. 또한 이 사랑이 윤회이고, 흐릿한 슬픔의 원천이고, 어두운 강물이라는 사실도 잘 알고 있었다. 그럼에도 불구하고 그 사랑이 결코 가치 없는 것은 아니라는 것을, 그 사랑이 필수불가결하며, 자신의 본질에서 우러나오는 것이라는 것을 느꼈다.

이 세상을 속속들이 들여다보고 설명하고 경멸하는 일은 위대한 사상가들이 할 일입니다. 그러나 나에게는 이 세상을 사랑할 수 있는 것, 이 세상을 업신여기지 않는 것, 이 세상과 나를 미워하지 않는 것, 이 세상과 나의 모든 존재를 사랑과 놀라움과 외경심을 가지고 바라볼 수 있는 것, 오직 이것만이 중요할 뿐입니다.

흐르는 강물처럼

감독 | 로버트 레드포드

"내가 사랑했던 사람들은 이미 다 죽었다. 하지만 나는 그들과 교감한다. 어슴푸레한 계곡에 서면, 영혼, 기억, 빅 블랙 풋 강의 소리, 4박자의 폴 카리듬, 송어를 낚고 싶은 희망, 그 모든 것이 하나의 존재가 된다. 모든 것들은 하나로 녹아든다. 그리고 강물은 그 모든 것들을 통과하며 흐른다. 강은 태초의 홍수에서 시작되어 바위를 스치며 흘러간다. 바위 밑에는 영겁의 물방울이 있고, 거기에는 이야기들이 있다. 바로 그 사람들의 이야기이다. 나는 강에 매혹되었다."

인생과 강물에 대한 사색을 아름다운 영상 속에 담아낸 영화 〈흐르는 강물처럼〉의 마지막 장면에서 나오는 대사이다. 노인이 된 노먼은 홀로 고향의 강에 돌아와 지나온 시간을 회상한다. 노먼과 폴 형제는 강가에서 자랐다. 목사인 아버지는 어린 형제에게 릴낚시를 가르쳤다. 이성적이고 차분한 큰 아들 노먼과 자유분방한 동생 폴은 빅 블랙 풋 강과 릴낚시를 사랑하면서 평화롭게 성장한다. 노먼은 대도시에 나가 명문대학은 졸업한 후 문학교수가 되고, 폴은 고향에서 작은 신문사의 기자를 하며 좌충우돌하는 청춘을 보내다가 사고로 일찍 죽게 된다.

　인생은 계속 변화한다. 소년은 청년이 되고 노인이 되며, 모든 것은 떠나가고 사라져간다. 하지만 강물은 항상 그 자리에서 그 모습으로 흐르고 있다. 어린 소년이었을 때도, 노먼이 대학을 졸업하고 오랜만에 고향에 돌아왔을 때도, 폴이 예술의 경지에 오른 멋진 솜씨로 릴낚시 줄을 던질 때도, 그 모두가 떠나버린 후에도, 강물은 그 자리에서 똑 같이 흐르고 있었다.

　영화에서 가장 인상적이고 아름다운 장면은 폴이 낚시를 하는 순간이다. 일상에서는 그토록 충동적이며 절제력이 없는 폴이지만, 강물에 발을 담그는 순간 그는 예술가가 된다. 폴은 강물소리에 귀를 기울이며 강의 호흡과 송어 지느러미의 흔들림을 느낀다. 그리고 그것들과 하나가 된 순간, 폴의 손에서 릴낚시의 줄이 우아한 포물선을 그리며 공중을 가른다. 그 순간은 인간과 자연이 하나가 되는 시간이며, 한 불완전한 청년이 자연과 더불어 가장 아름답고 밝게 빛나는 순간이다. 그 순간이야말로 모든 것이 응집되어 있는 총체성의 시간이라고 할 수 있다.

　아버지는 마지막 설교에서 우리는 완벽하게는 이해할 수 없는 사람들끼리 살아가지만, 완벽하게 사랑할 수는 있노라고 말한다. 서로 다른 물방울들은 하나하나 다르게 빛난다. 그 물방울이 어디서 어떻게 포말로 부서질지도 알 수 없다. 그럼에도 그 모든 것이 함께 강물을 이루며 완벽하게 하나의 소리를 내고 흐른다. 강물은 그렇게 물방울들의 완벽한 사랑의 합창이며 과거와 현재와 미래의 완전한 단일성의 구현이다.

　짧고 허무한 인생에 비하여 도도하게 흐르는 강물은 영원하기만 한 듯하다. 하지만 그렇지 않노라고, 인생은 결코 허무한 것이 아니라고 강물은 속삭인다. 인생의 비밀을 품고 있기에 강은 아름답고 신비롭다. 어제의 강

싯다르타,
강물처럼 유유히
흐르는 삶을 찾아

물은 다 흘러가 버렸지만, 그 모든 물방울들이 모여 오늘의 강을 이룬다. 바위에 스쳐 포말로 부서지며 흘러가는 물방울 하나하나는 바로 강을 사랑하며 강에서 살아갔던 사람들의 기억이고 흔적이다. 그들은 모두 떠났지만, 그들은 오늘 이렇게 우렁찬 소리를 내면서 하나로 살아있다. 강물은 어제와 오늘과 내일이 하나이며, 지금 이 순간 안에 얼마나 많은 시간과 공간의 기억들이 충전되어 있는지를 깨닫게 해준다. 싯다르타의 깨달음의 강물은 멀리 돌아 이곳에서도 흐른다.